U0588308

TIPS 1 芒果班戟
甜品物语：满满的甜

♥♥ 用料 ♥♥

蛋黄 2 个，低筋面粉 45g，牛奶 125g，糖粉 10g，黄油 5g，淡奶油 100g
（PS. 如果爱吃奶油可以多放一点），芒果看心情
（没有芒果的季节，用其他水果也是可以的哟~）

♥♥ 步骤 ♥♥

1. 先把蛋黄分离出来，加入糖粉，均匀打散。
2. 加入牛奶，搅拌均匀。 3. 低筋面粉过筛，慢慢倒入蛋奶液里。
4. 搅拌均匀，消灭面疙瘩。 5. 将黄油融化，加入面糊中，搅拌均匀。
6. 搅拌后的面糊封上保鲜膜，放进冰箱里冷藏 30 分钟左右。
7. 将淡奶油打发，可以稍微硬一点。 8. 拿出面糊和不粘锅（一定要平底）。
9. 将面糊倒入锅中，每次两勺即可，小火煎饼，起泡后关火取出班戟皮。
10. 挖一些奶油放在班戟皮上，取一定量的水果，像叠被子一样，
把班戟皮叠起来，包裹住奶油和水果。

11. 吃！

TIPS 2 焦糖布丁

甜品物语·爱在心底

♥♥ 用料 ♥♥

纯牛奶 250ml, 鸡蛋 3 个, 白砂糖 80g。

♥♥ 步骤 ♥♥

1. 将牛奶和 45g 白砂糖搅拌均匀, 直到糖完全融化。
2. 加入打散的蛋液, 反复搅拌。
3. 过筛。
4. 将 80g 白砂糖和 80g 清水小火熬煮成糖浆, 大概 5-10 分钟, 糖浆发黄立即关火。
5. 热糖浆倒入空瓶子里一部分, 覆盖住瓶底就好, 再倒入蛋奶液。
6. 将瓶子放入烤盘里, 在烤盘加水至瓶子三分之二的高度。
7. 放入预热好的烤箱里, 上下火 150 度 35 分钟左右。
8. 吃!

草莓 6 寸 (别的水果也可以哦), 糯米面 80g, 豆沙 50g,
玉米淀粉 15g, 水 80g, 植物油 8g。

♥ ♥ 步骤 ♥ ♥

1. 洗干净草莓后, 外面包裹上豆沙馅, 大概四分之三, 露出一点
草莓来。

2. 玉米淀粉倒入盘子上, 铺均匀, 用微波炉转熟, 也可以用烤箱。

3. 糯米粉加入水和植物油。

4. 用微波炉转 30 秒取出搅拌一下, 再放进去转一下, 直到完全熟了。

5. 将面粉分成六份, 取其中一份蘸上玉米淀粉从草莓头部往下包
(就是刚才露出的部分)。

6. 完全包裹住草莓, 放进冰箱, 随时可以吃!

TIPS 3 草莓大福
甜品物语: 拥你入怀

TIPS 4 原味蛋挞
甜品物语：柔软的心

♥ ♥ 用料 ♥ ♥

蛋挞皮6个（买的就很好了，自己做也行但是很麻烦），鸡蛋1个，
牛奶100g，细砂糖18g。

♥ ♥ 步骤 ♥ ♥

1. 打鸡蛋，放入细砂糖，打散融化细砂糖，蛋液打出西米的泡沫。
2. 打散的蛋液里加入牛奶，打均匀。
3. 倒入蛋挞皮里。
4. 放入预热好的烤箱里，温度可以选择上下190度25分钟左右。
5. 吃!

再次爱你，请多指教。

有爱的青春陪伴者

CHU CI
WEI SHI
AI NI
BU WAN

准拟佳期
－著－

初次爱你，为时不晚2

百花洲文艺出版社
BAIHUAZHOU LITERATURE AND ART PRESS

图书在版编目（CIP）数据

初次爱你，为时不晚. 2 / 准拟佳期著. —南昌：
百花洲文艺出版社，2019.8
ISBN 978-7-5500-3319-1

Ⅰ.①初… Ⅱ.①准… Ⅲ.①言情小说－中国－当代
Ⅳ.①I247.5

中国版本图书馆CIP数据核字(2019)第151214号

出 版 者　百花洲文艺出版社

社　　　址　江西省南昌市红谷滩世贸路898号博能中心A座20楼　邮编：330038

电　　　话　0791-86895108（发行热线）　0791-86894790（编辑热线）

网　　　址　http://www.bhzwy.com

E-mail　bhzwy0791@163.com

书　　　名　初次爱你，为时不晚 2

作　　　者　准拟佳期

责任编辑　余丽丽　辛蔚萍

特约编辑　伍　利

装帧设计　Insect　西　楼

封面绘制　小玉米子

经　　　销　全国新华书店

印　　　刷　湖南凌宇纸品有限公司

开　　　本　880mm×1230mm　1/32

印　　　张　9

字　　　数　192千字

版　　　次　2019年8月第1版

印　　　次　2019年8月第1次印刷

书　　　号　ISBN 978-7-5500-3319-1

定　　　价　38.00元

赣版权登字：05-2019-171

目录

目录
contents

Chapter 01

任初，你好

这个世界上常常会发生许多意想不到的事情。

比如，科技的发达将人类送上了太空，从前想都不敢想。

比如说，中国的电竞战队在国际上拿了冠军，在此之前，大家都觉得玩游戏不务正业，没想到有朝一日能够用游戏为国争光。

再比如，卢晚晚怎么也没想到，她一个Z大毕业的高才生，居然连影舟市的普通医院都没考进去，在实习了一个月以后，光荣回家待业了。她虽然也没有特别想做医生，但是她想不通。

对此，顾桥经常安慰她："你想不通的事情多了去了，你习惯就好了。只要有姐一口肉，就一定有你一口汤，我养你就是了！"

卢晚晚颇为感动，就在她马上要潸然泪下的时候，又听顾桥说："我弟该上幼儿园了，你赶紧去给他找个好点的幼儿园，然后每天接送他啊。"

卢晚晚简直想竖起中指鄙视她，到底是谁的弟弟，为什么现在每天都是自己在照顾？

顾桥大概也怕卢晚晚暴怒，然后撂挑子回家不管了，赶紧过来给了卢晚晚一个拥抱："你最好了，宇宙第一美！我为你可是放弃了浅岛市月薪两万的工作，回到影舟每个月才拿八千！"

卢晚晚翻了个白眼："那不然你回去？说不准那个苏先生还等着你呢。"

顾桥举手投降，给卢晚晚发了个红包才平息了这一场战争。

卢晚晚和顾桥是"铁磁"，一起在浅岛市读了大学。顾桥非常不容易，带着她弟弟生活。毕业后，本来顾桥有一份非常好的工作，公司的副总苏先生对她青睐有加，随即展开了追求，在得知她要抚养弟弟的时候也没有表现出不快，仍然十分热情。虽然苏先生比顾桥大十五岁，但是成熟稳重，是顾桥喜欢的类型。

就在顾桥以为两人要谈婚论嫁的时候，一位年过四十的夫人找到了顾桥，原来她是苏先生的太太，因为她本人无法生育，希望顾桥能给苏先生生个儿子。当天晚上，顾桥拉上卢晚晚就去砸了苏先生的车，为此二人还蹲了半宿的看守所，为她们的精彩人生画下了不凡的一笔。

顾桥在公司待不下去了，卢晚晚刚巧也不想留在浅岛市这个伤心之地了，二人一拍即合，回老家！于是隔天，她们就退租打包，带上弟弟，回影舟了。

当然，最重要的一个原因是，顾念在浅岛市没有户口，没办法上小学，只能回影舟来。

现在住的这个房子，是顾桥租的。顾桥总是说："早知道要回老家发展，当初我家那房子就不卖了，你看看现在房价涨得，我账户里三百多万，都买不起！"

账户里只有三千多块的卢晚晚，投递过去一个白眼。

更加让她们没有想到的是，安嘉先也回来了。卢晚晚和顾桥亲自去高铁站接的他，他显然是瞒着他爸妈的，他在浅岛市医院发展得不错，怎么就突然辞职跑回来了呢？

安嘉先租了她们楼下的那间公寓，三人成了邻居。他一开始不愿意说原因，后来三人经常聚餐，酒醉后他才说："医院来了个新的领导，我大概不合群，一年了也没什么手术给我，我就辞职不干了。"

顾桥哈哈大笑："你这一路保送的'别人家的孩子'，也有马失前蹄的时候。回来好，我们影舟多好啊！走大街上全是熟人，再也不会'被小三'了，谁还不认识谁？"

卢晚晚点点头："再也不用担心被人误会、被人欺负了，再也不会那么狼狈了！"

顾桥："为了我们重获新生，干杯！"

卢晚晚："为了我们可以为自己的人生做主，干杯！"

只有安嘉先比较平静："为了我加入影舟三甲医院，成为副主任医师，干杯！"

突然一阵冷风，卢晚晚和顾桥一个激灵，她们二人对视了一眼，再看向安嘉先。

顾桥问："你不是被扫地出门？你不是个 Loser（失败者）？"

安嘉先仿佛在听天书。

卢晚晚摸了摸下巴："三甲医院？比拒绝我的那个野鸡医院高档许多啊！"

顾桥冷笑一声，卢晚晚握了握拳头，二人跳起来暴打了安嘉先一顿。

原来走投无路的只有她们，而他还是那个别人家的孩子。

不过，经历了这一顿暴打，安嘉先又连续一个月请她们吃饭后，三人总算建立了革命友情，仿佛又回到了学生时代，他们是无话不谈的好友，跨越了性别。

于是，给顾桥的弟弟顾念安排幼儿园，接送上学放学的事情，就被划分到了安嘉先的身上。谁让他家在影舟市如此有地位，还有钱呢！

卢晚晚酒量不行，但是比以前喝一口酒就醉好多了，勉强能喝上一瓶啤酒。顾桥的酒量现在好得惊人，她做商务这一块，少不了要应酬，酒量就是这么一点一点地练出来的。安嘉先不怎么喝酒，每次这两个人喝醉了，他负责把她们捡回去。

时间久了，安嘉先觉得不行，他得买一辆车了。顾桥常年喝酒，计算了一下代驾还挺贵的，也就放弃了买车这个念头，所以她驾照都懒得去考了。

找了一天周末，卢晚晚陪着安嘉先去选车，还得带着顾念这个小朋友。卢晚晚和安嘉先一左一右牵着他。

顾念今年五岁了，大概是因为先天不足的原因，长得不高，和别人家三岁多的小朋友差不多。顾念和顾桥长得也不像，顾桥是那种凤眼，顾念则是一双葡萄一样的眼睛，和安嘉先倒是有几分相似。

安嘉先提前预约过，到了4S店后，有专门的店员接待他们。男经理还夸了顾念一番，无非是小孩子真可爱、真聪明之类的。

顾念松开两个大人的手，给人家鞠了一躬说："谢谢叔叔的夸奖，叔叔你穿西装很帅气。"

经理明显一愣，没想到这个小孩嘴巴这么甜，当即让人去买零食给送过来，还给顾念带了一个小玩偶。顾念抱着玩偶，跟卢晚晚眨了一下眼。

卢晚晚暗地里给他比了个大拇指，她蹲下来悄悄跟他说："你待会儿要不要帮着杀杀价？"

顾念比了个"OK"的手势。

顾念这个小孩年纪不大，但是已经懂得很多了，他们的家庭教育是，小孩子一定要讨人喜欢，嘴甜总不会吃亏。顾念可以说是从小就被这么培养的。他还真没有吃过亏，走到哪里都是吃糖的孩子。

"晚晚你喜欢哪款？"安嘉先在对方介绍了几款车型以后，问卢晚晚。

"香槟色那款不行，颜色太丑了，剩下的你随便选。"卢晚晚看了一眼之后说。

"再看看SUV吧。"安嘉先对经理说。

卢晚晚猛然间想起她以前帮任初停车的经历，赶紧跳起来反对："不行，车型太大了，我停车困难。你买SUV干吗呀，咱们那小区车位很窄的。"

安嘉先指了指顾念说："得接他上下学吧，车太小了挤得慌。"

卢晚晚和顾念对视了一眼，一想似乎也有道理，她无奈道："那好吧，你说的算，反正你掏钱。"

安嘉先就笑了："没事，你停车多练练就好了，撞坏了就修呗。"

卢晚晚做了个鬼脸，又指挥顾念也做了个鬼脸。

安嘉先作势就要打卢晚晚，卢晚晚抱着顾念一转身就跑开了，继续冲安嘉先做鬼脸。

"别闹了，你过来一起试驾。"安嘉先满脸的无奈，眼底全是笑意。

"知道啦！"卢晚晚拉着顾念一起过去了。

最后选了一辆黑色的 SUV，安嘉先试驾感觉性能不错，经理也在卖力介绍。就是价格有点贵了，要六十多万，卢晚晚有点犹豫，她拉了拉安嘉先："要不再看看，你刚去医院上班……"

"你喜欢吗？"安嘉先问。

卢晚晚咬了咬嘴唇，没回答。

顾念却点了点头说："我好喜欢呀！"

安嘉先抿着嘴笑，把顾念抱起来："那咱们就买这个吧。"

顾念拍着手说："好呀好呀！你最好了！"

"吧唧"一声，顾念还亲了安嘉先一口，安嘉先当然也回亲了一口过去。

经理带着他们去刷卡先付定金，办理了一系列手续，这个买车的速度快得惊人，以至于经理都有点诧异了，太顺利了。

"安先生，车得过几天才能到，到时候我致电您提车。"经理将他们送出了门，亲自为他们打了车。

安嘉先点点头，说："谢谢。"

上车以后，卢晚晚终于忍不住发问："你哪儿来的钱呀？"

"分期付款呗。"

"骗人，你刚才刷的可是储蓄卡，不是信用卡。"

"我爸妈那儿贷的款。我上周回家了，因为太穷酸了，我爸妈觉得丢人，甩了一百万给我。就穿的上次你帮我洗坏的那件衣服回去，真得谢谢你了，晚晚。"安嘉先说这话的时候十分诚恳，搞得卢晚晚都不好意思打他，她怎么知道，他那件衣服不能干洗也不能水洗啊。任初的衣服她都是随便洗的，从来都没洗坏过，每次洗完都跟崭新的一样，任初每次都夸她洗衣服干净。

崭新的？卢晚晚忽然愣了一下，她旋即想明白了。任初肯定是每次偷偷买了新的回来替换吧，从来没有告诉过她，衣服被她洗坏了。任初就是这样,总是默默粉饰太平，从来不让她看到他们之间到底有什么问题，这才导致，等到她发现的时候，问题的裂缝已经变成了无法逾越的鸿沟，所以才不得不分开。

"你怎么了？"安嘉先问。

卢晚晚勉强笑了下说："没事啊，今天有点堵车啊。"

安嘉先看着一路的绿灯说："你是不是想任初了？"

"哪有！"她矢口否认，自己选的路，跪着也要走下去！

大众 4S 店里，金牌销售经理正在打一通电话，他怒目圆睁，气愤得不行。

"我刚看见谁了你知道吗？咱学校那个第二个保送的！对，就是安嘉先！知道他跟谁一起来的吗？卢晚晚！还带着一孩子，估摸着都三岁了。一家三口，好生刺眼啊！来我们这儿买车，买 SUV 呢。"

"你确定？他俩在一起了？"

"肯定啊！卢晚晚一开始嫌 SUV 不好停车，安嘉先那厮让她多练练，以后得接孩子上下学什么的，这还不是一家三口？我做销售也这么多年了，看人准的！"

"孩子都三岁了？"

"那可不！我外甥也三岁，跟那小孩差不多高。估摸着才跟任初分手，就和安嘉先结婚了吧。气死我了，太不要脸了！欺负咱乒乓球队没人是不是？还敢跑我这儿买车，你说我要不要把他们那新车弄坏？"

"你冷静点。保不齐是误会呢？"

"误会个屁啊！说他们小区车位小，这肯定住一起没跑吧？两个人还打情骂俏，甜得我糖尿病都快犯了！这要还不是两口子，我就把我这店里的车全吃了！"

电话那头的人没说话。

金牌销售经理接着说："范毅，你可别告诉任初啊，不然他该难过了。我还偷拍了一张他们一家三口的照片，那小孩长得真丑，和安嘉先一模一样，你等我发给你。"

范毅"嗯"了一声，挂断电话后收到了一张照片，安嘉先和卢晚晚牵着那个小孩，三个人笑得很幸福的样子。范毅仔细盯着那个小孩看，一开始还没觉得怎么样，越是想起他乒乓球队队员的话，越觉得，这两人是一个模子刻出来的。这么说，卢晚晚真的和安嘉先结婚了？

他登时觉得气血上涌，头疼，太头疼了。他一转手发给了大洋彼岸的任初，然后留言：你别难过啊。

范毅一直没有收到回复，过了两天，他没忍住打了个电话过去，关机了。范毅琢磨起来，这是生气呢，还是没当回事儿啊？

当天下午，范毅接到了一通越洋电话。

任初打来的。

"你出差了？电话打不通呢。"范毅委婉地问。

任初"嗯"了一声说："手机坏了，买了个新的，刚补上卡。"

范毅"哦"了一声，内心泛起了同情，看来是看见照片以后，摔了手机。但是，他想起学校那会儿被任初折磨过的时光，又忍不住说："照片你看见了吧？"

任初又"嗯"了一声，过了好一会儿问："真在一起了？"

范毅就把乒乓球队队员的话重复了一遍，说："事实就是这样，眼见有时候可能也不是真的，要不要我帮你查查？"

"她现在还没学会倒车入库吗，都撞坏我多少辆车了。小区停车位窄？那为什么不买个大一点的？她要亲自送孩子上学吗？她开车技术那么烂，为什么不请个司机？孩子都三岁了，才买车？"

这一连串的发问，让范毅蒙了。他怎么可能知道！任初这三年在美国进修，该不是读书读傻了吧？

但是，范毅可不敢这么问，他又委婉地说："可能安嘉先混得惨。你换个角度想想，他这不是也心疼卢晚晚嘛，所以才买 SUV 呀！"

任初冷笑，然后说："你脑子是不是有病？！"

紧接着"啪"的一声，范毅又听到了"嘟嘟"的声音。

脑子有病这话，是他想对任初说的啊！可他没机会说了，刚才那一声巨响，肯定是任初又摔了手机，估计又要好几天联系不上了。范毅想着想着，觉得任初之所以情路坎坷，一定是因为脾气不好。

范毅也有点想不明白。当初任初想要去公司上班，任家却一定要让任初出国留学，可现在留学期满了，任初该回家继承家业了，又死活不回来，非要继续进修。任家人也拐着弯地来找过他几次，希望他能够劝劝任初回来。但是任初哪里是听别人劝的人，不过现在他觉得，任初应该很快就会回来了。

一周后，安嘉先去提车，莫名收到了几个白眼，他感觉这店里有个经理对他有杀气，他也不明白到底是为什么。当天晚上为了庆祝买新车，他们要在家里吃火锅，安嘉先叫上卢晚晚一起去超市买食材，然后一起回家准备，等着顾桥下班回来。

安嘉先总感觉有人在看着他们，买完东西以后，赶紧拉着卢晚晚回去了。等进了家门，他才说："你这几天出门小心一点，快过年了，小偷多，别被人盯上。"

卢晚晚"嗯"了一声说："口袋比脸干净，不怕。"

门外，4S店那个金牌经理贴着门努力听，奈何隔音太好了，他什么也没听见。看着这扇大门，他很是愤怒，对着拍了一张照。下楼以后，他又给范毅打电话："他们小两口今天要庆祝提车，在家吃火锅！瞧瞧吧，这是他们家大门。这下没跑了吧，肯定是结婚了！这孩子肯定是未婚先孕！你千万别告诉任初啊！"

范毅连连答应，扭头就给任初发过去了，微信说："提车了，正在家吃火锅庆祝呢，你别生气啊。"

任初："你有病吗？和我有什么关系？"

然后，任初就又失联了两天。

范毅感觉心情非常好。他是损友吗？他这是在报答大学四年任初对他无微不至的"关爱"啊！

年底各大公司都开始裁员了，业绩不好的都被解雇了。顾桥反倒是加薪了，她的直属上司非常赏识她，觉得她很能干。顾桥也对上司非常尊敬。孔经理今年三十五岁，虽然是外地人，但是也在影舟买房买车了，算是事业有成。他对待工作十分认真，踏实肯干，本事不小，脾气很小。

顾桥经常在家里提起这位孔经理，每每提到都是赞不绝口。

卢晚晚在招聘的 APP 上找工作，越看越心塞，她听多了顾桥对孔经理的赞美，忍不住来了一句："要不你和他发展一下？"

"那可不行，办公室恋情要不得，他也不是我喜欢的类型。不过，我倒是觉得他有点适合你，成熟稳重，很能照顾人。回头介绍你们俩认识认识？"顾桥冲卢晚晚挤了挤眼睛。

卢晚晚总算明白了，难怪经常夸奖，原来是在给她下蛊呢！卢晚晚赶紧摆手："等我找到工作再说吧！人家事业有成，我还在啃闺蜜呢。"

"没事儿，咱俩还可以啃安嘉先呢。他可是不得了了，我七大姑八大姨都听说了，他可是他们医院最年轻的副主任医师，前途无量。要不，让顾念认他做干爹吧，这样，他也是我爸爸了，名正言顺地啃老。"顾桥十分不要脸地说。

顾念在里屋听到了，回应了一句："好呀，好呀！"

顾桥一记白眼飞过去："小孩子别胡说八道！二十六个拼音字母都学会了吗？"

顾念嘟着嘴说："是六十三个拼音字母！"

顾桥一愣："这么多吗？我的天，咱们上学那会儿是怎么记住的？现在小孩子太辛苦了。"

顾念跑过来卖萌说："是呀，是呀，姐姐我好辛苦啊，那周末的兴趣班可以不去吗？"

顾桥捏了捏他的脸说："不行！"

顾念委屈地扁着嘴说："你给我报了好多乱七八糟的兴趣班哦，我才五岁，为什么要学做点心？那个老师还不如晚晚教得好。"

顾桥突然灵机一动，把顾念打发回了房间，然后拉着卢晚晚说："要不你别找工作了！"

卢晚晚觉得自己可能听错了，掏了掏耳朵说："你真打算养我一辈子？"

"去去去！"顾桥抽了她一下，然后又说，"咱们可以开个店，你接着做蛋糕甜品之类的怎么样？之前你不是也搞过工作室吗，你手艺那么好，肯定赚钱！直接当老板，总比给别人打工得好多吧！"

卢晚晚有点心动了。

"你还想当医生吗？"顾桥问。

卢晚晚思考了一下，她不是不想当医生，而是不能再做医生了，面试了许多家医院，都没有录取她，她也能够明白，自己医生的职业生涯走到了尽头。待业大半年了，倒不如真的换一条路来走。

"但是开店要钱啊。"卢晚晚犹豫了。她是很想开店，但是她没钱。

"我给你啊！我还有钱呢，你忘了吗，三百万呢！"顾桥信誓旦旦地说着。

卢晚晚赶紧拒绝："千万别，那钱是干什么的，咱俩都清楚。不能动那个钱，顾桥你死期存好了，别打那个主意。"

"我愿意为你把这个钱拿出来，晚晚咱们是一家人。"顾桥又说。

卢晚晚是感动的，能有顾桥这样的"铁磁"，但是她绝对不能用这笔钱。做生意本就有风险，没有什么一定会成功的事情，万一赔了，她该怎么面对顾桥呢？

"坚决不行，如果你把这个死期取出来给我，我就跟你绝交，我回家去住。"卢晚晚表达了自己的态度，任顾桥怎么劝说都没有用。

两个人惆怅了好几天，安嘉先知道了以后给卢晚晚送了三十万，是他买车剩下的钱。

卢晚晚当然也不能拿安嘉先的钱，这要是被安嘉先的父母知道了，保不齐又要生出多少事端。安嘉先的爸妈有好几次都请她去家里做客，撮合他们两个结婚。

卢晚晚决定自己去找个投资，也学着做了创业的 PPT，但是她这个企业确实不算什么，没人瞧得上。

周末回爸妈家的时候，卢晚晚的父亲拿出了一张银行卡。卢晚晚吓了一跳："爸爸你这是干吗？我不用零花钱了。"

卢爸爸笑了笑，又拿出一个房产证来，说："这个小公寓是你十八岁生日那年，爸爸给你买的。现在正式交给你了，你可以卖掉创业，也可以自己住。怎么处理你决定，爸爸都支持你。只要是你想做的，只要爸爸还能给，就都会支持你。"

"爸爸……"卢晚晚眼眶红了。她知道这套小房子，但是从来没有打过房产的主意，没想到爸爸能这么支持她。

"哭什么呀，傻闺女。都是爸爸不好，生意做得一塌糊涂，不然你和你妈妈哪会这么辛苦。要是早几年，爸爸早就给你开店了。也幸好，这个房子在你名下，才能保留下来。"卢爸爸安慰着卢晚晚，他十分自责，觉得愧对妻女。

他是跟不上时代了，所以才在几年前投资时出现了重大的失误，导致破产，只剩下了现在住的一套房子，因为写在他前妻名下。他在出事前，跟老婆离婚了，女儿归妻子，如此勉强留下来两套房子。现在夫妻俩还住在一起，十分恩爱，只是名分一直没有恢复。

卢晚晚拿着爸爸给的房产证，当天下午就去找了房产中介，她要把这房子卖掉。她交了钥匙，都没去看一眼这房子，她怕看一眼就会舍不得，那可是她的成年礼物。

那套房子不大，是个一居室，只有六十五平方米，售价两百三十万。那房子地段很好，她给出的价格比周围便宜，只求快点出售。

第二天下午，卢晚晚接到了中介的电话说房子有买主了，完全符合她的要求，爱惜房子，不破坏原有格局，一次性付清。如果能马上交易的话，对方还承担全部的手续费。

天上掉馅饼了？卢晚晚感到不可思议。当初顾桥卖房子的时候，那可是费尽了周折，差点没被那些买主给折腾死。轮到她怎么如此简单？是她找的这个中介太厉害呢，还是她房子真的卖得太便宜了呢？

揣着满腹怀疑，卢晚晚带上房产证，去中介公司，准备和买主见一面。

中介小飞早早就等着她了："卢姐，买家说要在房子里跟您面谈，我骑车带您过去吧。"

"卢姐"这个称呼让卢晚晚惊了一下，不知不觉今年已经二十六岁了。

一个走神的工夫，已经到了她那套房子楼下了。那套房子在十四楼，电梯缓缓上行，她心里七上八下。她有点纠结，怕自己突然会后悔，她是真的不想在那套房子里进行交易。

中介打开房门，卢晚晚进去，还在门口换了拖鞋。

每隔一周她妈妈会过来这边打扫一次，所以尽管不住人，但也很干净。粉色的墙纸，白色的毛绒地毯，沙发也是少女感十足的粉色系，到处都是粉粉嫩嫩的。卧室里的床是公主床，挂着白色的床幔。她小时候看迪士尼动画片的时候，特别羡慕，所以她爸爸给她买了。墙角还放着一个两米的超大玩具熊。卧室的小阳台上的绿植有点枯萎了，卢晚晚拿出剪刀来，慢慢修剪着。

客厅里，中介小飞跟客户正在打电话："好的，好的，您上来吧，我们已经到了。哦，您到了？好的，我帮您开门。"

中介小飞去开了门："任哥，外面冷，快进来吧。房主在里面呢。"

"嗯，我和她聊几句。"

"好的，哥。"

中介小飞扯着嗓子喊了一声："卢姐，人来啦！"

卢晚晚这才放下剪刀，回了一句："稍等一下！"

她剪完枝叶想给花浇水，在小阳台寻觅了一圈，没找着水壶。突然，有人递了个水壶给她，里面装了半壶水，她接过来道谢。

"不客气。"那人说。

这个声音……

卢晚晚整个人僵住，不敢回头。

她不知道该怎么办才好，她甚至想过从这里跳出去。她开始慌乱了，她没有做好与他见面的准备。

他怎么会回来的？不是在美国读博士了吗？不是说会移民那边吗？

为什么买主会是他？他到底想要做什么？

怎么办，她到底该怎么办？该以一种什么样的姿态面对他？

"不浇花吗？水洒了。"他又说。

卢晚晚一个激灵，发现水壶倾斜了，水的确洒出来了。她咳嗽了一声，做了个深呼吸。她在心里默念，没事的，卢晚晚，你可以应付！他没什么可怕的，无非就是一张嘴巴、两只眼睛而已嘛！

做好了心理建设，卢晚晚背对着他笑了笑，说："没事儿，地太干了，我故意洒点水。"

"哦，原来如此。那不用拖把擦了。"那人也笑了，然后把阳台上的拖把给拿出去了。

卢晚晚低头看了一眼那一大摊水，默默开始心疼起实木地板来，她在心里骂人，这厮太缺德了！

骑虎难下了呀！

卢晚晚扭捏了一会儿，才从卧室里出来。中介小飞已经和买主坐在沙发上聊天了。

三年后，她又一次见到了任初。她没有办法说一句好久不见，她想，如果可以的话，两个人永远不要见面。因为她真的不知道，再见到他，自己该如何。不是没有幻想过有一天再见到他，每天想一次，有一千多种可能，却没想到，再见面会是这样。

她紧张得不知道如何开口，手足无措又极力掩饰，像个犯错的孩子，等待着大人的教训，又像一个假装长大了的孩子，一举一动都透着做作。

任初，你好。

她在心里说。

"坐吧。"任初说道。

卢晚晚走过去，在离他最远的地方正襟危坐。反观任初，放松随意，简直像是在自己家。

公寓里没准备茶水招待客人，任初倒是自带了。他从袋子里拿出一杯奶茶来，放到卢晚晚面前，又亲自给她插了吸管，说："原味三分糖，热的。"

"我不……"她刚准备说一句"我不喝"，但是一抬头对上任初的眼睛，又赶紧咽下去了，改口说，"谢谢。"

中介小飞左看看右看看，他感觉不妙——这两人认识！自己的中介费不会要飞了吧？这到底是什么操作？这两人是不是有故事？

中介小飞内心焦虑，这个月还没开张呢，一定要拿下这笔订单！

于是，中介小飞强行加入了聊天，拉着任初开始聊房子的事情。

"我很满意，今天就可以付钱。"任初说。

中介小飞内心美开了花。

"从你们那儿走单子的话，要扣多少手续费？"任初又问。

"啊？这个，佣金很便宜的啦。"中介小飞说。

"我单独给你，别扣她的钱了。"说完，任初看向卢晚晚，"这房子两百三十万是吧，我微信转账可以吗？"

卢晚晚猛然一惊。

中介小飞直接石化了，微信转账这是什么操作啊？两百多万啊，竟然要用微信吗？

"你微信号多少？"任初又问。

卢晚晚觉得任初绝对是故意的，她皱了眉头说："这房子我不卖了，你们走吧。"

"哦？"任初笑了，"我定金都付过了，要违约吗？那你准备好赔偿了吗？"

卢晚晚看向了中介小飞。

中介小飞面露难色，他的确是怕人跑了，所以提前收了点钱，没跟卢晚晚说，算是违规操作，他以为遇上了个人傻钱多的买主，却没想到遇上了一个精明的大尾巴狼。

"还是说你不想卖房子？挂到中介那只是想看看市场价？或者你还有其他买主，要坐地起价吗？抱歉，请原谅我这么猜测，因为你的行为的确很古怪。你到底为什么突然不卖了？"任初咄咄相逼，他看起来势在必得。

　　卢晚晚哪里是他的对手，她咬了咬嘴唇说："我就是不想卖给你，这个小区还有别的房源，你再看看吧。"

　　"为什么？我不是正经买家？我压价了，还是我不给你钱？这个理由不够充分。我的时间很宝贵，不想浪费在你这里，卢小姐不要胡闹可以吗？"

　　"我没有……"卢晚晚小声说。

　　"微信不行的话，支付宝也可以，我转账给你，我还没有国内的银行卡，但是我急着买房子。"

　　"你到底为什么要买这套房子？"卢晚晚终于问出了心底的疑问。他可以买任何地方，为什么却这么巧，偏偏来买她的房子呢？

　　"便宜。"任初不假思索道，"难道你觉得我还有其他理由吗？卢小姐，我希望你不要想太多，这个地段的房价你这套是最便宜的，而且精装修，我马上就可以入住了，十分划算。签合同吧，房屋交易后续慢慢办理，我希望明天就能住进来，我真的很忙，请不要浪费我的时间。"

　　他不止一次强调时间，是自己在浪费他的时间吗？他这句话是什么意思？卢晚晚不得不深思熟虑起来，且不说他买房子的目的是不是真的，以后两个人会不会还有其他的联系？

　　她太累了，不想再经历一次三年前的事情了。

"还是说，这套房子卢小姐自己做不了主？"任初又问。

"对，我需要回去跟家人商量一下。"卢晚晚赶紧说。

任初嗤笑："中介，麻烦你以后给我找靠谱的房源可以吗？和这种人谈交易，简直是浪费生命！"

他生气了，转身就要走。

中介小飞赶紧去拉住他："哥，哥，哥，你先别走啊，再商量一下。"

中介小飞安抚住了任初，又给卢晚晚使了眼色，两个人一前一后去了卧室，关上了门。

中介小飞苦口婆心地劝说："卢姐，这位买主这么痛快，您在犹豫什么呀？现在房子可不好卖的，错过这一位，您要等好久呢，同一个小区登记在册的房子还有十几套呢，我是看您人好，才先推荐了这套房源。您和那位先生是有什么过节吗？我看得出您二位认识，但是您不是急用钱吗，别和钱过不去行不行呀？您也可怜可怜我，这眼看年底了，我业绩太差了。"

卢晚晚其实没怎么听进去中介的话，她在思考，看任初的语气和态度，好像是她想多了。

手机响了，顾桥给她发了视频电话，卢晚晚对中介小飞说了句抱歉，去阳台上接听。

"晚晚！我看到了一家店面正在转租，地段太好了，装修也特别好，咱们盘下来，都不用装修就可以直接开店了！"顾桥镜头一转，拍摄下店面的情况。

顾桥没有夸张，真的是特别适合的一个店面，是卢晚晚梦想要的那种梦幻马卡龙蛋糕店。看得出原来是卖奶茶的，她只需要重新购买烤箱就可以开店了，桌椅都还很新。卢晚晚心动了，这是顾桥听说她要卖房开店后，帮她找到的第六个店铺了，是最合适的一个。

"瞧见了吧，来看的人很多，咱们得抓紧盘下来，你那儿钱要是不够的话，我和安嘉先都有的，算我们入股，你别傻好不好？"

卢晚晚"嗯"了一声，做好了决定："放心吧，现在有人看房呢，差不多就要买了。我先不和你说了，我去签合同。"

"哇，这么快吗，晚晚你这运气也太好了！"顾桥几乎跳了起来，"那你快去，店铺这边我先交个意向金，真是太多人来看了，明天带你过来！"

"嗯嗯！"卢晚晚很开心。

卢晚晚挂断了视频电话，回到卧室里跟中介小飞说："我觉得可以，签约吧，后续麻烦你了。"

中介小飞比了个"耶"的手势，着手准备购房合同，让双方签字，后面改房本、跑房产局的工作都由他来负责，这几乎是他经手最快的一单买卖了。

"我拉个群，咱们有需要可以马上在群里联系。"中介小飞创建了微信群，任初很自然加了卢晚晚为好友。

卢晚晚看着那申请加为好友的提示，有点犹豫要不要通过。

只听任初说："房子过户还有很多事情需要你帮忙，卢小姐，可以通过一下吗？"

"好的。"卢晚晚只能通过了。

任初果然是用微信转账，付了一笔钱给卢晚晚，三十万，然后又转了三百块过去，说："这是提款到银行卡的手续费。"

卢晚晚想说不用了，但是转念一想，他们又没什么关系，没理由不收。

她收下了，说了句："谢谢，任先生想得很周到。"

"我还有事，再见。"任初伸出手来。

卢晚晚犹豫了一秒，握了一下他的手。

他的手还是那样宽、那样暖，而她的指尖冰冷。

任初离开公寓，去 4S 店提车，接待他的是大学乒乓球队队员，现在是一位金牌销售经理。车是一早就预订好的，国外进口，低调奢华的黑色辉腾。任初去刷卡付了全款，十分痛快。

"车牌明天就给你办好，任初，你怎么在影舟买车啊，你要在影舟发展吗？"金牌销售经理问。

任初"嗯"了一声："浅岛没意思，影舟比较有趣。"

金牌销售经理感觉到了不妙，问："范毅没跟你说什么吧？"

任初拿过车钥匙，金牌销售经理帮他开车门，他临走时说了一句："你没事儿别贴墙根，又不是狗仔队的。"

金牌销售经理顿时满脸通红。

"谢了，改天再聚。"任初把车开走了。

　　顾桥真是一个十分靠谱的人，她找到的那个店，实际看起来比在视频里看还要好。卢晚晚里里外外转了几圈，她爱上这里了。

　　影舟市这几年搞旅游业，开发了不少人文景观，店面就在风情街上，人流量很大。只要不是她们的东西太难吃，赚钱基本上是没有问题的。

　　这么一个黄金店铺，突然空出来了，刚巧又被顾桥看到了，这简直是运气爆棚。卢晚晚和顾桥没能见到房东，他事先已经签好了协议，交给中介全权代理了。卢晚晚在签字的时候，注意到，房东好像是个外国人，写的英文名字，相关证件显示是美籍华裔。

　　交了半年房租给中介，她们总算把这个店盘下来了。

"卢小姐，我听说你们要开蛋糕店，我正好知道，隔壁街有一家蛋糕店关门了，设备都很新，正在卖二手呢，你们要不要顺便去看看？"中介小哥好心分享了这个消息。

卢晚晚当即眼前一亮，说："好啊，好啊，麻烦你了。"

因为隔着一条街，步行还是挺远的，中介小哥提出要开车过去。

当看到中介小哥开的车的时候，顾桥惊了一下，拉着卢晚晚窃窃私语："要不咱别开店了，咱也去干房产中介吧。"

卢晚晚不明所以，问："怎么了？"

顾桥一努嘴，说："瞧见了吗？辉腾！停产了还能买到新车，可见够有钱的！现在中介都这么低调吗？"

卢晚晚一瞧，果然是"大众带字母"。她"嗯"了一声说："你要不要和中介小哥发展一下？有钱又低调呢！"

顾桥作势就打了她一巴掌："去你的，姐姐我是那种见钱眼开的人吗？"

卢晚晚忍俊不禁，点头说："你是啊！"

"皮痒了！"顾桥追着卢晚晚一顿打。

中介小哥为她们开了车门，说："二位请上车吧。"

"好了，别闹了，办正事。"卢晚晚在顾桥的追打下举手投降了，两个人先后上车。

后排扶手中间是个便携式冰箱，中介小哥问她们要不要喝点什么。

顾桥也不客气，自己拿了一听可乐，给卢晚晚拿了苏打水。

中介小哥踩着油门，性能是真的不错，起步快，又很稳。顾桥还是第一次坐这么贵的车，她有点兴奋，跟中介小哥聊起来："你们平常辛苦吗？"

中介小哥大吐苦水，有些人光看不买，无论三九酷暑，他们中介都得陪着。

"那赚得多也可以啦。"顾桥安慰道。

"一点都不多呀，姐，我们全靠提成。"中介小哥又叹了口气。

"不能吧，你这车小两百万呢，赚得不多，怎么养得起车啊？"顾桥惊叹道。通常买得起豪车的人，也得保养得起，像这种车，保养一次就是一两万，穷人哪里开得起。

"什么？"中介小哥惊呆了，猛然间从旁边一辆车超过来，他吓得汗都出来了。

"怎么了？"卢晚晚问。

中介小哥摇摇头说："没什么，咱们慢点开哈，安全第一。"然后就开始了全程龟速，被无数车按了喇叭。

顾桥和卢晚晚对视了一眼，真奇怪。

好在隔壁街也不远，开了十五分钟总算是到了。说是二手设备，可卢晚晚看着几乎就是新的，也是大品牌的烤箱，价格只要原价的四折，她马上付了钱，然后联系搬家公司给搬过去。

设备的原主人还帮忙联系了厂家，进行一次安装，预约到了后天。

一切顺利得不可思议，顾桥和卢晚晚都没想到，一天工夫就把这些棘手的问题都给解决了。剩下的就是准备原材料，开始营业了。而房子的预付款三十万，也就这么给花光了，卢晚晚按着计算器，一笔笔的钱，简直就是流水，她有点佩服她老爸以前做生意的头脑了。

安嘉先晚上有一台手术，打了个电话祝贺她们盘下店铺，约好了改天一起庆祝。顾桥临时有个应酬，孔经理亲自来楼下接他，家里又只剩下了卢晚晚和顾念了。

顾念在写幼儿园布置的作业，学习汉语拼音的拼读，为明年上小学做准备。卢晚晚在家辅导他功课，偶尔能听到楼上传来声嘶力竭的吼声："5乘以3就这么难吗？3乘以5等于15你不是知道吗？反过来就不会了？"

卢晚晚和顾念打了个寒噤。

卢晚晚率先表态："你放心，我不会这么辅导你的。"

顾念也表态："我也没有那么笨啦！"

两个人击掌，达成共识。

晚上九点，顾念上床睡觉，顾桥还是没回来，卢晚晚已经习惯了，她去厨房煮了一碗解酒汤，用小火温着，等到顾桥回来就能喝。

卢晚晚打开电脑，有一个文件夹，里面放着的都是她之前做糕点的笔记，以及照片。她曾经删掉过许多笔记，像熔岩蛋糕、千层蛋糕这些，都是她曾经给任初做过的，本来说再也不做了的。卢晚晚现在又有点后悔，开店肯定还是什么品种都要有的，她又默默地去网上找来教程，自己一点点整理，一点点回忆当时自己研究的各种食材的比重。

她累得腰酸背痛，觉得自己真是有病，分手了干吗要整理这些东西呢？整理给谁看呢？都丢掉了，难道就真的能够彻底忘记吗？那个人现在不还是出现在了自己面前。卢晚晚叹了口气，她趴在桌子上，敲了敲脑袋，能不能不要想任初？

刚刚这么说完，她脑子里又冒出一个念头来，任初在国外这几年过得好不好？他表面上好像没什么变化，但是脾气越来越差了，是不是过得不顺心？

鬼使神差地，卢晚晚点开了任初的微信，想要看看他的朋友圈，却没想到手机突然响了一下，她吓了一跳，差点没把手机给扔出去。

任初："厨房下水管漏水了。"

卢晚晚拍了拍胸口，冷静回复："请找个工人去修一下吧。"

任初："那麻烦你明天叫人来修一下，我初来乍到谁都不认识，没想到买到了一个问题房子。"

"……"

她有点想骂脏话了，这厮怎么能这样，什么叫问题房子，这说话的口气，赤裸裸的道德绑架，好像她是个奸商一样。

没过一会儿，任初又发了一条："我要出差，不赶紧修好的话，地板全都会被泡坏，这房子就得重新装修了。"

当然不可以！

虽然房子已经不是她的了，但到底是她的成年礼物，她不想变得面目全非。他要出差，看来只能她去处理了。

卢晚晚回复："好的。"

任初："所以你还有钥匙？"

"……"

她还真的有一把，不是她故意留下的，是放在顾桥这儿，昨天交易房子的时候，她没带过去。她昨天也没有想到，房子马上就可以卖掉，所以是情有可原的。

卢晚晚打了一长串话，想要把事情说清楚，但是发过去以后，又马上给撤回了，她干吗要解释那么多？

卢晚晚又发了一条说："抱歉，请你更换新的门锁，这是安全常识。明天我会去帮你修好水管，不用谢了，再见，任先生。"

任初看到这条的时候，没忍住笑了起来，故意强调不用谢，这种倔强的口气，果然是卢晚晚。

任初放下手机，躺在卢晚晚那张公主床上睡下了。

卢晚晚等了许久，那人还真的就没有再回复，没有感谢她，简直太没有礼貌了！

门锁有响动声，卢晚晚放下手机，从猫眼看了看，是顾桥回来了，她赶紧开门。没想到顾桥身边还有个男人，三十多岁的样子，从外形和穿着看，应该是顾桥经常说的孔经理。

"你是顾桥的朋友吧，她喝多了，我送她回来。"

"您是孔经理吧？"

孔经理没想到被认出来了，再加上顾桥醉得厉害，他顿时感到非常不好意思，笑了笑说："真是对不住，顾桥喝得有点多。"

"谢谢您送她回来，交给我就行了。"卢晚晚接过像一摊泥一样的顾桥。

孔经理也没有多逗留，转身就走了。卢晚晚对他的印象一般，让顾桥喝这么多酒的上司不会好到哪儿去。

卢晚晚拿了醒酒汤，准备强行给顾桥灌进去，但是她万分不配合，灌了一口，洒了半碗。

"干杯！"顾桥突然睁开眼，咧嘴傻笑起来。

"好好好，干杯！"卢晚晚把醒酒汤的碗放在顾桥手上，自己拿水杯跟顾桥碰了一下，顾桥端起来干了。

卢晚晚哭笑不得。

给顾桥把酒气醺醺的衣服脱掉，又帮她卸妆洗脸贴面膜护肤，一系列事情做完已经凌晨两点了，卢晚晚困得要死，直接睡在了顾桥旁边。

第二天一早，安嘉先来了，他刚下了夜班，带了早餐过来。

"晚晚呢？"安嘉先问。

"我去叫她。"顾桥噘着嘴唇，小口咬着包子，不让自己精致的妆容受到破坏。

"晚晚，起床吃饭啦。"顾桥戳了戳卢晚晚。

卢晚晚翻了个身，没起。

"快点听话，吃完饭再睡。"顾桥又说。

卢晚晚还是不起。

"你还得送顾念上幼儿园呢，乖啦。"顾桥哄着她说。

卢晚晚猛然一掀被子，满脸的起床气。

顾桥笑容满面道："哎呀，我们晚晚最好了，还给我卸妆敷面膜，早上起来惊喜死了！没有你我可怎么办。"

"少来！"卢晚晚一脸杀气地起床了，脸都没洗，直接去餐厅吃饭。

安嘉先看着鸡窝头的卢晚晚，惊了一下说："你都不收拾一下吗？"

卢晚晚呵呵了一声。

安嘉先看向了顾桥，顾桥翻译道："她说你不是外人，所以你不配看收拾后的她。"

三个大人加上顾念小朋友一起吃早饭，卢晚晚的起床气还没好。

顾桥时间来不及了，最后拿了个包子就要走，走到门口又问："宝贝儿，我还忘了问你，卖房子顺利吗？买主人傻钱多吗？"

"噗……咳咳……"卢晚晚正巧喝粥，一口全都喷出来了，然后开始剧烈地咳嗽。

安嘉先放下筷子，帮她拍背。

顾桥穿了的一只鞋也脱了下来，又坐回来问："这么激动干什么，买主到底是谁啊？难不成是个明星？"

卢晚晚咳嗽了好一会儿，摇了摇头说："没谁，你快去上班吧。"

顾桥狐疑地看了她一眼，再一看时间，果然来不及了，穿上鞋就跑了。

安嘉先摸了摸顾念的头问："吃饱了吗？"

"吃饱了。"

"哥哥送你去幼儿园。"安嘉先说。

"我送吧，你不刚下夜班吗？"

"你还是再睡一会儿吧，我怕你的起床气把车给炸了。"

卢晚晚哼了一声，放下筷子，安心回去睡觉了。

顾念的幼儿园离得不远，开车只需要十五分钟，但是今天出奇地堵车，安嘉先买了杯咖啡提神。不知为何，他总感觉到后面有车跟着他，仔细看了好几眼，没发现什么异象。

安嘉先摇了摇头，看来最近压力有点大，他都开始胡思乱想了。

顾念和安嘉先说了再见，跑进去上课了，和那些躲在家长后面，死活不想去幼儿园的小朋友形成了鲜明的对比。

"你家宝宝好乖啊，我家孩子上幼儿园就跟要他命一样。"旁边的家长羡慕道。

安嘉先笑了笑说："从小培养的，他觉得幼儿园是个非常好玩的地方……"

安嘉先跟人顺便聊了一会儿育儿经，他自己都有点恍惚了，竟然跟一个真的爸爸一样。

卢晚晚还是没睡饱，她被微信给吵醒了。

又是任初，还是一条语音："卢小姐，水管修好了吗？"

卢晚晚尖叫了一声，还让不让人睡觉啦！她咬着牙回了一条语音："马上！"

对着被子发了五分钟的脾气，卢晚晚起床了，洗漱完毕后在家里找钥匙，足足磨蹭了一个多小时才出门。等到达任初刚刚买下的那套公寓，已经是下午两点多了。

卢晚晚开门进去，还没忘记换拖鞋，门口正好有一双她以前的粉色毛绒拖鞋。卢晚晚没想到任初没给扔掉，还给她翻出来放门口了，心里有点不是滋味。

影舟市卖房子流行送家具，所以卢晚晚几乎什么都没带走。她原本也没在这里住过几天，所以几乎是空的，不然任初也不会那么快就搬进来。尽管如此，客厅沙发上还是放了一小包东西，旁边贴了字条写着：帮我丢掉，谢谢。

卢晚晚的瞳孔瞬间放大，这个东西为什么会在这里？

那是一本日记，她学生时代写的东西，上面还写着她暗恋安嘉先的点滴。她仔细回忆起来，大概是高中的时候怕被爸妈发现，所以把日记本藏在这里了。真是该死，她为什么卖房子的时候没想起来呢？任初会不会已经偷看了？

那几本日记，是密码锁，纸已经泛黄了，锁上有几个手指印，不知道到底有没有打开过。卢晚晚抱着侥幸心理，或许任初没打开吧，毕竟有密码呢。密码是什么她一下子也没想起来，她试了试自己的生日，"吧嗒"一声打开了。她有点窘，用生日做密码的习惯到底是什么时候养成的？

任初是知道她生日的，所以他到底有没有看过呢？

卢晚晚摇了摇头，就算看过又能怎样，他不是不知道她以前暗恋过安嘉先，他也不是她什么人，她没必要在意。

卢晚晚把日记本扔到一边去，但是脑子里忍不住又想，任初看过了以后是什么反应？会不会嘲笑她那酸臭的文笔？

卢晚晚要疯了，这种感觉就像是黑历史被公布于众。尤其那个人还是任初，她懊恼死了。

这件事像是一枚炸弹，就埋在了卢晚晚的心里，她时不时都会想一想，任初到底看过了没有。

　　客厅的地面上没有水漫出来，厨房的地砖也很干净，她检查了一下水管，好像没有漏水，她开始怀疑任初是不是在诓她。

　　她拍了张整齐的厨房照片发给任初，问："哪里漏水？"

　　任初隔了一会儿才回她："我擦干净地面上的水之后，关闭了水管的阀门。师傅没告诉你吗？还是你打算自己给我修？"

　　卢晚晚看到这条信息，扁了扁嘴，她被怼了。任初这个人就是口碑不好，脾气也不好，改不掉的。她不和他一般见识，打电话给物业，叫来了一位维修师傅。

　　师傅拧开水管阀门后逐一排查，终于发现了哪里漏水，截掉一部分原来的水管，焊接了新的上去，工程相当复杂，卢晚晚看得急死了。

　　她还得去接顾念放学，眼看着已经四点了，她出声催促："师傅，还要多久呀，我还得接孩子放学呢。"

　　"马上了。"

　　这已经是师傅说的第四个马上了，在第六个马上到来的时候，终于修好了。卢晚晚付了钱，竟然要两百块，她有点肉疼。她锁好门，带上自己的"垃圾"，离开了公寓。

　　临近下班高峰期，路面上已经开始了拥堵，时间一分　秒过去，她越来越急，打电话到幼儿园请老师帮忙照顾一下。顾桥早出晚归，接送孩子基本不可能，安嘉先近期黑白颠倒，也不能太指望他，所以卢晚晚急得不行。

脑海里已经不断开始涌现拐卖儿童的惨案了，她甚至都开始联想孩子丢了怎么找。她赶紧摇了摇头，太不吉利了！

幼儿园门口，家长早就排起了长龙，孩子们陆续被家长接走，只有为数不多的几个孩子在老师的陪同下，等待着家长的到来。

冬日白昼天短，才不到五点，已经日暮西山，逐渐寒冷起来。

任初的车就淹没在这群家长之中，他已经在这一天了，从早上安嘉先送孩子来上学开始。他觉得范毅说得对，他是有病。他也不知道自己在这里干吗，等那孩子放学？和他有什么关系呢？

孩子快走光了，安嘉先没来接孩子。任初忽然意识到，会不会是卢晚晚来接孩子？她被他使唤去修水管了。他突然有点后悔自己的这个决定了，那个孩子等在门口脸已经冻红了，卢晚晚怎么还没有来？

任初有点坐不住了，到底是卢晚晚的孩子，他生出了恻隐之心。任初下车，买了热饮过去，远远地冲那孩子挥了挥手，问："喝吗小孩？"

顾念其实早就看见任初了，他跟老师小声说了什么，然后松开了老师的手，跑过来。

任初递给顾念一杯热巧克力，顾念喝了一大口，暖暖的。

任初看他嘴角沾着热巧的样子好笑极了，蹲下来给他擦了擦，突然板起脸来问他："陌生人给的东西怎么能随便喝，爸爸妈妈没有教过你吗？"

顾念哼了一声："你不是坏人。"

"你怎么知道？"任初问。

顾念指了指任初那车："犯罪成本太高了，我姐说，这车可贵。"

任初笑了，觉得这小孩挺有意思，又说："开好车就是好人吗？那开途锐 SUV 的是不是好人啊？"

顾念眨了眨眼睛："我哥哥也开这车，是好人！"

"你哥哥？"任初的笑容僵硬了，不应该是爸爸吗？安嘉先刚买的途锐 SUV。他又仔细盯着顾念看了好一会儿，觉得顾念真眼熟，他有点不迷茫了，"你叫什么名字？"

"我叫顾念。"

"顾桥是你姐？"任初不自觉声调提高了，他整个人激动起来。

顾念点了点头说："是呀。"

"我认识你姐。"

"我知道呀。"顾念又舔了一口热巧，真甜。

任初笑了："你怎么知道？"

"我在晚晚那儿看过你的照片，不然你给的东西我可不敢喝。"顾念眨了下眼睛，咧着嘴笑了起来。

"我能亲你一口吗？"任初问。

顾念想了一下，点了点头。

任初在顾念的脸上亲了一下，说："你小时候我抱过你，今年你应该五岁了。"

任初说完又亲了顾念一口。他没说谎，顾念小时候他的确抱过，也就那么一次，软软的小小的孩子，差点吓着他。

任初以前没有多喜欢孩子，此刻看见这孩子突然喜欢得不得了。这孩子刚刚说什么？在晚晚那儿见过自己的照片？是不是说明……

"顾念！"卢晚晚喊了一声，她迟到了快一个小时，她没想到会在这里见到任初，他来找顾念做什么？她心里如临大敌。

顾念扭头看见了卢晚晚，挣脱了任初就跑过去，给了卢晚晚一个拥抱，说："晚晚，那位叔叔请我喝热巧了。"

任初整个人一惊，他怎么成叔叔了？不应该是哥哥吗？他怎么突然长了个辈分啊！

卢晚晚警惕地看着任初，一把抱起孩子，扭头就跑。

任初："……"

卢晚晚跑远了，她才反应过来，她有什么可跑的？刚刚自己的行为也太奇怪了，最近为什么发生了如此之多的悔不当初啊！她叮嘱顾念"刚才看见那个人的事儿，不许跟你姐和安嘉先说，记住了吗？"

顾念伸手要封口费，卢晚晚眯了眯眼睛："你可想好了啊，你平时可全靠我向你姐汇报你的日常表现呢。"

顾念小脸扭曲："大人欺负小孩了。"

卢晚晚嘿嘿笑了起来，带着顾念买菜回家。

顾桥晚上回来询问今天的情况，顾念果然守口如瓶。晚上洗完澡，顾桥跑到卢晚晚的房间来，神神秘秘的样子。

"你要干吗？"卢晚晚问。

"我们晚晚就是长得好看，惊艳了我们孔经理。既然你们已经见面了，就不用我再介绍你们认识了，要不要加个微信呀？"顾桥说。

卢晚晚赶紧摇头："先立业后成家，早点睡吧你，明天我还得去店里呢，厂家来安装设备了。"

顾桥一想也对，说："顾念明天早上我来送，你多睡一会儿。店里有什么需要，给我打电话。"

卢晚晚比了个"OK"的手势，蒙上被子开始睡觉。

她入睡很快，但是做了一整晚的梦。梦里，血淋淋的任初一直在追她，问她到底为什么要分手。在那只血手马上就要抓住她的时候，卢晚晚醒了，一看表，九点半。她坐在床上喘息了一会儿，起床出门去店里。

今天工人要来安装烤箱设备，卢晚晚怀着无比激动的心情，踏上去店铺的道路。这是她真正意义上的第一家店，卢晚晚幻想着，要不了多久她就可以赚大钱，然后走上人生巅峰了。她爸妈也会跟着享福，顾桥和顾念也不用那么辛苦。

工人安装好了设备，卢晚晚订购的原材料也陆续送来，她叫了个家政阿姨过来，帮她一起打扫。一直忙到晚上七点，总算初见成效。

卢晚晚坐在橱窗前的地毯上，看着街边亮起的霓虹灯，猛然间想起，这家店还没有起名字。距离开业，好像还有点远。

关上店门，卢晚晚准备打车回家。

影舟这几天降温了，太阳下山以后非常冷，寒风刺骨，比起浅岛市差远了。卢晚晚裹紧了身上的毛衣外套，挥动的手都冻红了，也没见到一辆车停下来。

突然，一辆黑色的车从她面前驶过，漂亮的一个摆尾，侧后方停车，动作流畅得让人羡慕。卢晚晚抻着脖子看了一眼，这车有点眼熟，也是辆辉腾，最近开辉腾的人真多啊。她还没来得及收回目光，就看见任初从车上下来了，穿着黑色的大衣，身姿挺拔，丰神俊秀。

卢晚晚刚想要躲开，可任初根本没发现她，直接去了旁边的奶茶店排队，买了一杯奶茶，其间有好几个小姐姐去跟他搭讪。尽管任初始终冷着一张脸，也没阻碍大家的热情。

卢晚晚"喊"了一声，招蜂引蝶。

买完奶茶，任初往回走，走到车边的时候，似乎看到了什么，径直朝着卢晚晚走过来。卢晚晚瞥了他一眼，心跳快了不少，她左顾右盼，不如找个地方躲起来？假装不认识呢，会不会太刻意了？

就在她内心天人交战的时候，任初从她身边走过去了……

卢晚晚石化，他瞎了吗？

任初走到便利店，买了个三明治，又出来了，仿佛刚刚看到卢晚晚站在那里一样，问："卢小姐？"

太做作了！卢晚晚在心里骂他，假装不认识是吗？她也会啊！卢晚晚镇定自若，朝任初笑了一下说："这么巧啊，任先生。"

"卢小姐这是要做什么？"任初又问。

"打车回家。"

"这个地方很难打车的，要不要送你一程？"任初说得非常自然，仿佛只是一句客气的话。

卢晚晚内心又开始纠结了，她要是不答应的话，显得她矫情，况且真的打不到车。答应的话，会不会有藕断丝连的感觉？

"走吧。"任初说着，拿过了她的背包，径直往车子走去。

"哎，我的包！"卢晚晚追了上去。她在心里告诉自己，是为了追回自己的背包。

车上开了 26℃ 的暖风，非常舒服，卢晚晚坐在副驾驶座上，眼睛不敢到处看，直勾勾地望着前方。

"卢小姐住在哪儿？"

"金瓯公寓。"

"怎么走？"

"导航走。"

任初沉默了两秒钟，忍不住说："你还是个路痴吗？"

卢晚晚讶异地扭过头看他，仿佛听错了一样，她喃喃道："任先生在吐槽我？"

"没有，我在陈述事实。"任初边说边开始导航，设置好目的地以后，又说了句，"最近有看新闻吗，乘客跟司机打架出车祸了。"

卢晚晚原本还想说什么，听到这句以后直接闭嘴。

任初瞥了她一眼，她的脸气鼓鼓的，像个包子，他的嘴角不禁上扬。

一路无言，任初安全把卢晚晚送到了家，她下车的时候松了一口气。

"谢谢任先生送我，再见。"卢晚晚礼貌地说。

"还是不要见了。"任初道。

卢晚晚张了张嘴，突然有点难受。她转身要走，突然听到任初叫她："卢晚晚！"

她回过身，递过去一个询问的眼神。任初脱下大衣，三步走到她面前，披在了她的肩上，说："都快零度了，你怎么还穿个蚊帐就出来了？"

卢晚晚鼻子一酸，低着头不敢看他，多年前，他也是这么说她的，然后给了她一件衣服。卢晚晚吸了吸鼻子，一抖肩膀，任初的大衣掉在了地上，她故作潇洒地说："时尚你懂不懂啊，头发弄得跟钢丝球一样！"

说完，卢晚晚就跑掉了。

任初捡起了地上的大衣，对着玻璃看了看自己的头发，理发店做的头发，像钢丝球？

卢晚晚跑得飞快，她只让任初送到小区门口，生怕被别人瞧见。她低着头跑，也没注意前面撞到了人，一抬头就看见安嘉先捂着被撞疼的下巴，问她："你跑这么快，被鬼追了？"

卢晚晚一听，可不就是被鬼追了嘛！不不不，任初比鬼还要可怕！她给安嘉先点了个赞："你当医生以后，语文变好了。赶紧回家吃饭吧！"

今天轮到安嘉先辅导顾念功课，顾桥照旧加班，卢晚晚研究着给店里订购一些家具。确定好了送货地址和时间后，她满心欢喜地去做家务。做饭的人不洗碗，这是他们家的规矩，所以安嘉先做饭，得她来打扫最后的战场。洗盘子的时候，她猛然间想起，店里好像没有订购餐具。她手上这几个丑不拉几的碗，是顾桥淘宝买的，实物和图片严重不符。看来还是得去实体店看看才行。

安嘉先把顾念哄睡了，正准备走，卢晚晚擦干净手过来问他："你周五什么班啊？"

"到凌晨，怎么了？"

"想去买点东西。"

"那你开车去，周五早上我把车钥匙给你留家里，你自己去拿。"

卢晚晚眉飞色舞："谢啦！"

卢晚晚洗漱完了，顾桥刚回来，大喊着累死了，然后洗漱上床睡觉了。卢晚晚想跟顾桥说说见到任初的事情，可一开房门，顾桥已经睡熟了，她又不忍心叫醒顾桥，只好改天再说。

卢晚晚躺到床上，突然收到了一条微信，源自于中介小飞："卢姐，明天有空吗？去办一下过户手续，需要您签字。"

那岂不是又要见到任初了？卢晚晚打从心里有点不想去，最近见任初的次数有点频繁。她迟疑着没有回复，没隔几分钟，又收到一条中介小飞的信息："卢姐，客户反映您公寓马桶堵了，排水做得不好，说您房子质量不过关。明天您有空吗，咱们一起去修修？"

卢晚晚感到十分神奇，问："马桶堵了跟房子有什么关系呀？"

中介小飞："可能是客户想压价，没事儿，您别担心，有我呢，明天我陪您一起过去。"

卢晚晚："谢谢你。"

中介小飞："别客气卢姐，您顺便带上证明，我们把过户手续也办了。"

放下手机以后，卢晚晚满脑子都是，任初又在闹什么幺蛾子？

第二天一早，卢晚晚去原来那个公寓楼下等中介小飞。

气温比昨天还要低，卢晚晚穿了一件粉色的水貂毛大衣，围巾、手套全副武装，像一只熊。等了十几分钟，中介小飞才打电话来说，他在紧急处理公寓的验房问题，让卢晚晚先上去。

卢晚晚咬了咬牙，马桶堵了通一下不就好了吗？她跑去超市买了个皮搋子，刚巧遇见了一个阿姨，是他们家以前的老邻居，和她妈妈一起跳过广场舞，当年一起买了这个小区的房子。

卢晚晚乖巧地打了招呼，那个阿姨拉着她聊了一会儿，好一顿夸奖。

"哎呀，晚晚学习成绩可好的了，考上了 Z 大呢，医学院高才生呢，现在在哪家医院啊？"

卢晚晚："……"

"晚晚今年二十六岁了吧？结婚了没呀？有男朋友吗？"

卢晚晚："……"

"晚晚越长越好看了呢。"

卢晚晚十分汗颜，她听不下去了，赶紧说："阿姨，家里还有事，改天去拜访您。"

"哦哦，下水道堵了是吧，快回家吧。"阿姨看到卢晚晚手上的皮搋子，提醒道。

"阿姨再见！"

卢晚晚转身跑上楼。她敲了敲门，没有人答应，过了大约五分钟，她贴在门上听了一下，里面好像没人？她掏出钥匙，直接开门。幸好上次她忘了把备用钥匙放下，不然今天就进不来了。

卢晚晚进门，换好了拖鞋，转身去把门口买的东西拿进来，门还未关上，突然背后有人说："你怎么进来的？"

卢晚晚吓了一跳，她还来不及做出什么反应，电梯门开了，楼卜碰见的那个阿姨追了过来，说："晚晚呀，马桶堵了你得用点管道通，阿姨给你送来了……这是……你男朋友？"

卢晚晚猛然一回头，看见任初只围着一条浴巾，身上还带着水珠，再看热心的阿姨，满脸写着惊讶。她心中警铃大作，暗叫一声不好！

"误会！阿姨再见！"卢晚晚接过阿姨手里的管道通，然后毫不留情地把门关上了。

阿姨愣了好一会儿，然后拿起手机，点开了微信群……

关上门以后，卢晚晚怒视着任初："你怎么不穿衣服就出来了？"

任初感觉到莫名其妙："我在自己家，你如果不是非法闯入的话，是不会看到这一幕的。"

"房本上还没改成你的名字呢！"

"你要毁约？"任初讥笑道。

卢晚晚在心里算了算违约金，她忍了，那三十万都花完了，她这房子不卖不行。她拎着皮撅子走到他面前说："麻烦让一让，我去看看马桶。"

"你生活这么困难吗？东西坏了都是自己修？"

"你懂什么，这是生活的乐趣。"

卢晚晚绕过任初，去卫生间看了一眼。因为任初刚洗过澡，地上还有点水渍，她一脚踩进去，险些滑倒，幸好任初在后面拉了她一把，像拎小鸡仔一样把她给拎起来了。

"小心。"他说。

"谢谢。"卢晚晚有点不好意思。

任初松开了手，回房间去换了一身浅灰色的家居服。卢晚晚把地上的水扫干净了，两个人一起盯着马桶看，她发现里面有一块肥皂。

"掉东西了，捡出来马桶就好了，你这根本就是小问题。"卢晚晚觉得任初有点胡搅蛮缠，这也值得找人修一下。

任初皱了皱眉："你让我捡肥皂？"

卢晚晚："呃……我冲一下试试吧。"

卢晚晚按了冲水键，肥皂完美地卡住了。

卢晚晚："……"为什么会这样？

"要不然，弄点开水，等肥皂自己融化？"卢晚晚尴尬一笑。

任初无奈地摇头："我不是让中介过来吗，你怎么来了？"

卢晚晚听着觉得他这话有问题，好像是她上杆子来的一样。

"你来都来了，今天去办一下过户吧，你签个字，省得后面再约了。"任初说。

"好。"

两个人在客厅里对坐，等着中介小飞的到来，对卢晚晚来说，简直是度秒如年。

任初给她倒了一杯水，往里面放了一颗气泡糖，水果布丁，还有蜂蜜，搅拌了一下。就像当初她给任初弄的果味汽水一样，任初放在她面前说："尝尝。"

"好喝。"卢晚晚尝了一口，在心里打了个 90 分，又说，"你现在还会这个了，配比浓度刚刚好。"

"好的东西尝一次就能记一辈子。"

卢晚晚又品了一口，赞许地点头说："不愧是学神，记忆力真好。"

任初从鼻子里发出一声轻笑，准确地说是介于笑和嘲讽之间，让卢晚晚也无法分辨，他到底是什么意思。

卢晚晚左右也没事情做，就开始刷论坛，看看高手们最近有没有晒新的糕点。任初拿来电脑，着手处理一些公务。两个人在同一屋檐下，默默地做着各自的事情，不出声不打扰，竟然十分和谐。

直到中介小飞来敲门，才打破了这份平静。

三个人准备去房管局办理过户手续了，临走的时候任初拿了个充电宝，塞给了卢晚晚。

卢晚晚一愣，任初说："你玩了一上午手机，还有电？"说完他就走了。

卢晚晚在客厅愣了一下，然后追到门口说："我没有玩，我也在工作。"

任初笑了一下："哦。"

"哦"是什么意思？明显不相信呀？卢晚晚有点生气。

中介小飞觉得好像有狗粮在飞。

到了房管局，登记、填表、签字，一系列流程跑完，足足花了一个下午的时间。幸好有中介在，不然如此烦琐的手续，卢晚晚要头疼死了。按照之前他们拟定的合同，任初在卢晚晚签字前已经把尾款打入了卢晚晚的账户里，又支付了中介小飞一笔费用。

虽然累得半死，但好歹是结束了。卢晚晚和那套房子彻底没有关系了。他们三个人站在房管局的大门口，卢晚晚挥了挥手说："我先走啦，再见。"她在心里默念了一句，再也不要见到了。

任初也挥了挥手，开车载着中介小飞离开了。卢晚晚站在路边，又等了十几分钟，打不到车。她有点后悔那么早跟任初说再见了。

Chapter 07

绯闻就是真相

　　到了周五，安顿好顾念，卢晚晚开着安嘉先那辆 SUV 出门采购餐具去了。影舟市有一个家居卖场，东西好看价格还不贵，周末来的话人满为患，好在今天是工作日。

　　露天停车场是公用的，这有点不合理，所以这车位还有点紧张。卢晚晚开着车绕了两圈，都没有特别合适的车位，后面有车"嘀"她，她更慌了。终于找到一个相对来说大一点的车位，她深吸一口气，打开停车视频，准备倒车入库。

　　可没想到手机突然响了，她吓了一跳，急忙按了接听键，是她妈妈打来的。

"晚晚啊……"卢妈妈叹了一口气，有点不好的兆头。

卢晚晚更加紧张了："妈妈，咱家出什么事了吗？"

"你有什么事情一定要跟妈妈讲哦。"

卢晚晚脑袋里出现了一个问号："怎么了呀？"

卢妈妈欲言又止，支支吾吾什么也没说出来，后来卢爸爸看不下去了，一把抢过了手机说："你妈妈听你孙阿姨说，她看到你公寓里有个男人，在洗澡。"

短短一句话，信息量爆棚。

孙阿姨就是那天在公寓门口见到的那位阿姨，自己怎么就忘记了她是妈妈圈里出了名的大嘴巴呢！卢晚晚简直想要哀号一声，她还解释得清楚吗？

"晚晚你别不说话啊，到底怎么回事啊？真有个男人？你俩同居了？"卢爸爸追问。

"砰"的一声，卢晚晚的车撞上了后面已经停好了的车。

"怎么了晚晚？"卢爸爸听到了电话里传来的声音。

卢晚晚被吓蒙了，结结巴巴地说："我我我……我停车把人家的车给撞了。"

"人没事儿吧？"卢爸爸又问。

卢晚晚哪知道人有没有事儿，她反正是没事儿，后面那辆的车主下车了，正敲她车窗户。

卢晚晚吞了下口水说："爸爸我等下打给你，我先处理一下，没事的。"

"记得报警啊，晚晚。"卢爸爸叮嘱道。

"知道了，爸爸。"卢晚晚挂断了电话，按下车窗。

那人穿着灰色的大衣，他弯下腰来，是一张绝世美颜。

冤家路窄了，任初!

卢晚晚惊讶得张大了嘴，还没等发出声音，就听到他说："怎么又是你? 卢晚晚你是不是故意的，三天两头出现在我面前，还故意把我车给撞了，你就是为了引起我的注意吗?"

卢晚晚："你……"

"你什么你? 车不是你撞的? 我刚停好车准备去商场，你就撞上来了，得亏我人没事儿，不然你赔得起吗?"

卢晚晚："我……"

"我什么我? 你是不是尾随我过来的，不然影舟那么大，怎么就这么巧?"

任初噼里啪啦说完这一大堆以后，卢晚晚整个傻眼了，这明明是她要说的台词啊，世界那么大，他没事儿到影舟看什么看。卢晚晚被怼得不知道如何反击，她气得直瞪眼。

"瞪眼睛干什么，下车，叫保险来定损。"任初说道。

卢晚晚那双抓着方向盘的手已经攥成了拳头，可问题的关键是任初说得挺对，她还不能不听。于是，她憋了半天说了句："哦。"乖乖下车。

"是你的车吗?"任初明知故问。

"安嘉先的车。"

"走他的车险不合适吧?"任初又问。

卢晚晚一想，是不太合适。安嘉先好心好意借车给她，没道理还让他赔钱。虽说保险公司可以承担一部分，但是明年安嘉先这车想要再上保险的话，有这么大一笔赔偿，估计没有保险公司愿意接单了。

卢晚晚一咬牙说："咱们私聊吧，你看看我赔多少钱给你修车。"

"行吧，那先走我的车险。"任初说完打电话给保险公司，没说被人撞了，就说自己不小心，交代清楚了一切，又报了位置，就等人来了。

寒冬腊月，两个人在露天停车场等了一会儿就受不了了，互相看了一眼。

任初说："你来干吗的？"

卢晚晚反问："你来干吗的？"

"买东西。"

"我买餐具。"

任初看了看时间，又看了看嘴巴里哈出的白气说："不然一起进去等？"

"也行。"

两个人肩并肩进了家居卖场，就剩一辆购物车了，任初推了，扭头对卢晚晚说："先凑合一起放吧，我东西不多。"

卢晚晚"嗯"了一声。

任初想买点家居用品，满屋子粉红色他也用不太习惯。他选了一块地垫，又顺手拿了几条毛巾。卢晚晚一瞧，赶紧从购物车里拿出去了，说："虽然这几条已经是这里最贵的毛巾了，但是真的不好用，你以前不用这个牌子的啊。"

任初"嗯"了一声说："我买回去当抹布的。"

卢晚晚有点尴尬，又给任初放回购物车里了。

"去看看餐具。"任初推着购物车往餐具区域走去，卢晚晚赶紧跟上。

卢晚晚进了餐具区，就像是鱼儿遇见了水，她在里面游荡着，放眼望去仿佛都是美景，她一会儿摸摸这个一会儿摸摸那个，漂亮的盘子光是看着就让人开心，更别提用这个吃东西了。

卢晚晚选了四种花纹的盘子，每种二十个，然后是各种规格的碗，最后要选咖啡杯的时候她有点犹豫了，是要高端一点的呢，还是要带小猫咪可爱一点的呢？

"你那家店的位置客人应该大多不走高端路线，我觉得可爱一点的合适。"任初建议道。

卢晚晚恍然大悟，伸手去拿架子上的杯子套装，奈何放得太高，她踮起脚都没够到，她转过身，想看看有没有店员可以帮忙。

"我来。"任初走过来，一抬手，轻而易举拿到了，一个盒子里面有四只杯子，放到她面前，"要几套？"

如此近的距离，他的声音仿佛是贴着她的耳郭钻进耳朵里的，她感觉到一阵酥麻，心跳都加快了一拍。

卢晚晚不自觉低下了头，小声说："二十套。"

"哗啦啦！"

有人推着购物车过来，抻着脖子问了一句："晚晚也来买东西呀。"

卢晚晚一扭头，看见了传说中的孙阿姨，她的瞳孔瞬间放大了。

孙阿姨看着两个人如此暧昧的姿势，笑嘻嘻地打量了任初许久，然后说："有这么帅的男朋友，晚晚真是好福气呢。"

"孙阿姨，不是……"卢晚晚刚想解释。

孙阿姨一摆手，给了卢晚晚一个"我都懂"的眼神，说："阿姨明白，有空跟你妈妈来阿姨家里玩。"

孙阿姨推着她那一车的战利品走了。卢晚晚从茫然中惊醒，伸出一只手想要抓住孙阿姨的衣角，她大喊了一声："听我解释！"

任初抓回了她的手，说："算了，没什么好解释的。"

"你不懂，这必须得解释。"卢晚晚急得直跺脚。

任初后退了一步，将那一套杯子放进购物车里，说："二十套有点多，货架上没那么多货了，等下让店员从仓库点货吧。"

卢晚晚"嗯"了一声，其实根本就没有听任初在说什么。她飞速拿出手机，给她妈妈发了一条微信说："孙阿姨说什么不要相信啊！那人真的不是我男朋友，我就是够不到架子上的东西，刚巧他路过帮我拿一下而已。"

卢妈妈什么都没有说，直接发过来一张照片，刚巧是任初伸手拿东西，卢晚晚在他怀里害羞地低下头的瞬间。

卢晚晚整个人石化，怎么还拍照了呢？为什么任初看起来那么高大帅气，她看起来有点黑，还有点矬啊？孙阿姨就不能给修修图吗？

卢晚晚颤抖的手不知道发什么好，任初催促她快点，她最后说了一句："妈妈，你这些朋友拉黑算了！"

家居卖场的店员帮忙配齐了货，打包好了，帮着一起搬上了卢晚晚开来的车上。这一系列忙完了，任初找的那保险公司才来，初步定损有两处剐蹭，喷漆修补竟然要两万块钱。卢晚晚心里乌云密布，她真是倒霉到家了！

　　"先打个欠条吧！"卢晚晚说。房子的尾款任初早就付给她了，她全部转给了她爸妈，自己就留了点进货的钱，也正好两万，如果给了任初，那店还开不开了？

　　"好。"任初从车里拿了个本子出来，撕下来一页给卢晚晚，又递了支笔给她。

　　卢晚晚下笔写了一行，发现不对劲，写的是医生字体，她准备画掉重写，任初说："接着写吧，我看得懂。"

　　卢晚晚倔强起来，把这点给撕掉了，重新写好了一张，签上名，又用口红按了个手印，交给任初。

　　"三个月内分期付款。"卢晚晚重复了一下还款时间。

　　任初"嗯"了一声，让人把车开回去修了。

　　"你送我吧。"任初说。

　　卢晚晚还欠着人钱，不好意思说不送，只得答应，但是她这车位太窄了，怎么开出来还是个问题，万一再把谁的车给撞了，她店就不用开了。

　　任初一眼看出了她的焦虑，直接去了驾驶座说："我试试这车性能。"

　　"好好好！"卢晚晚欢呼雀跃去了副驾驶座。

　　因为卢晚晚的店比较近，所以先去了店里。

　　任初把大衣扣子解开，脱下来扔到卢晚晚怀里，又解开两颗衬衫扣子，弯腰开始搬东西。卢晚晚抱着任初的衣服站在旁边看，一瞬间有点恍惚，仿佛是几年前他们在一起时的样子。她鼻子一酸，眼泪跟着要流下来了。

任初刚好一扭头看见了，善解人意地提醒："卢晚晚，你流鼻涕了。"

卢晚晚一个白眼翻过去，她就不该回忆过去！

餐具搬完了任初也没走，两个人又蹲在店里把包装都拆开了，卢晚晚还把新餐具都洗了一遍，放在架子上沥水，任初拿着扫把打扫灰尘，摆正了桌椅。

两人不知不觉在这儿忙了一下午，一个店就被收拾好了，挂上牌子就可以直接营业了。

卢晚晚觉得肚子有点饿，买的食材都在，她烤了十个蛋挞，搭配上红茶，用今天刚买的杯子给任初送过去了，脸上还是冷冰冰的样子，说："试试新设备。"

任初吃了七个，卢晚晚的饭量刚好三个，十个蛋挞不多不少，配合默契。

暮色渐晚，街上已经亮起了霓虹灯，卢晚晚看着别家的招牌，又想起自己的店还没名字。刚巧任初喝完了最后一口红茶问："这店打算叫什么名字？"

卢晚晚摇了摇头说："没想好。"

"我们的店。"

"啊？"卢晚晚没听清楚。

任初又重复了一遍说："我们的店。"

卢晚晚微微张了张嘴，他们曾经是有一家店，开在Z大繁华的商业街上，是他亲手给她打造的工作室，那是她收过最梦幻的礼物。

"你看看这个位置，风情街，全是文艺范儿的东西。我看了旁边几家店名字，叫'我们的店'应该是比较有感觉还不违和的，生意会好。"

任初的冷静分析彻底打碎了卢晚晚刚才有点梦幻的回忆，她咬了咬牙说："你没有话语权。送你回家！"

说是送他，但还是他开的车，到了她现在住的小区，帮她把车停好。

"怎么？"卢晚晚在车上睡着了，醒来发现到小区楼下了。

"我打车回去，我怕你把全小区的车都给撞了。"任初说完下车了，他一共就买了两样东西，拎着并不麻烦。

卢晚晚在车里怔怔了好一会儿，才反应过来，任初怎么又吐槽她，关他什么事啊！

顾桥和安嘉先都非常忙碌，足足过了一个星期，才有一天两个人都休息。蛋糕店的营业执照不能再拖下去了，三个人一起送顾念去了幼儿园，然后去工商局。一路上因为起名字的事情，顾桥和安嘉先差点打起来。

幸亏卢晚晚说了句："公交车上大妈殴打司机的故事仿佛就在眼前。"

顾桥这才老老实实地坐回去，她心有余悸，扭头问卢晚晚："你今天反应有点快，脑子装雷达了？"

卢晚晚哼了一声，她可是学霸好不好！不过，这个梗前几天任初刚刚用过。

到了工商局也没商量出到底叫什么名字比较好，卢晚晚想了想，说："不如叫'我们的店'？"

顾桥和安嘉先对视一眼，都觉得不错。

卢晚晚写下了这个名字。

三个人又一起去了店里，把卢晚晚订购的家具摆放整齐，等营业执照拿到，他们马上就可以营业了。

　　顾桥在店里转来转去，她好像比卢晚晚还要激动。她拉着卢晚晚和安嘉先去门口，指着这条繁华的街道说："要不了多久，我们就会开无数家分店，走上人生巅峰！明天我就去联系美食公众号，先来一拨推广，给吃货们种个草。"

　　卢晚晚笑着说："好，我准备糕点的图片。"

　　顾桥又看向了安嘉先："你长这么帅，你得拍几条抖音。抖音上猫狗都能红，你也能，你红了店也就红了。"

　　"我能拒绝吗？"安嘉先问。

　　卢晚晚和顾桥一起凶神恶煞地说："不行！"

　　安嘉先无奈地笑了。

　　卢晚晚拍了拍他的肩膀说："你别这副表情，当网红可是有数不尽的好处。"

　　"比如呢？"安嘉先装作很有兴趣的样子问。

　　卢晚晚思考了一下，顾桥率先说："有小姐姐喜欢你啊，你就可以脱单了，你爸妈肯定也开心。"

　　安嘉先耸了耸肩说："我脱单好像不是很难的样子。"

　　的确，安嘉先医院里有无数的女孩子想成为他的女朋友，因为是他的好朋友，甚至还有人讨好卢晚晚和顾桥。两个人对视了一眼，一起向安嘉先竖起中指。

　　正闹着，卢晚晚的手机响了，卢妈妈来电。

卢晚晚猛然间想起，她这个礼拜实在太忙，还没回过家，也没打过电话回去。她赶紧接起来，歉意地说："妈妈，我最近开店比较忙……"

卢妈妈叹了口气，欲言又止的口吻："晚晚啊，你能不能回家一趟？"

卢晚晚感觉家里出事儿了。

挂了电话之后，顾桥留下来在店里打扫，安嘉先送卢晚晚回去。

卢晚晚风风火火地赶回家，卢爸爸和卢妈妈都在家，二老坐在沙发上愁眉不展的样子。

卢晚晚一下子就慌了，踢飞了鞋子跑过去问："爸爸妈妈，家里出什么事情了？"

卢妈妈又叹了一口气，问："晚晚你老实说，你是不是谈恋爱了？"

卢晚晚茫然地摇头："没有啊。"

卢妈妈又问："你还住在顾桥那里吗？"

"是呀，还有顾念。"卢晚晚回答。

"晚晚，妈妈从小就教导你不可以撒谎。"卢妈妈的态度严肃起来。

这更加让卢晚晚觉得奇怪了，她问："到底怎么了呀？"

卢爸爸看不下去母女二人磨磨叽叽的样子，直接说："你孙阿姨说，今天又遇见你男朋友了，两个人还聊了一会儿。你孙阿姨来跟你妈妈说，那个男孩子真优秀，问你们什么时候结婚呢？"

卢晚晚万分震惊，她哪儿来的男朋友？孙阿姨还和他聊了一会儿？"任初"这个名字在她的脑海里闪现，她暗暗咬牙，这厮到底和孙阿姨说了什么啊？

"晚晚，你已经二十六岁了，爸爸妈妈不反对你交男朋友。但是你瞒着家里人，和他同居，爸爸妈妈不能接受。"卢爸爸痛心疾首。

"我没有！"卢晚晚一下子站起来，声音也尖了许多，"他不是我男朋友，孙阿姨误会了！那房子我卖掉了，他是新业主。你们相信我！我每天都在忙着开店的事情，我真的没有谈恋爱！"

卢晚晚说完，还跺了跺脚，仿佛受了极大的冤枉，她委屈至极。小时候也被冤枉过一次，她差点就离家出走了，所以这副样子，她爸妈是熟悉的。

卢爸爸和卢妈妈对视了一眼，仿佛在确定孩子说的到底是不是真话。

"真的是新业主？"卢妈妈怀疑地问。

"当然是真的！不是他买房子，我哪有钱开店啊！"卢晚晚急得跳脚。

卢爸爸哼了一声："接着演。"

卢晚晚错愕了，爸爸说什么？

"你高中的时候暗恋安嘉先，以为爸爸妈妈不知道吗？那会儿问你，你也是这个状态。"卢爸爸说完看了一眼卢妈妈，卢妈妈也点了点头。

"你们怎么知道的？"卢晚晚尖叫了一声。

卢爸爸哼了一声："你不都写在日记里了？写完了也不知道给锁上，还是你妈妈发现了帮你锁的。"

卢晚晚双手抱头，感觉崩溃。

"那个男孩子叫任初是吗？你孙阿姨说，他是浅岛人，刚留学回来。那他接下来打算做什么工作啊？要不要你爸爸帮他找个工作？"卢妈妈拉着崩溃的女儿，关切地问道。

"找什么工作啊？"卢晚晚接着尖叫。

卢妈妈笑了笑说："那得看这孩子想做哪一行呀？"

卢晚晚要疯了，为什么她善解人意的爸爸妈妈都不明白她呢？

"虽然那个男孩子条件不错，但是你们两个没有先见家长就同居了，爸爸还是不能接受。你找一天，带他回来，我们要把把关。"卢爸爸冷着脸说道。

"什么？"

卢妈妈拉了拉卢爸爸："你别这么严肃，你看孩子吓得。晚晚，妈妈支持你谈恋爱，但是你没什么经验，爸爸妈妈怕你被骗，带回来给我们看看。"

"他真的不是我男朋友，他真的只是买了咱家的房子啊！"卢晚晚欲哭无泪。

卢妈妈笑了笑："你孙阿姨说，他本科也是Z大的，和你一个学校呢。是在学校就在一起了？"

"我觉得是！你记得寒暑假这丫头总提前回学校，八成那会儿就在一起了。"卢爸爸附和道。

夫妻两个人你一言我一语聊得甚是开心，完全没有留意到崩溃了无数次的卢晚晚。无论她怎么解释，都是徒劳。

她满腔怒火，她一定要找任初问问，他到底和孙阿姨说了什么，以至于现在她全家和她妈妈的朋友们，都认为他俩马上就要谈婚论嫁了！

"我会解释清楚，证明自己！"卢晚晚坚定地说。

可卢妈妈和卢爸爸根本就没听进去，一直在讨论任初这个人。

卢晚晚从家出来，打车直接去了公寓。

她先是按了下门铃，没人开门，紧接着她开始用拳头砸门。砸了三下之后，才有人过来开门。

卢晚晚气沉丹田，刚要张口骂人，只见任初赤裸着上身，围着一条浴巾，头发湿嗒嗒地滴着水珠，顺着他的脸颊流淌到胸口，然后滑过腹肌，隐没进了浴巾里。

如此活色生香的一幕，卢晚晚的脸噌地就红了，但是气势不能输，所以她恶狠狠地说："你怎么又不穿衣服？"

任初仿佛听了个笑话："我洗澡穿什么衣服？你干吗敲我的门？"

卢晚晚正欲跟他吵架，脑海里突然闪现孙阿姨的脸。她皱了皱眉，推了任初一把，自己紧跟着进来，关上了门，顺便还关上了猫眼。

任初一脸茫然："你干吗？私闯民宅，我要报警了啊。"

"你恶人先告状！"卢晚晚瞪着他，她又往前走了两步。

"我是恶人？门都快让你砸坏了。卢晚晚，你怎么现在不讲道理了？"任初沉着冷静地控诉，铿锵有力。

卢晚晚自知理亏，砸门是她不对，但她那是因为太生气了。她没有接这个茬，转而问："你到底在孙阿姨面前胡说八道了什么？"

"孙阿姨？"任初仔细想了想，问，"是不是上次在家居卖场碰到的那个热心阿姨？"

"啧啧！"卢晚晚感到诧异，任初竟然还故意用了个"热心"来形容孙阿姨，可见这个人内心险恶。

"我说我是 Z 大毕业的，是胡说八道？我保送 Z 大的时候，你好像还没高考呢。"任初冷笑一声，俨然一副王者的姿态。

卢晚晚更加生气了，她又向前逼近了一步，逼得任初不得不后退。卢晚晚咬着牙说："你接着演！你如果没有在她面前胡说八道，孙阿姨怎么知道你是浅岛人，还是个海归？你显摆什么？"

任初气笑了："我难道不是浅岛人？我难道不是美国留学回来的？卢晚晚你胡搅蛮缠是不是？"

"还演是不是？你没胡说八道的话，孙阿姨为什么说你是我男朋友？她还说咱俩已经……"卢晚晚突然说不下去了，她气得脸通红，咬着嘴唇怒视着任初。

"已经什么？"任初仿佛真的十分无辜，问道。

卢晚晚一跺脚，又推了任初一把，逼近说："同居啊！为什么别人会以为我们同居了？我爸妈今天把我叫回去好一顿质问，还要给你介绍个工作，还要我把你带回家！任初，你如果什么都没说的话，我们会有绯闻吗？你说话呀！"

卢晚晚在气头上，她又推了任初一把，没想到任初还是没反抗，直接被推到沙发跟前，他重心不稳地倒在了沙发上，还抬起的长腿，很不巧地把卢晚晚也给绊倒了。卢晚晚瞬间一惊，但她哪有任初那么好的平衡力，她直挺挺地趴在了任初的怀里，形成了一个熊抱的姿势。她的脸贴着任初赤裸的胸口，感受到他有力的心跳，脸唰地红了。

任初被她砸得闷哼了一声，下巴贴着她的头顶说："卢晚晚，你这是在非礼我，我真的要报警了。"

卢晚晚一听，抬起手就在他胸口捶了一拳："不要脸！"

任初再一次被气笑了，指了指两个人的姿势："是你在抱我，真的不讲理了？"

卢晚晚看着他那纤细的脖子，多想就这么掐死他，那样以后他就不能再出去胡说八道了。她像一个吹鼓了的气球，随时都有爆炸的可能性。

她从任初身上爬起来，拳头在他面前比画了一下，说："你别以为我不知道你在耍什么把戏！咱俩的绯闻你要承担 80% 的责任！你不买我的房子，不就什么事情都没有了？你不来影舟不就什么事情都没有了？"

"如果我没记错的话，第一次见面是你对我笑的，所以才传出了绯闻。"任初不慌不忙，根本没把卢晚晚那个拳头警告当成一回事。

卢晚晚想起几年前她刚进入 Z 大，那时候她还一门心思暗恋安嘉先，安嘉先约她去"明天"私房菜吃饭，她以为安嘉先要和自己告白，在路过一面镜子墙的时候，她做了个微笑练习。可是她怎么知道，那是一面单面镜，更加不知道的是，镜子后面是"明天"最好的包房，包房里是Z 大乒乓球队的庆功宴，而那时候任初刚好站在镜子前准备出去。那一幕被人拍下，他们的绯闻由此而来。

可是，这一次不一样，这绯闻完全是可以避免的！

"总之，现在这个绯闻对我造成了困扰，你必须和我一起去澄清！"卢晚晚强硬地说。

任初冷哼："你这是求人办事的态度？"

卢晚晚气结，她想起已经开始把任初当成女婿，正给他找工作的父母，以及八卦的孙阿姨、李阿姨和其他阿姨，她做了个深呼吸，在心里默念，为了家庭和睦，调整好自己的心态。她站起身，给任初鞠了一躬，诚恳道：

"请你看在校友的分儿上，帮忙澄清一下吧。"

任初也站起身，说："没空。"

卢晚晚："……"

"等我有空再说吧，你可以走了。"任初指了指大门口，"再不走我真报警了啊！"

"够狠！"卢晚晚咬牙，夺门而出。

任初挑了挑眉，他和卢晚晚那是绯闻吗？他们的确是男女朋友啊，不过不是现在进行时而已，可有什么关系呢，这不叫绯闻，这叫真相。

卢晚晚气鼓鼓地回家，顾桥正辅导顾念做题，楼上依旧传来家长撕心裂肺的骂孩子声。顾桥看卢晚晚气场不对，使了个眼色，让顾念进房间了。

"怎么了晚晚，家里出事儿了？"顾桥问。

卢晚晚看了一眼顾桥，她再也忍不住了，抱住顾桥眼泪瞬间流下来了。

顾桥更加慌乱了，抱紧了卢晚晚，拍着她的背，柔声道："无论出了什么事情，都有我呢，我会帮你解决的，晚晚别害怕……"

"我见到任初了。"

顾桥的手停住了，她问："你见到谁了？"

"任初买了我的公寓。"

顾桥倒吸一口凉气，推开卢晚晚，盯着她的眼睛，确认她没有在开玩笑。顾桥震惊道："他想干什么？"

卢晚晚摇了摇头："我不知道，他说因为便宜才买的，让我不要想入非非。"

顾桥捂住嘴："你俩没有发生别的事情吧？"

"孙阿姨见到他了，告诉我爸妈了，我爸妈现在以为我俩同居了。我刚才去他家，找他理论了。"卢晚晚咬着牙说。

"结果呢？"顾桥问。

"他竟然说他没空帮我澄清！顾桥，他这是人话吗？"卢晚晚破口大骂。

顾桥吞了下口水，弱弱地说："那个……晚晚呀，当初好像是你甩了任初，以他这种恶霸的名号，没把你给赶出Z大都算奇迹了。人家还真没有什么理由帮你澄清呀。"

卢晚晚如同中了一剑，是她提的分手，可她也是被逼无奈啊！她没有将分手的理由告诉任何人，像一根刺扎在她的心里，起初想起的时候还会疼，后来，时间久了，伤口开始愈合，这根刺就被包裹在她的心脏里，如果不去触碰，她几乎已经忘记了那种疼痛。

见卢晚晚不说话，顾桥觉得自己可能说错话了。她转念一想，又安慰道："没关系，他不澄清就不澄清，我们躲着他点儿。"

"我又没做错什么事，我为什么要躲着他！"卢晚晚内心委屈极了，她眼眶一热，又开始落泪。

"好好好，我们没错！"顾桥哄着她，给她擦眼泪，"要不然你交个男朋友，谣言不攻自破。虽然是个下下策，但是也好过你爸妈一直误会呀。"

卢晚晚灵光一闪，摆了下手说："不，这是上策。你抓紧时间帮我安排一下相亲。"

顾桥万万没想到，卢晚晚答应得这么痛快，她拍了拍胸口说："这事儿包在我身上了！"

又是一个失眠之夜。

卢晚晚躺在床上辗转反侧，闭上眼睛全都是跌入任初怀里的那一幕，她吓到尖叫。在天明时分，她终于有了一丝困意。偏偏梦里任初也不放过她，追着她一直问：你为什么和我分手？

卢晚晚彻底醒了过来，一看表，早上六点，比顾念起得还早。

卢晚晚顶着黑眼圈做了早餐，然后叫顾念和顾桥起来吃饭。

顾念吃了一口玉米奶酪饼，然后扁了扁嘴说："今天的奶酪饼怎么是苦的？"

顾桥看了一眼魂不守舍的卢晚晚，叹了口气，摸着顾念的脑袋说："你晚晚姐姐心里苦啊！"

安嘉先下了夜班，正赶上吃早餐，他也皱了皱眉头问："苦的？"

顾桥又叹了一口气，朝着卢晚晚努了努嘴说："她心里苦。"

安嘉先不明所以："怎么了，是开店压力太大了吗？"

顾桥摇了摇头说："相比之下，开店那点压力算什么，简直不值一提啊！"

"那到底怎么了？"安嘉先观察着卢晚晚，她拿着刀不知道在厨房剁什么，目露凶光，还有点可怕，他顺手就捂住了顾念的眼睛。

顾桥小声说："任初回国了，就在影舟。"

安嘉先一惊："他找晚晚麻烦了？"

顾桥手指摇了摇："要是单纯找麻烦就好了，坏就坏在，任初这个人高级啊！他不动声色地就和晚晚传出了绯闻，弄得晚晚现在都要去相亲了！学神就是不一般！"

安嘉先一指头戳在了顾桥的脑门上，打断了顾桥的花痴状态。

"你这一脸崇拜是几个意思？任初在什么地方，我去找他谈谈。"

顾桥回过神来，她花痴了吗？她擦了一下口水，说："你别去了，任初可是用一招就把你制伏了。不想再收到一张学神发的好人卡，你就安安静静的。我们站在晚晚的背后支撑着她，别让她倒下的时候摔得太惨就是了。任初这道坎，她得自己过去。他俩当年的事儿，你不懂。"

安嘉先有点佩服顾桥了，她说的全都在理，这几年在职场上的摸爬滚打不是白经历的。他们作为朋友，能够帮助卢晚晚的，大概也就是支持了。所以当年任初和卢晚晚到底发生了什么事，让他们从 Z 大人人羡慕嫉妒恨的模范情侣，一下子分道扬镳了呢？

任初在 Z 大是一直横着走的学神恶霸，简称"学霸"。大家伙盼着他早点离开学校，但是他一直当医学院女友卢晚晚的陪读，于是大家盼着他们一起离开学校。可当他们真的离开学校了，大家又都害怕了，因为没人知道这里面到底发生了什么事情。卢晚晚可是"临床 5+3"，八年的大学生涯，怎么早早地退场了呢？

"我决定了！"

厨房剁肉馅的卢晚晚突然用力剁了一下案板，"砰"的一声，吓了大家一跳。

"你先把刀放下。"顾桥拍了拍胸口说。

"我们去工商局，咱们店得改个名字。"卢晚晚放下菜刀，解开围裙。

"为什么啊，那名字不是挺好的吗？"顾桥不解。

安嘉先思虑了一下问："'我们的店'是不是任初起的名字？"

卢晚晚狠狠地扇了自己一下："我嘴贱，我报店名的时候，就是随口一说。咱们去改一个吧，不然任初知道了，我用了他想的名字，还不得指着我的鼻子说我对他有想法！"

"行，咱们现在就去！"顾桥拉上了卢晚晚，扭头对安嘉先说，"麻烦你送顾念上学。"

好朋友就是要无条件地支持，哪怕知道她在"作死"。

早高峰刚刚开始，顾桥请了半天假，陪着卢晚晚一起去了工商局，得到的反馈却是，已经不能修改了。

两个人坐在工商局门口的台阶上，好一顿长吁短叹。

顾桥安慰道："要不咱们用小篆写招牌吧，保准谁也认不出来是什么字儿。"

卢晚晚摇了摇头，别人不知道，她也是知道的，她觉得自己潜移默化之中，还是被任初这个人影响了。她好像陷入了一个名叫任初的漩涡里，越是挣扎，就陷得越深。

Chapter 04

神秘客人

"我们的店"终于开业了，比预计的时间还早了一点。

顾桥抽空跑了一下营销，在某点评网站上也挂了牌，还搞了团购活动。

安嘉先因为最近手术太多，所以抖音一直都没能录上。

店铺开在黄金地段，可是周围几家的蛋糕甜品店生意都不错，唯独他们的店，十分冷清。这简直不科学，卢晚晚做的糕点物美价廉，摆在橱窗里竟然无人问津，这让她纳闷极了。

本以为会是个网红爆款店，可每天只有别家排队太多人，她这才会有一些生意。这对卢晚晚和顾桥来说都是一个天大的打击，她们每天都要把卖不掉的点心送给附近的人吃，入不敷出。

顾桥看着送出去的越来越多，忍不住说："要不我们改成限量供应五十份吧，你少做一些。"

卢晚晚也惆怅，她总不能坐吃山空。

"咱们得想想办法，这个地段不应该生意这么差的。"

顾桥环顾四周，突然想到了什么，眼神都跟着恐怖起来："你说，这个地段这么好，原来那房东为什么转租？是不是风水有问题？咱们让那外国人骗了？"

卢晚晚也下意识地看了一眼四周，被顾桥一说突然有一点恐怖的气氛了。她拍了顾桥一下："封建迷信要不得！你别乱说了，肯定是别的问题。"

顾桥吐了吐舌头："那就怪安嘉先，他抖音要是拍了的话，肯定就红了，白长那么帅的脸了，现在可是流行他这种美大叔类型。"

卢晚晚错愕了一下："安嘉先才二十六岁就已经是大叔级别了？"

"那可不！现在网红界竞争相当残酷，恨不得十岁就出道了，我看顾念好好打扮一下，也可以出去赚钱了。"顾桥嘿嘿一笑。

卢晚晚赶紧捂住她的嘴："你快放过祖国的花朵吧！卖不卖东西，和安嘉先也没什么关系，可能是我的产品不太好吧，我再改良一下。"

卢晚晚把店关了三天，在附近进修学习，她几乎每一家店都去吃了。好像也并没有比她做的东西好吃，但人就是非常多，她有点纳闷。

再次开门营业，卢晚晚听从了顾桥的话，只做了五十份，在门口贴上了限量销售的字眼，总算在快要关门的时候卖光了杯子蛋糕，但饮品没卖出去几杯。她关门的时候，把招聘信息顺手给取下来了，这种惨淡的生意，应该不需要再雇一个店员了。

卢晚晚晚上回家写店铺公众号的文章，晒了一下今天制作杯子蛋糕的教程，然后分享到自己的朋友圈里。她在影舟也没什么朋友，同学们大多数都去了外地，交际圈子太窄，所以这个营销也没什么用。

每天公众号一更新，顾桥和安嘉先也会跟着转发，他们两个的朋友可比卢晚晚多多了，尤其是安嘉先，一大堆小迷妹。

卢晚晚刷着公众号的后台，突然跳出来一条消息。

PZ1234："可以预订蛋糕吗？"

卢晚晚揉了揉眼睛，确认自己没有看错。她赶紧回复："当然可以，请问您要预订几个蛋糕？多大的，什么款式呢？"

PZ1234："不太确定到底多少个，主蛋糕一个，其他的小糕点几百个吧，我的订婚宴时用，老板接订婚宴蛋糕设计吗？"

卢晚晚："当然接的，我加您的微信，我们具体沟通一下吧。"

PZ1234："好。"

"嗷！"卢晚晚尖叫了一声。

吓得顾桥刚拆封的面膜，一下子掉进了马桶里，她又气又心疼，冲出来吼道："你叫什么啊，赔我的'前男友面膜'！"

卢晚晚从沙发上跳起来，一把搂住了顾桥："我们有生意了！是一笔大生意！有人找我们设计订婚宴的全部糕点！"

"真的？"顾桥的眼睛瞪了起来，"能赚多少钱？"

卢晚晚一时语塞："我还没跟对方谈价格。"

顾桥"喊"了一声："那你赶紧谈啊，到嘴的鸭子可别飞了。赚了钱记得赔我面膜！"

卢晚晚比了一个"OK"的手势："我给你买一箱！"

顾桥翻了个白眼："你就吹吧，我怕你破产！"

卢晚晚嘻嘻笑起来。

顾桥也不敷面膜了，就坐在她旁边，看着她和人沟通，随时准备进入指导的状态，顾桥谈生意可是一把好手。

卢晚晚加上了对方的微信，打了个招呼："您好，我是'我们的店'工作室的蛋糕师，请问怎么称呼？"

PZ1234："我姓祁。"

卢晚晚："祁小姐你好。"

PZ1234："是祁先生。"

卢晚晚吐了吐舌头，顾桥拍了她一下说："你怎么回事，认错人可是谈判大忌！"

"蛋糕这种一般都是女生来订嘛，我怎么知道这家未婚夫这么细心的？"卢晚晚辩解。

卢晚晚："不好意思，祁先生，请问订婚典礼什么时候举行？在什么地方，是室内还是露天？请给我一些相关资料，我好制作方案。"

PZ1234："你报价多少，卢小姐。"

这个问题卢晚晚和顾桥都没有考虑过，她们也是第一次接这种订单。

卢晚晚在犹豫的时候，对方又发来了消息。

PZ1234："我支付五万块的费用，请卢小姐为我设计和制作订婚典礼需要用的所有糕点，请都用最好的材料，如果不够的话，我再加钱。合同我会让公司的法务拟定，然后发给你，确认无误进行签约。先支付你 50% 的定金。还有什么问题吗卢小姐？"

这仿佛是一个天上掉下来的馅饼，卢晚晚有点不敢相信。

"该不会是骗子吧，顾桥。"卢晚晚忐忑地说。

"先看看合同，也许是个冤大头呢，人傻钱多爱老婆。"

卢晚晚点了点头，回复道："好的，祁先生。"

PZ1234："合作愉快。"

卢晚晚："合作愉快。"

卢晚晚和顾桥相视一笑，击了个掌。

"大订单啊，得庆祝庆祝！"顾桥说。

"我请客！"卢晚晚豪气地说。

"算了，我请吧，我等着你给我买面膜。"

两个人穿上衣服，外出撸串，安嘉先轮了个夜班，不能参与。

点好了串儿以后，她们给安嘉先发了微信，满桌子都是安嘉先爱吃的。

安嘉先大概是在忙，一直都没有回复。

卢晚晚和顾桥还点了一打啤酒，卢晚晚酒量不行，大部分都是顾桥解决的。卢晚晚喝了一瓶之后，脸红了，头也晕晕的，正咬着烤鸡翅，突然电话响了。

瞥了一眼来电，卢晚晚颇为嫌弃。

"你怎么不接啊？"顾桥问。

卢晚晚撇了撇嘴说："他都不配听我说话。"

"谁啊？"顾桥拿过手机一看，是任初。

任初连打了三遍电话，锲而不舍。

"接吧，兴许真有事儿呢。"顾桥劝解道。

"他能有什么事儿，肯定是要找我麻烦的。"卢晚晚鄙夷地说。

"那也接，要真是找事儿，就骂他一顿，电话总响，不接我难受，我职业病。"顾桥说。

卢晚晚这才接起了电话："你干吗？"

"来医院。"

"我没事儿去医院干吗？你病了？你病了和我也没什么关系，我不去，再见！"卢晚晚十分霸气地说。

顾桥露出了赞叹的表情，就在卢晚晚要挂断电话的时候，电话那头的任初说："孙阿姨晕倒了，现在需要家属在场，我只能联系上你。"

"我马上来！"卢晚晚的酒醒了大半。她起身就走，顾桥都没来得及问到底怎么了。

孙阿姨一辈子没结婚，没有子女，在影舟只有朋友没有亲戚。虽然孙阿姨这个人八卦了一些，但是对人十分热心真诚，对卢晚晚也很疼爱。

卢晚晚急得不行，她在路边拦车，上了出租车以后报不出地址，又给任初打了电话："哪家医院？"

"影舟市医院。"任初说。

是安嘉先工作的那家医院。

卢晚晚报了地址，又给她妈妈打了电话，告知了这个消息。

一路上风驰电掣，卢晚晚赶到了医院，任初坐在抢救室的外面，抢救室的灯还在亮着。

　　卢晚晚抓着任初，她跑得太急，啤酒的劲儿顶上来了，直接冲着任初的脸打了个酒嗝。

　　任初皱了皱眉："喝了多少？"

　　"就一瓶……"她弱弱地说，然后又问，"孙阿姨怎么样了？"

　　"值班医生是安嘉先，你等下问他吧。"

　　"发生了什么事？"

　　"我在小区跑步，遇见了孙阿姨，她突然晕倒了。我初步判断应该是心梗，一分钟之内我给她口服了速效救心丸，有明显好转。"任初手里还拿着孙阿姨的背包，是从这里面找到的药。

　　任初的急救知识，还是跟卢晚晚在一起的时候耳濡目染的，一般的病症，他也能够看出一些来。

　　"怎么会这样呢，孙阿姨……"卢晚晚的心揪了起来，眼眶也跟着红了。心肌梗塞很凶险，如果今天不是任初刚好在，孙阿姨可怎么办？

　　"孙阿姨会没事的。"任初拍了拍卢晚晚的背，轻柔地安抚着她。

　　卢晚晚"嗯"了一声，头微微地歪了一下，虚虚地靠在任初的肩膀上。

　　"晚晚！"身后有人叫了一声，卢晚晚噌地推开了任初，然后一回头，看见她的爸爸妈妈以及李阿姨一起来了。

　　"你孙阿姨怎么样了？"卢妈妈着急地问。

　　卢晚晚摇了摇头，说："还在抢救，急救措施做得很好，孙阿姨应该不会有事的。"

卢晚晚是医学院的高才生，三位家长一听她这么说，稍稍放心了一点，他们松了一口气，注意到卢晚晚身旁的人，好像就是照片里的那个人，可本人比照片还要帅气。

"你是任初？"八卦的李阿姨率先发问。

任初点了下头："您好。"

"陪着晚晚一起来的吗？"李阿姨又问。

"我送孙阿姨过来的，因为不认识孙阿姨其他熟人，给晚晚打了电话。"任初解释道。

"那这么说是你救了老孙啊！"李阿姨颇为惊讶，"好人啊，多么善良的小伙子，你们家晚晚真有福气。"李阿姨推了推卢妈妈。

卢妈妈也在打量任初，小伙子长得真帅气，如此看来人品也好，很善良，乐于助人。初步鉴定，是可以配得上她家晚晚的。

卢爸爸咳嗽了一声，并不买账，冷着脸说："现在老孙正抢救呢，其他的事情等等再说吧，什么福气不福气的。"

李阿姨多年传播八卦，当然明白其中的道理，丈母娘看女婿总是越看越爱的，岳父那关就没那么好过了。

抢救室的灯灭了，几个人紧张起来。没过多久，医生出来了，正是安嘉先。他摘掉了口罩，见到门口的人倒是愣了一下。

"叔叔阿姨，晚晚，你们和病人认识？"

卢晚晚率先上前，拉着安嘉先问："是我阿姨，人怎么样？"

"已经没有大碍了，休息一下就能醒过来了。"安嘉先说。他的目光一扫，还看见了一个让他意外的人，任初。

他冲任初点了下头，算是打过了招呼。

"嘉先，你是主治医生啊。"见到是安嘉先，卢妈妈还是挺亲切。

"是的，阿姨，里面的阿姨很快就能苏醒了。"安嘉先回答。

没一会儿，护士推着孙阿姨去病房，大家伙也都跟着一起去。

孙阿姨悠悠地醒了过来，看见全都是熟人，长长地舒了一口气："还以为要死了，没想到还能看见你们，真好。"

李阿姨和孙阿姨的感情最好，她率先掉了眼泪："说什么傻话呢，你这不是没事儿嘛，明天还得一起去跳舞呢。"

"老孙你平时身体不是挺好的吗，怎么突然晕倒了？"卢妈妈关心地问。

孙阿姨笑了笑说："我也不知道怎么了，突然有点头晕，就晕倒了。幸亏晕倒前遇见任初了，不然怕是见不到你们了。任初呢？"

"阿姨，我在。"孙阿姨伸出了手，任初握住了她的手。

"谢谢你。"

"应该的，就是路人我也会出手相助的，更何况您还是晚晚的阿姨。"

众人听了任初的话，纷纷开始点头，觉得任初这个孩子可真好。卢晚晚一开始没反应过来，也跟着点了点头，点了三下头以后，她觉得不太对劲儿，任初这话说的有歧义啊，容易让人产生误会！

卢晚晚看了一眼她爸妈，果然他们正用无比慈爱的眼神看着任初。她赶紧横在了任初跟前，说："孙阿姨需要静养，不然我们先出去吧。"

她说完给了安嘉先一个眼神。安嘉先立刻明了，也跟着说："是的，叔叔阿姨，家属先出去吧。"

"那老孙你好好养病，其他的事情别担心，有我们呢。"卢妈妈安慰道。

孙阿姨好一顿嘱咐大家，把自己的花花草草、自己的猫，都托付了一遍，几乎老泪纵横。

一行人从病房出来，三位长辈把对孙阿姨的关注，彻底放在卢晚晚和任初身上了。

"还有不少手续要办吧，爸爸妈妈、李阿姨你们先回去，剩下的交给我们。"卢晚晚笑着说，顺便一手一个拉走了任初和安嘉先。

李阿姨瞧着三个人渐渐远去的背影，把任初夸上了天，卢妈妈也附和着一起，卢爸爸虽然没有参与这一场夸女婿的行动，但是上扬的嘴角已经宣告了他对任初的喜欢。不过，"任初"这个名字有点耳熟，他好像以前在哪里听说过。

任初办理好了住院手续，缴纳了费用。孙阿姨信任他，把自己的医保卡给了他。

卢晚晚和安嘉先站在一旁，他们的目光始终在任初的身上，仿佛是在看什么危险的动物。

"你打算怎么办？"安嘉先指了下那边正掏钱包的任初，问如同惊弓之鸟的卢晚晚。

"什么怎么办？"

"他能把你阿姨送来医院，显然是没打算善罢甘休。"

"我俩没关系了，他说让我不要想太多。"卢晚晚说完，自己也有点心虚了，她现在就希望，任初说的都是真的。

安嘉先无奈地叹气，按住卢晚晚的肩膀，让她面对现实："这话你都相信？任初什么人你不清楚吗？"

"那安医生说说，我是什么人？"

交完费的任初突然出现在了两个人的身后，直接吓得卢晚晚一个哆嗦，她暗自鄙视自己，到底为什么这么怕任初，为什么有心虚的感觉。

"任学长现在是什么人我不太清楚，但是以前在学校，的确风评不佳。"安嘉先把卢晚晚挡在身后，昂起头直面任初。

任初讥笑："你们两个现在倒是统一战线了？安医生现在是什么人，我也不太清楚，但是以前的确是个优柔寡断，常年玩劈腿运动，骗人感情的人。"

"你……"安嘉先一贯的好修养，被任初气得几乎想要爆粗口。关于梁夏的那段过往，大家都默认没有发生过，努力忘却曾经，可是任初却这么直白地说了出来。

那一道伤口，是横在安嘉先和卢晚晚之间无法逾越的鸿沟。

卢晚晚看不下去了，她也知道一切有关梁夏的事情，安嘉先都无法淡然面对，她站出来，指着任初说："你怎么回事啊？打人不打脸，骂人不揭短，这是君子吵架的基本礼仪，你懂不懂啊？"

"哦，受教了。"任初笑了笑。

安嘉先的脸色更加难看了，他真想把卢晚晚的头敲开看看，她到底是哪一边的。

卢晚晚说完也觉得有一丝不对劲，她摇了摇头，下次遇见任初一定要冷静一点。

此时顾桥来了电话，询问情况，卢晚晚说了个大概。

"我要回家了，你去忙吧。"卢晚晚对安嘉先说道。

"这么晚了不好打车，你开车回去吧。跟我去拿车钥匙。"安嘉先说。

卢晚晚点了下头，两个人默契地抛下任初走了，连个招呼都没打。

卢晚晚是故意的，她就是不想理任初，免得他又说她想入非非。

去了办公室，安嘉先从口袋里拿了车钥匙给卢晚晚，他其实就放在身上，故意叫卢晚晚来办公室，也是想让任初赶紧走。

"路上开车小心，我车就停在外面的停车场，在A23。"安嘉先想了下又说，"我买了一箱牛奶，放在后备厢里，你等下拿回家，我看你最近黑眼圈严重，喝点牛奶好入睡。"

"哇，小安医生真是贴心的小棉袄！"卢晚晚跳起来拍了拍安嘉先的肩膀。

"你少来！"安嘉先翻了个白眼，"少气我就行了。"

卢晚晚嘿嘿一笑："我走啦，你好好工作。"

卢晚晚晃着车钥匙，一路去了停车场，找到了A23，看到了安嘉先的那辆车，顺便还找到了旁边站着的任初。她吓了一跳："你怎么在这儿？你不是走了吗？"

任初就靠在安嘉先的车门上，有点慵懒地说："安嘉先没说错，晚上不好打车，所以我在等你送我回家。"

"我为什么要送你回家？"卢晚晚警惕起来，声音都高了八度。

"因为，我的车被你撞坏送修了，你该不是失忆了吧？还是那两万块的修车费，你不想给？嗯？"任初的尾音微微上扬，莫名给人一种压迫感。

卢晚晚咬着嘴唇，心里想骂娘。

"好好好，我送你，上车吧！"卢晚晚按了下车钥匙，车灯亮起。

她走到驾驶席，拉开车门，正准备坐进去，任初就一把拉住了她，她疑惑地看他。

"我来开，你去副驾驶座。"任初说。

卢晚晚一瞪眼，刚准备说什么，任初又补充道："这车跟左右两边的车都靠得太近了。"

原来还是为她好？卢晚晚乖乖走到了副驾驶座，心里有那么一点暖。

只听任初又说："左边这车八十万，右边这车一百二十万，我怕你倾家荡产。"

"你……"卢晚晚跺了下脚，他果然还是狗嘴里吐不出象牙来！

两个人上了车，车辆驶出停车场，上了主路。卢晚晚不想和任初说话，她望着街上的霓虹灯，凌晨马路上已经没什么行人了，只有车辆来来往往。不一会儿，她就觉得困了，反正也不想和任初说话，她闭上眼睛决定眯一会儿。

任初开车特别稳，车里的暖风开得足，睡梦中的卢晚晚不一会儿就觉得热了，她的额头和脖子出了不少汗。任初把车停在卢晚晚家楼下，拿纸巾给她擦了擦汗。卢晚晚似乎在做梦，嘴里不知道嘟囔着说些什么，任初静静地看着她，慢慢凑近，听她呓语。

"任初，我口渴……"她轻声说。

任初笑了起来。

车上有矿泉水，任初拧开，放在她嘴边，瓶口倾斜，让水以极缓慢的速度流出来，润湿了她的嘴唇，她舔了舔，然后迷迷糊糊地喝了两口。

喝完还满意地咂咂嘴，煞是可爱。

任初解开安全带，也顺便给卢晚晚解开了安全带，然后身体探过去，寻找到座椅调整的按钮，将副驾驶的座椅慢慢放平了，卢晚晚仰躺在上面，还不自觉地侧了侧身，正好面朝着任初。她闭着眼睛，睫毛纤长，嘴唇红润，依旧是那么好看。

任初脱下外套，盖在了卢晚晚的身上，然后也放平了驾驶席的座椅，侧着身看卢晚晚睡觉。

车厢里的宁静被卢晚晚手机的振动声打破，任初几乎是秒接。

顾桥张口就骂："你怎么还不回来？安嘉先说你出发都两个小时了，外面有那么堵吗？你是不是迷路了，卢晚晚！"

任初看了一眼睡得香甜的卢晚晚，小声说："她睡着了。"

顾桥一惊，握着电话的手都有点颤抖。

"我是任初。"他又说。

"我我……我知道。"顾桥回答道。

"我们在你家楼下，下来接她一下吧，麻烦了。"任初礼貌地挂了电话。

顾桥有点恍惚，穿上外套狂奔下楼。她找到安嘉先的车，敲了敲车窗。任初示意她等一下。

顾桥抻着脖子往里面看，卢晚晚那厮竟然还睡得如此香甜！

任初轻轻地拍了拍卢晚晚，柔声叫她："晚晚，到家了，醒醒。"

卢晚晚哼唧了两声，就是没醒。

顾桥有点急了，拉了下车门，说："我来！"

"我抱她吧，你别叫了。"任初下车，绕过去，将卢晚晚从副驾驶座里抱出来。

卢晚晚睡得太过踏实了，如此都没醒过来，只是突然换了姿势，有点不适应，又哼唧了两声，扭过去就搂住了任初的腰。

顾桥跟着关车门，拿车钥匙锁车，三人一起坐电梯上去。

回到家以后，任初将卢晚晚轻轻放在床上，卢晚晚还有点不乐意，伸手抓任初的衣服，拉着怎么也不肯放手，像一只小懒猫。

任初笑了笑，轻轻地拍了下她的手，她就松开了。任初又给她盖了被子，将床头灯光调暗，小声问顾桥："有水吗？"

这一幕幕把顾桥都看蒙了，她听到任初问自己，才回过神来，点了点头说："客厅。"

两个人出来，任初自己倒了一杯水，又踱步回到卢晚晚的房间，将水杯放在她的床头，这才关上门出去。

"我走了，你别叫醒她了，有什么话，明天再问。"任初说。

"谢……谢谢啊。"顾桥听话地点点头。她其实真的有很多问题想把卢晚晚叫起来问个清楚，但是既然答应了任初，那就说话算话吧。

卢晚晚这一觉睡得很香，她梦见任初给她喂水，给她投喂各种好吃的，以至于早上醒来发现是个梦的时候，腹中饥肠辘辘，十分口渴。她摸到床头有一杯水，喝下了半杯，稍微有一点满足感。顾桥还挺贴心，她笑了笑。

一掀被子，不知什么东西从她被子上滑落，掉在地板上，发出"吧嗒"的声音，她捡起来一看，是一枚纽扣，好像是黄金质地，一看就价格不菲。她愣了一下，这东西哪儿来的？

等等！她是怎么回的家？她不是开车送任初回家吗？

卢晚晚脑子乱了，她抓了抓鸡窝一样的头发，从房间里冲出来，看见顾桥正坐在那儿吃早餐，扑过去问："谁送我回来的？"

"明知故问。"

"真是任初？那……"卢晚晚一点印象都没有了，但她肯定不是自己走着进来的。

顾桥放下手里的面包片，一脸八卦地看着卢晚晚："对，就是你想的那样，任初把你抱回来的。你俩到底是什么情况？"

"他说打不到车，让我送送……"

"就这么简单？"

卢晚晚玩命地点头。

"扯淡吧！昨天晚上任初伺候你时的眼神，简直宠溺得不像话。"

"你确定？你可是五百多度的近视眼，你戴眼镜了吗？"卢晚晚问。

顾桥翻了个白眼，说："反正我觉得你们俩还有戏。"

"胡说八道什么呢，我要是再和他有点什么，我就直播吃键盘！"卢晚晚撂下狠话。

顾桥望了一眼客厅的电脑，感觉不妙。

"我送顾念上幼儿园，你再睡会儿吧。"顾桥说完，拍了拍手。顾念穿戴整齐地从房间里出来，姐弟俩便出了门。

卢晚晚摸着手里那枚黄金纽扣，思虑了许久，决定给任初发条微信："谢谢你送我回家。"

等了一会儿，没有回复。卢晚晚打开电脑开始作图，准备设计那位祁先生的订婚典礼蛋糕。祁先生给的资料不多，只知道祁先生和他的未婚妻的年龄，祁先生有留学背景，未婚妻是本地人，两个人相恋多年，未婚妻是个喜欢浪漫的人。

什么东西会让人联想到浪漫？

鲜花？

卢晚晚登录淘宝，找了一家花店，浏览一些花花草草的摄影图片，寻找着灵感。

一直没有理卢晚晚的任初快到中午的时候回复了她，她几乎都快要忘了是自己先给任初发的消息了。

任初："在哪儿？"

卢晚晚："在家，有事吗？"

刚发过去，任初打来了电话，卢晚晚犹豫了一下接听了。

"你没去店里？"

"店里没生意，我在家工作呢。你感冒了？"卢晚晚听出了他浓重的鼻音来。

任初"嗯"了一声："昨天晚上送你，感冒了。"

"呃……"卢晚晚不知道说什么好，他也太直白了，她要送点药弥补吗？

"不用谢。"任初紧接着又说。

也太自作多情了，卢晚晚腹诽。

"作为报答，你来帮我个忙吧。"

"什么忙？"

"看房子。"

"你又要买房子了？你买那么多房子干吗？影舟房价最近不怎么涨了，炒房可不划算。"

任初的笑声从电话里传过来："不炒房，我租个办公室。影舟我不太了解，你帮我参谋一下，别让我给人骗了。"

"哦。"卢晚晚想了一下，答应了他，毕竟人家说了是作为回报嘛，他为了送她都冻感冒了。卢晚晚在心里说服了自己，换了件白色的羽绒服出门了。

她打车到任初家楼下，走到单元门口又折回去，跑到药店买了点感冒冲剂，带着上楼了。

这一次敲门，卢晚晚比较温柔，老老实实按了门铃。门打开的瞬间，卢晚晚下意识地闭上了眼睛，因为前几次任初都是裸着半身过来开门的。

"你闭眼干吗？"任初不解。

卢晚晚眯了一条缝，看了一眼任初穿着黑色高领毛衣，下面是一条休闲裤，她这才放下心来，说："我怕辣眼睛。"

任初让开门口，让她先进来。

房子里的陈设还是和以前一样，任初都没有动过，到处粉嫩嫩的，少女感十足。餐厅里多了一张桌子，放了两台电脑，是任初办公用的。她参观了一圈，有一种说不清的感觉。

"走吧。"任初穿了件大衣出来。

"等一下。"卢晚晚去厨房倒了杯水，拆开感冒冲剂，给任初兑了一杯，端过来说，"喝了吧，你不是感冒了吗？"

任初看着这杯黑乎乎的东西，闻了一下，皱着眉说："不喝。"

卢晚晚从羽绒服口袋里拿出两颗水果糖，举到任初面前："喝完了药吃。"

任初无奈，只好接过水杯，捏着鼻子灌了下去，苦得他直吐舌头。

卢晚晚赶紧把糖衣剥掉，塞进了任初的嘴里。

"还苦吗？"

她塞糖的时候，手指碰到了任初的嘴唇，任初的舌尖不小心碰到了她的手指，任初闭上嘴巴，回味了一下说："甜的。"

卢晚晚神经大条完全没有感觉到，她还咧嘴笑了笑说："这回可以走了。"

电梯直接去了地下车库，任初那辆辉腾已经修好了送回来了。任初把车钥匙给了卢晚晚："你开吧，我有点头晕。"

卢晚晚眼睛里看着辉腾，脑袋里往外蹦的都是钱，她直摇头说："我不开，你自己开吧。"

"放心吧，这停车场所有的车我都赔得起。"

卢晚晚坐进了驾驶座，调整座椅位置，心里有点忐忑。

"你别紧张。"任初说。

"我不紧张。"卢晚晚嘴硬道,"我只是在思考,你怎么弄到的车位。"

"前几天孙阿姨让给我的。"任初回答。

卢晚晚有点嫉妒了,任初怎么如此之快就俘获了孙阿姨的心。

与中介直接约在了商贸中心的地铁站附近,中介给预备的办公地点有三处,其中有两处都在商贸中心大楼上,还有一处在文化创意园内。他们先看的是商贸中心顶层的这个,中介吹了个天花乱坠,卢晚晚全都没往心里去,她四处走了走,任初大概是真的不太舒服,找了个地方坐着休息。

"去看下一个吧。"卢晚晚鉴定过后觉得这个不行。

中介又劝了她几句:"这个可是这附近视野最好的办公室了,采光又好,特别抢手。"

"再看看别的。"卢晚晚坚持。

中介只好带着他们去看了别处,卢晚晚小声跟任初说:"全是玻璃,还是顶层,冷气没来的那半个月,员工会热死,晒得他们根本没心情工作。"

第二处是商贸中心 A 座,装修风格很奢华,上一家公司应该是走高端路线的。大厦一共 32 层,办公室在 28 层,整个一个大平层。硬件一切都好,唯一的缺点就是太贵了。

第三处的产业园,灰白色的独栋别墅被绿树包围着,周围环境优雅,一点也不像是处在闹市里,别墅门前的路灯上,还站着几只鸟儿。环境美得不像是办公楼,人走在这里,心情都跟着好起来了。

"你喜欢这个?"任初问卢晚晚。

卢晚晚点点头，说："但是你应该会租第二个吧。"

"第二个交通方便吗？"

"方便啊，寸土寸金呢。"

"那就是它了。"任初说完了去找中介联系办理租赁。

任初是学金融的，要开的公司肯定也是金融相关，产业园的确不太适合任初的气场。卢晚晚看了看那边打电话的任初，他果真还就适合那种含金量高一点的地方。

下午卢晚晚陪着任初去签了租赁合同，交完了租金和押金，然后请了装修公司过来，直接开始绘制图纸，研究哪一部分可以继续保留，哪一部分要拆掉重新装修。

忙完了已经快要五点，卢晚晚早就饿了，任初工作起来仿佛连呼吸都省了。卢晚晚也忘了要走，就一直陪着他，拿手机刷着摄影论坛，希望能找一点灵感。

"在干什么？"任初过来问她。

"接了个订婚宴的单子，我正找灵感呢。"卢晚晚说。

任初坐下陪着她一起看，犹豫了一下问："为什么不做医生了，大学学得那么苦。"

卢晚晚刷论坛的手顿了一下，笑了笑说："就是因为太辛苦了啊，我这个人吃不了苦。"

"是出什么事了吗？"

"能有什么事啊。"卢晚晚放下手机，"即便有什么事情，也都是我一个人的事情，你不要越界。"

"好。"任初点了点头。

"你打算开什么公司？"

"咨询公司，给企业制定战略方案。"

卢晚晚"哦"了一声，说："空手套白狼那种公司呗。"

任初笑了："也可以这么说吧。"

"那还真得装修得高大上一点。"

"饿了没？"

卢晚晚狂点头。

任初点开地图，寻找附近的餐厅，随口问："你想吃什么？"

"我想回家吃，所以再见啦。"

卢晚晚说完就站起来，迈出了雀跃的步伐。

"我没法开车。"任初在后面说。

"那你就打车回家。"卢晚晚才不上当，她看任初的精神比她还要好。她就去附近的商场随便吃点，才不要和他待在一起呢。

卢晚晚打好了小算盘，从商贸中心写字楼出来，钻进了商贸中心商场。

正好是下班时间，商贸中心吃饭的人很多，卢晚晚找了一家火锅店，竟然还要等位。

店员反复确认她只有一位的时候，投来了些许同情的目光，给她的等位小食拼盘都比别人多了一些。卢晚晚不解，一个人吃火锅怎么了，她一点都不寂寞啊，她可以享受全部的肉，不用担心有人抢着吃，多么

为时不晚② 初次爱你，

美好的事情。

卢晚晚闲着无聊翻菜单，忽然面前出现了一双定制皮鞋，她看了一眼鞋带就知道是任初跟来了。

卢晚晚抬头看着他说："我已经拒绝和你一起吃饭了，你干吗要跟来？你都这么大的人了，就不能自己吃饭吗？"

任初话不多说，拿出了卢晚晚的手机，在她眼前晃了一下，然后退了三步说："我走了。"

卢晚晚摸了下衣服口袋，手机果然不在。

"等一下！"卢晚晚伸手想要抓住任初。

任初挑了下眉，那意思是，你如果不说点好听的，手机我就不给你了。

"要不要一起吃火锅？"

"好啊。"

任初点了一桌子的食物，卢晚晚怀疑他把菜单上所有的框框都打上了钩，以至于服务员都提议给他们换个大桌了。

"我们吃得完？会不会有点浪费呀？"卢晚晚小声问。

"你吃得完，慢慢吃。"任初说。

卢晚晚扁了扁嘴，她哪有这么大的饭量，任初又在嘲讽她了。

"你那个订婚宴的生意，对方靠谱吗？"任初忽然问。

"应该靠谱吧，要和我签合同呢。"卢晚晚夹了一片毛肚，掉进了锅里，怎么都找不见。

任初拿漏勺和公筷涮了一片毛肚，放进了卢晚晚的碗里，又说："合同要不要我帮你看一下？万一有什么漏洞，或者隐藏的坑，我帮你标出来。"

"不用了，我有顾桥呢。"

"顾桥学过法律？"

卢晚晚摇了摇头。

"那她怎么帮你看出合同哪里有问题？如何规避风险？"

卢晚晚思索了片刻，任初说得也对，五万块的订单呢，她马虎不得，既然任初提出来要帮她看看了，那也就别矫情了。

"那就麻烦你了。"

"合同在哪里？"任初紧接着问。

"上次对方说发到我的邮箱，我看一下。"

卢晚晚点开 QQ 邮箱，有一封未读邮件，附件里是合同，她把手机给了任初。任初点开合同，逐条阅读。

任初一边看一边点头："对方还挺靠谱的，合同没什么问题，但是订婚典礼的时间有点模糊，六个月内太缺乏确定性了。对方是还没找到场地还是没找到未婚妻？为什么没有准确的典礼举行时间？我建议你最好问一下，别来不及，造成违约行为。"

卢晚晚找了支笔把任初说的话记下来了，像个三好学生一样，认真听写。她突然觉得给任初看是正确的，她还真没有想到这个时间问题，幸好幸好。

Chapter 05

演 技 真 好

　　不知道是不是祁先生的订单给卢晚晚带来了好运，店里的生意虽然没有火爆起来，但相比之前的惨淡，已经算好了许多。她不忙的时候就画设计图，选了四个主题，设计了四款主蛋糕，每一套都还搭配了一些小的甜点，发给祁先生选择。

　　祁先生的定金已经打过来了，关于卢晚晚提的合同时间问题，也很痛快地进行了修改，订婚典礼就在明年的五月二十日。

　　祁先生有点神秘，他们都是用微信和邮件沟通，至今卢晚晚都还没见过本人。如果不是真的收到了定金，她或许会怀疑对方是个不存在的人。

　　等祁先生回复的空当，卢晚晚又接了个生日蛋糕的订单，是公众号找来的客人。她脱下外套，准备开始制作。一枚黄金纽扣从她的口袋里掉出来，是任初的那一枚，她上次忘记了还。

卢晚晚给纽扣拍了张照片，发给任初说："好像是你的扣子，我快递给你吧。"

没过一会儿，任初就回她说："我在附近办事，我等下过去拿。"

卢晚晚瞄了一眼，洗手开始做蛋糕。

任初紧接着又发了一条说："路过你高中母校，烤冷面你要吃吗？"

卢晚晚立刻拿起手机发了条语音："不要辣椒不要洋葱，加一包辣条，谢谢！"

任初："好。"

因为烤冷面的诱惑，卢晚晚下午干活的动作都快了许多。她做好了客人订购的鲜奶蛋糕，还剩下一块蛋糕坯子，她又做了两块蛋糕切块。

祁先生也给她回了微信，夸她速度快，但是具体还要给他未婚妻看过才能决定。

卢晚晚表示非常理解，期待好消息。

祁先生又说："卢小姐店里如果不忙的话，要不要接下午茶的订单？我想给公司员工订购每周二和周五下午的下午茶。"

卢晚晚的眼睛都跟着亮了，今天是她的幸运日吗，简直掉馅饼了。她立刻回复："当然可以！您有什么具体的要求吗？"

祁先生："卢小姐看着搭配就好，我公司不大，在陆续招聘，　共四十份，标准是每份六十元。"

卢晚晚："给您搭配蛋糕和茶，再赠送小饼干，每次不重样，您看可以吗？"

祁先生："可以。我先付一个月的，地址在商贸大厦 A 座，送到楼下就可以。"

卢晚晚："没问题。"

祁先生直接用微信转账给卢晚晚，19500 元，又说："三百块就当是送餐费吧，麻烦卢小姐了。"

卢晚晚："不麻烦，谢谢祁先生照顾生意。"

卢晚晚喜出望外，她开店快一个月了，钱包终于鼓起来了，这哪里是祁先生，这就是财神爷啊！

"什么事这么开心？"任初推门进来，瞧见卢晚晚笑得眼睛都弯了。

"生意兴隆呀！"卢晚晚美滋滋地给蛋糕打包，然后叫了个闪送，把客户订购的蛋糕送过去。

任初坐在了靠近橱窗的桌子旁，拆开了烤冷面的包装，招呼卢晚晚过来吃。

"等下。"卢晚晚拿出刚刚做好的蛋糕，搭配着红茶，给任初送过来了，"感谢你的烤冷面，请你吃蛋糕。"

任初用勺子挖了一块，放在嘴里，香甜可口，还是他记忆里的味道。

"你那个合同签了吧？"任初问。

有一桌客人走了，卢晚晚过去收拾桌子，"嗯"了一声："细节也改了，多亏你。你公司怎么样了？"

"在招聘，有点忙不过来。"

"已经开始有生意了吗？"

任初"嗯"了一声，他手肘放在桌子上，用手撑着头，另一只手又吃了一口蛋糕，他缓缓道："我来影舟之前就谈好了，现在正式开始做了。"

卢晚晚有点惊讶，任初来影舟还不到两个月竟然做了这么多事情，生意都开始盈利了，学神果然不一般。她其实一直以来都觉得任初很厉害，对于他来说，好像没有什么事情是困难的。他学习成绩好，所有的书几乎看一遍就会了。他游泳很厉害，他乒乓球也很厉害，后来他还打过篮球，竟然也很擅长。因为他太过厉害，所以让人有一种敬畏的感觉。就好像，我们是普通的人类，而他是神一样。

闪送过来取走了蛋糕。

夜幕降临，今天的影舟尤其寒冷，所以街上已经没什么人了，卖掉了最后一块蛋糕，卢晚晚决定关门了。任初已经趴在桌子上睡着了，困倦极了的样子。

卢晚晚把店里的音乐关上，灯光调暗，空调开大了一点。任初桌子上的茶点她收走了，以免他睡醒碰到。

卢晚晚在任初对面的桌子坐下，开了一盏小台灯，在本子上画图，改进她那笔大订单的方案。

其实也没什么好改的，卢晚晚拿着画笔都无从改起，甲方都还没有开始挑刺儿呢。她随便画画，不知不觉间，画出了他的轮廓。有些人就是怎么看都好看，任初就是，没有死角的帅气，睫毛长得让人嫉妒。

卢晚晚突然有了个念头，她悄悄走到任初的跟前，弯下腰，手指就放在他的睫毛上，轻轻地滑动了一下。又翘又软，她嘿嘿嘿地傻笑。

睫毛的主人突然睁开了眼睛，卢晚晚吓了一跳，但好歹是医学院的学生，见过大世面的人，她面不改色地说："你脸上刚才有东西，我帮你拿掉了，不客气。"

"我睡着了？"

"是呀。"

任初看了一眼手表："走吗，我送你回家。"

"不用了，我不回家。"

"那你去哪里？"

"去逛街，顾桥约了我。你既然醒了，就赶紧回家吧。我快迟到了。"顾桥是一个小时之前给卢晚晚发的微信，约她一起去商贸中心逛街买衣服，神神秘秘地不知道有什么大事。

"我回公司，你去哪里逛街，我顺路送你。"任初坚持。

"那你送吧，商贸中心。"卢晚晚也没再拒绝，因为这会儿打车还挺困难的。

到了目的地，停好了车，任初又叮嘱她："你们走的时候跟我说一下，我送你们。"

"不麻烦你了。"卢晚晚突然想起了什么，从口袋里拿出一枚黄金纽扣，"差点又忘记了，你收好了，看样子挺贵的。"

任初没有接过来，反而说："我不会缝扣子，明天去你店里，帮我缝一下可以吗？"

卢晚晚刚要拒绝，任初又说："在影舟只认识你和顾桥两个女生，不然让顾桥帮个忙？"

又在装可怜了，卢晚晚腹诽。她放弃了抵抗："好吧好吧，你明天把衣服带过来，扣子我先收着。"

"谢谢。"任初笑了笑。

卢晚晚下车一路小跑，顾桥已经打电话在催她了。卢晚晚也不明白，为什么要工作日来逛街，这会儿距离商场关门也没有多久了。幸好她吃了烤冷面，不然就要饿着肚子逛街了，真惨。

顾桥在一楼的一线奢侈品店门口等着卢晚晚，见到卢晚晚过来，塞给她一条白色的羊毛连衣裙："去试试，我选了半天了，这个非常适合你。"

卢晚晚瞥了一眼吊牌，打完折还要三千二呢。她悄悄说："太贵了，买不起！"

"好看的话，我送你！快进去吧！"顾桥推着卢晚晚去了试衣间。

顾桥的眼光果然是好，就跟卢晚晚量身定做的一样，高贵又不失少女感，像一个公主。

顾桥点了点头，去刷卡买单。

拎着衣服出来，卢晚晚还有点恍惚。

"你发财了？"卢晚晚问。

"刚和我们孔经理拿了一个订单，奖金嘛是有一点，但是距离发财，还很遥远。"

"那你干吗送我这么贵的裙子？你不会是做了什么对不起我的事情吧？"卢晚晚故作紧张地抓住顾桥的胳膊问。

顾桥翻了个白眼："什么乱七八糟的！是你相亲那事儿，我给你安排上了！明天下午一点，在失重餐厅。"

"和谁呀？"

"我们孔经理啊！"顾桥眉飞色舞地说，"上一次你们见过以后，他对你可以说是念念不忘，我今天饭局开玩笑说想给闺密介绍男朋友，他紧接着就跟我打听了，在得知是你之后，开心得不得了！我们孔经理人真的很好，你明天打扮漂亮一点啊！"

突如其来的相亲，卢晚晚其实还没太准备好。不过她和任初那个绯闻是不能再拖下去了，这几天妈妈已经变着法打听过好几次任初的消息了。

卢晚晚点了点头说："我一定不迟到！"

"真乖！"顾桥掐了一把卢晚晚的脸，"没钱了，你请我吃饭吧！"

周六一早，卢晚晚就被顾桥催着起床了，拉着她美容化妆做造型。她还想去店里做点蛋糕卖，被顾桥强烈禁止了。

"是嫁人重要，还是做生意重要？"顾桥问。

"做生意。"卢晚晚想都没想就回答了。

顾桥换了一种问法："是做生意重要，还是洗清和任初在一起的嫌疑重要？"

卢晚晚同样不假思索地回答说："洗清嫌疑！走走走，你看看我还有哪里需要弄一下的，我要不要去整个容，时间来得及吗？"

"滚蛋！"顾桥笑骂。

安嘉先今天难得休息，他从楼上晃下来，准备看看要不要去店里帮忙。却没想到看见了盛装出席的卢晚晚，他不禁一愣，问："这是要参

加前男友的婚礼？"

卢晚晚瞪了他一眼，顾桥翻了个白眼："你别哪壶不开提哪壶，任初结婚倒是好了呢，绯闻就不攻自破了，是吧，晚晚？"

听到顾桥这么说，卢晚晚第一反应竟然愣了一下，任初结婚仿佛是很遥远的事情，以至于她从来都没有想过，任初也会结婚，会和另外的人组成一个家庭。

"嗯。"静默了片刻，卢晚晚回应着。

"那你们干吗去？"安嘉先问。

"带晚晚相亲去，你去不去？"顾桥说。

"那顾念怎么办？"安嘉先又问。

"带着一起呗，分开坐，假装不认识。"顾桥摩拳擦掌，"相亲对象可是我的顶头上司，孔经理！"

安嘉先："……"

卢晚晚："……"

顾桥见二人表情奇怪，自己也反应过来了，抓了抓头说："好像没办法假装不认识啊。那这样吧，你俩假装不认识，安嘉先你假装是我男朋友吧。"

"你不是要让顾念认我做干爹吗，要不我假装是你爸算了。"

顾桥抬手就要去打他："安嘉先你学坏了！"

安嘉先笑着躲开了。

卢晚晚看着他们打闹有那么一瞬间的失神，安嘉先好像真的变了许多，也会开玩笑了，有时候皮一下真的很开心。仿佛那件事已经忘记了，对他的伤害停止了。但他是否已经走出了那个黑夜带给他的痛苦呢？

三年前那个子夜，梁夏永远地离开了，不会再出现在他们的面前，也不会再有任何的消息。那一次咖啡馆三个人的聚会，成了这辈子的最后一次，原来那句再见，真的是永别。

安嘉先再也没有交过女朋友，拒绝和任何人亲近，就连卢晚晚也不知道安嘉先在想什么。原来就算是最优秀的医生，也没办法治疗自己内心的创伤。

"既然是跟熟人相亲，你就别在场了，介绍完他们认识，咱俩带顾念去……"安嘉先故意拉长了声音，顾念刚好就在旁边，伸着脖子万分期待。

"去补习班吧。"安嘉先接着说。

顾念眼睛里的光灭了。

顾桥拍了拍手说："特别棒！"

几人如约前往失重餐厅，卢晚晚在路上看了一下公众号，后台有几条留言，是新的订单，要订生日蛋糕，她只能抱歉地告知今天无法接单了。

对方似乎是个小女生，一定要卢晚晚做的蛋糕，央求着、拜托着，她是要给男神的，说不定有了这个蛋糕告白就成功了。

卢晚晚回复："真的很抱歉，今天我要去相亲。"

小女生发了许多个大哭的表情。

卢晚晚无奈了："那不然我晚一点回店里帮您做吧，请留一下联系方式和蛋糕款式。"

小女生这才开心起来，十分感谢卢晚晚。

"你在跟谁聊天啊？"顾桥见卢晚晚一直在打字，于是问。

"一个客人，想订蛋糕。"

"最近生意不错？"

"还可以吧，每天都有人来订蛋糕，多的时候每天三个。祁先生真是我的幸运星。"卢晚晚回忆道，似乎就是从接了祁先生的订单以后，她店里的生意才好起来的。

"好客户可遇不可求，你要抓紧了。"顾桥有感而发。

没过一会儿，失重餐厅到了。安嘉先停好车，带着顾念去隔壁的儿童餐厅吃饭，顾桥和卢晚晚一起进入了失重餐厅，孔经理早就已经在等候了。见到她们过来，孔经理站起身，为卢晚晚和顾桥拉开了椅子。

"经理，这是我闺密卢晚晚，你见过的。"顾桥介绍道。

"您好，您好。"孔经理又站起来了，冲卢晚晚鞠了个躬。

举动有点不合时宜，看得出他是真的紧张。孔经理自己也有点不好意思了，坐下来喝了一大口水。

顾桥陪着聊了几分钟，借口有事先走了，临走的时候给卢晚晚使了个眼色，让她加油。

没了顾桥的陪伴，孔经理更加紧张了，他手足无措，一个劲儿地喝水。

"孔经理第一次相亲吧？"卢晚晚问。

孔经理腼腆一笑："平时工作很忙，也没考虑过自己的终身大事，这不是快过年了，爸妈开始催了。"他说完又喝了一口水，杯子里的水已经喝完了，他自己又去倒了一杯。

"你不用紧张，就当成平时聊天就可以了。"卢晚晚落落大方，甩了下头发，开始点菜。

孔经理偷偷做了个深呼吸，也开始用面前的平板电脑点菜。

所谓失重餐厅，就是没有服务员上菜，店里有许多轨道，厨师做好了菜会从轨道转出来，直接滑落在客人的餐桌上。

点完了菜，又陷入了尴尬，孔经理不知道说什么好，好在没一会儿菜品顺着轨道下来了，落在他们面前。孔经理惊讶道："真是很神奇，怎么就如此精准，这餐厅都没有服务员的。"

卢晚晚"嗯"了一声，一边拆食物的包装，一边漫不经心地说："其实就是利用失重原理，以及经过计算的螺旋角度，来实现食物的传递。我没太关注过，阿基米德螺线方程式应该也可以解出来，先以导程 S 为半径画圆，再将圆周及半径分成相同的 n 等分。以 O 为圆心，作各同心圆弧于相应数字的半径相交，得交点 I、II、III 各点……"

卢晚晚找了张餐巾纸，一边说一边画了起来，她画着画着突然顿了一下，笑了："这个设计真有意思。"

孔经理听得满头大汗，他一边擦汗一边喝水，附和着卢晚晚说："是挺有意思的，我们吃饭吧。"

"好啊。"卢晚晚放下了笔，她眼睛还在餐巾纸上，她其实还有一点地方没太想明白，这样虽然也能画出来图，但是好像角度不太对。她又抬头看了看这些轨道，从天而降的食物，用肉眼估算了一下长度，忍不住就又笑了，数学可真好玩。

"听顾桥说卢小姐大学学医的，那怎么想到要开蛋糕店呢？当医生多好啊。"孔经理找了个话题开始聊。

卢晚晚点了点头说："当医生是挺好的。"

"卢小姐本地人吧？我家是外地的，但是我已经在影舟买房了。"

"挺厉害的，影舟房价现在不低，我刚卖了一套房子。"

孔经理又开始喝水了，卢晚晚忙安慰他："你别紧张。"

孔经理心里苦，您这聊天的方式，我能不紧张吗？但是他表面上只是笑了笑说："我没有紧张，卢小姐误会了，暖气有点足，我有点热。"

"那就好。多相亲几次就习惯了，没有那么尴尬的。"卢晚晚自认为善解人意地说。

"卢小姐对相亲很有经验？"

卢晚晚想了想说："还行，有过几次吧。"她大学那会儿为了撇清和任初的绯闻，也没少去见别的学长。没想到几年后，还要被迫相亲，还是因为任初，真是作孽了。

孔经理越发诧异了："冒昧地问一下，卢小姐长得这么好看，条件又好，为什么要相亲呢？很多人都排斥相亲的，尤其是女孩。"

这个问题让卢晚晚有点始料未及，她淡淡地说："想来就来了呀，相亲又不犯法，难道你讨厌相亲，那你为什么来呀？"

孔经理喝了一大口水："不然咱们先吃饭吧，要凉了。"

"好。"

不知道是不是卢晚晚的错觉，孔经理这个人聊天的欲望不高，两个人吃了平淡无奇的一餐饭。卢晚晚的手机跳了好几次提示，公众号后台有信息。

　　"抱歉，可能是顾客找我，我回复一下。"卢晚晚礼貌地说。

　　"你先忙。"

　　卢晚晚歉意地一笑，然后拿出手机，果然是那个客人："姐姐你什么时候回店里呀，我的蛋糕，呜呜呜……"

　　卢晚晚："快了，今天保证给您做好了送出去。"

　　客人："姐姐说话算话呀，我未来的幸福全靠你了。"

　　卢晚晚："嗯嗯。"

　　客人："姐姐相亲如何？我猜应该没什么意思吧？"

　　卢晚晚有点诧异，问："你怎么知道？"

　　客人："你都在回复我的消息了，可见很无聊，相亲对象肯定不适合你，早点离开吧，别浪费时间了。"

　　虽然这个客人的话有点越界，但是卢晚晚要承认，对方说得在理，她和孔经理的确没什么共同语言。卢晚晚回完了消息，放下了手机，再次道歉。

　　"没关系，是不是店里太忙了？"

　　"还好。"

　　卢晚晚刚说完，又有人给她发了微信。

　　孔经理于是提出："你忙的话，不如我们下次再约？"

　　卢晚晚抬头看了一眼外面等位的人，这家餐厅的确太火了，而他们已经吃完了，离开也合情合理。

　　卢晚晚点了点头，孔经理去买单。

卢晚晚瞥了一眼多少钱，然后问孔经理："加个微信吧，我们AA。"

"不用了，我请就好。"

"那微信还是要加的。"卢晚晚笑了笑说。

孔经理把微信二维码露了出来，卢晚晚加了好友，两个人从餐厅里出来。孔经理提出要送卢晚晚回去，卢晚晚一眼就瞥到了还在隔壁吃饭的顾桥、安嘉先他们，于是笑着摇了摇头说："不用了，我还有点事，等下才回去。"

"那好吧，下次再见。"

等孔经理离开，卢晚晚拿出手机给他发了个红包，是他们的饭钱。卢晚晚走到隔壁的儿童餐厅，推门进去，顾念跑过来抱住她问："你这么快结束了，那是不是我不用去补习班了？"

"补习班有那么多小朋友多好玩呀，你乖乖去补习班。"卢晚晚的回答打碎了顾念小小的愿望，他噘起了嘴。

安嘉先和顾桥正坐在桌前吃东西，顾桥一个人吃掉了一整个比萨，还偷喝了顾念的热巧克力，以为别人没有看见，在她要偷吃薯条的时候，安嘉先提醒道："今天的热量已经够了，不减肥了？"

顾桥嗦了嗦手指，意犹未尽，她转而问卢晚晚："连带上吃饭的时间，一个小时，为什么这么快？"

卢晚晚脱下大衣坐下吃了一根薯条说："我感觉他不喜欢我，都不怎么跟我说话的。"

顾桥讶异："孔经理知道要跟你相亲的时候，整个人都要飘起来了，这还不喜欢你？"

卢晚晚耸耸肩："谁知道呢。他有跟我说下次再见。"

顾桥松了口气："那还好。他没说送你回家？"

"说了，但是你们不还在这里吗，我就说我有事，等下自己回去，让他先走了。"

顾桥："……"

"怎么了？"卢晚晚不解。

"除了这个还有什么进展吗，实质性一点的？"顾桥问。

"我加了他的微信。"卢晚晚说。

顾桥欣慰地点了点头，只听卢晚晚又说："但是他红包一直都没有领，这是为什么？"

"红包？"顾桥狐疑，"你该不会是这顿饭跟他 AA 了吧？"

"对呀，有什么问题吗？"

顾桥："……"没什么问题，她想打人而已。

安嘉先没忍住笑了起来："没什么问题，你成功地传递出了你对孔经理毫无兴趣，完全不想继续发展的信息。"

卢晚晚冤枉死了："我没有啊！"

"你们这顿饭吃完了，没有产生任何的关系，几乎是拒绝了对方。"安嘉先逐条给她分析了一下。

卢晚晚听完了挫败感油然而生："你们男生真是奇怪的物种，也想太多了吧？"

顾桥气得不想说话："算了，我再给你留意其他的吧。"

卢晚晚扁了扁嘴，这就相亲失败了，她有点不甘心啊！

"叮"的一声，卢晚晚的手机响了，孔经理给她发了微信："红包就不用了，卢小姐不要这么客气。"

安嘉先看了一眼说："你如果还想和他有什么发展的话，可以回复下次你请，并且说出下次是哪一天。"

"要这样？"卢晚晚持怀疑态度。

安嘉先点了下头："给他一点暗示，男人也是要安全感的，如果你太若即若离，他们可能会望而却步。"

卢晚晚"哦"了一声，然后按照安嘉先的指点回复："下次我请，不知道你下周日有没有空，我知道一家很好吃的私房菜。"

孔经理："有空有空！我去接你，卢小姐觉得好吃的私房菜，一定特别棒。"

又开始热情起来了，卢晚晚颇为赞赏地看向了安嘉先："你很懂啊！"

"同理心。"

"你要不要当个情感博主啊，只要你成了网红，就可以帮着一起卖蛋糕了！"顾桥摩拳擦掌，直接把手机对着安嘉先，"拍个抖音吗？"

"啊，蛋糕！"卢晚晚猛然间想起，"我得走了，有人订了蛋糕，我回店里了。"

"送你吧。"安嘉先说，这样他就不用拍抖音了。

"不用了，你赶紧拍抖音吧，等着你带动蛋糕店的营业额呢！"卢晚晚披上外套，抓着包包走了。

卢晚晚火急火燎地回到店里，开门做生意。周六人比较多，她没有提前备货，只能挂上"暂停营业"的牌子，专心开始做蛋糕。

那个女生预订的是彩虹蛋糕，难度不大，卢晚晚给她做成了爱心的形状。做好了拍照发过去，女生非常满意，她又叫了闪送按照地址进行配送。既然都来了，她索性多做了一些彩虹蛋糕切块，门口的牌子也反过来变成"正在营业"。

零星地有几个客人进来吃下午茶。

卢晚晚正准备休息，闪送的那位大哥突然打来电话，非常歉意地说："真对不起，我的车翻了，蛋糕摔坏了，您看看多少钱我赔给您吧……"

这是没有预料到的事情，对方一个劲儿地道歉，并且也不是故意的，卢晚晚说了句算了，没有为难那个人。她看时间还来得及，蛋糕坯子也还有，她重新做了一个蛋糕，准备亲自送过去。店里的客人都走了，她额外打包了蛋糕切块，打算送给那个女生，当作迟到的补偿。她手机快没电了，于是把那个女生的地址和信息都抄在了纸上，以防联系不上对方。

卢晚晚拎着蛋糕，锁好了门，坐公交车出发。

配送地址在 F 大学附近，有个开放空间，许多大学生会在这里做招标演讲。卢晚晚到了地方，正准备打电话，发现手机果然没电关机了。她问开放空间的服务员借了手机，给那个女生拨了个电话。

等了许久，电话终于被接听了。

"你好，请问哪位？"

卢晚晚瞠目结舌，她没有听错，那个声音是刻在记忆里的，可是为什么……

"是送蛋糕的？"

"任初，你到底想干什么？"卢晚晚发飙了，对着电话吼了一声，吓坏了那个把手机借给她的服务员。

"等我一下。"

"不等！"卢晚晚挂断了电话，把手机还给了服务员，转身就走。

任初从里面跑出来，卢晚晚已经出了大门。

"卢晚晚！"任初叫她。

卢晚晚根本不听，拎着蛋糕走得更快。

任初在后面追她，她扭头瞥了一眼，然后撒腿就跑。

任初愣了，这是闹哪样？他迈开长腿，加速跑了几步，追上了卢晚晚。卢晚晚扭头看见任初，她瞪了任初一眼，并没有停下来的打算，也跟着提速了。

任初只好继续追，两个人足足跑了两条街，卢晚晚觉得喉咙都要着火了，她的速度越来越慢，好像还有点岔气了，最终她扶着墙，停了下来。

"你变态啊……追我干吗？"卢晚晚上气不接下气。

"想和你解释一下。"任初面不改色，气息仍然平稳。

卢晚晚呼哧带喘地说："那你不会……拦住我啊？腿长了不起啊？"

"怕你不想听。"任初说。

卢晚晚要气死了，她的肚子真的好疼，她皱着眉，额头也开始出汗了。

"不舒服吗，我带你去医院。"任初说完蹲下身，拉着卢晚晚的手，把她给背起来了。

"不去医院，休息一下就好了。"卢晚晚有气无力地说。

任初背着卢晚晚走回了开放空间，去了VIP包间，将卢晚晚放在了沙发上，手搓热了以后放在她的肚子上："有没有好一点？"

卢晚晚一把推开了任初，怒视着他："你是在耍我吗？蛋糕是你订的？你还用个女生的口吻和我说话，你在玩Cosplay吗？"

"我就是想吃你做的蛋糕而已。"

"那你需要换个身份吗？电话号也是新的，如果不是今天闪送出了问题，我自己来送的话，我是不是永远不知道蛋糕是你订的？"卢晚晚忽然想到了什么，她几乎不敢确定地问，"你到底有多少个手机号，该不会最近……"

"就是你想的那样，都是我订的。"

"你……"卢晚晚捂住了嘴巴，难怪她最近生意特别好，每天都有人通过公众号订蛋糕，起初还以为是口碑好，所以生意好，却没想到，那些不同的地址、不同的收件人、不同的手机号，全都是任初一个人。

"你为什么要这样做？"

"怕你因为生意不好而焦虑，怕你创业失败受打击，怕你因为是我不卖蛋糕给我。"任初缓缓地说出了自己的顾虑。他原本不想让她知道，他想对她好，所以极尽可能利用这么多身份，每一个地址，都是他外出开会谈判的地址，他也知道卢晚晚店里忙，是不可能亲自送来的。却没想到百密一疏，终于还是被她发现了。

"我不需要你这样做，我早就不是过去的卢晚晚了，生意好不好我都不焦虑，你根本就不了解我。任初，你不要再这样做了，这几天你订蛋糕的钱我退给你，你以后不要再来了。我们之间结束了，不要再纠缠不清了！我很忙，你也很忙，不要再做这种无聊的事情，耽误彼此的时间了。"卢晚晚霸气地说完，翻看了最近几天的订单记录，粗略计算了一下金额，竟然有四千多，她账户余额不足两千，闲钱都拿去进货了……

卢晚晚咳嗽了一声说："钱过几天给你，再见！"

卢晚晚走的时候还带走了她那个被摔得变形了的彩虹蛋糕，任初这一次没有追她。

助理小祁过来敲了敲门，问："老板，还要继续吗？"

"今天就到这里吧，我有重要的事情要办。"任初去停车场开车，远远地跟着卢晚晚，看见她打到了车，一路跟着她回到了父母家，在她家楼下待了一会儿。

卢晚晚房间的灯亮起来了，他确认卢晚晚到家了以后，打算驱车离开，却没想到，有人敲了敲他的车窗。

"任初呀，真的是你哦，我就看这车眼熟呢。"

"孙阿姨。"任初笑了笑，"您身体好了？"

"多亏了你。我今天出院，朋友们约着聚会，就在晚晚家。"孙阿姨又看了看任初，恍然大悟，"你也是去晚晚家吧，走走走，一起吧。"

"不了，孙阿姨，我还有事，你们玩得开心。"任初和孙阿姨道别走了，他想卢晚晚现在应该是不想看见自己的，还是不要逼她太紧了才好。

卢晚晚回到家，把蛋糕扔在桌子上就回房间了。她今天不想回顾桥那儿了，不知道该怎么和顾桥说，只想静一静。

对于突然回来的女儿，卢爸爸和卢妈妈都感觉到有点意外，并且女儿好像还不太开心的样子。没过多久，孙阿姨和李阿姨都来了。

卢妈妈过来敲门："晚晚，要不要出来打个招呼？今天家里有聚会，庆祝你孙阿姨身体康复。"

"就来。"卢晚晚去卫生间洗了把脸，开门出去。

"孙阿姨、李阿姨好。"卢晚晚笑着打招呼，然后坐在了卢妈妈的身边。

卢爸爸在厨房忙完了，过来招呼大家吃饭，桌子上还摆着卢晚晚带来的那个彩虹蛋糕。样子有点变形了，看起来丑丑的。卢晚晚没想到爸爸会把这个摆上桌，她颇为不好意思地说："路上太急了，没拿稳。"

"没事的，晚晚的手艺我们是知道的，外形不影响味道。不好拿的东西，让男朋友帮你拿。"李阿姨说道。

卢晚晚感到无奈，弱弱地想解释，就听到孙阿姨说："我刚在楼下见到任初了。"

"晚晚，任初送你回来的吗？怎么不请他上来？"卢妈妈有点小失望，是责备的语气。

任初竟然跟过来了？阴魂不散。

孙阿姨见卢晚晚不说话，分析刚才任初的表情，大概两个人是吵架了，于是替晚晚解围："那孩子说了，还有事要忙。"

"好吧，有空叫他过来吃饭，一个人在外地也不容易，总吃外卖不健康。"卢妈妈关切地说道。

卢晚晚"嗯"了一声，勉强应付过去。

吃过了饭家长们在客厅闲聊，卢晚晚插不上嘴，回房间发呆。

拆穿了任初以后，公众号就安静了，也没有客人来和她聊天了，也没有生日蛋糕的订单了。她只要一想到，前几天生意兴隆其实是假象，就由衷地气愤。马上就要过年了，她创业以来的第一个寒冬不知道什么时候能够结束。

"叮咚"一声，电脑屏幕右下角提示了有新的邮件，是那位祁先生发来的，关于订婚典礼蛋糕的四个方案反馈，卢晚晚怀着忐忑的心情打开了邮件："卢小姐，您好。我的未婚妻似乎并不满意这四个方案，请您再做一些修改吧，辛苦了。另外，下周二开始请来配送下午茶，我公司又新增了四名员工，请先送过来，超出的金额，我当面给你。祝工作顺利！"

喜忧参半，那四个方案几乎是囊括了四种方向了，竟然没有一个适合的。她咬了咬嘴唇，对方到底想要什么呢？

卢晚晚给祁先生回邮件："好的，祁先生，下午茶我会准时送过去，新增的四名员工不再额外收费了，谢谢您照顾生意。另外，能否跟您的未婚妻直接进行沟通呢？"

这一次祁先生给卢晚晚发来了微信说："抱歉，我未婚妻很忙，她也不是个细心的人，订婚典礼的事情我全部负责。我希望可以给她最好的订婚仪式，给她一个惊喜。"

卢晚晚："那可以提供一些她的资料吗？比如她喜欢什么？平时爱做什么。"

祁先生："她喜欢看书。"

卢晚晚记下了，喜欢看书应该是个比较有内涵并且文静的女孩。

　　祁先生："她不太喜欢运动，喜欢吃甜食，蛋糕的口感一定要好。"

　　卢晚晚："好的，祁先生，还有一些别的爱好吗？比如想去的地方之类？"

　　祁先生："说来惭愧，我未婚妻不太喜欢出门。小动物她会比较喜欢，可以试试可爱风。"

　　卢晚晚："好的，谢谢祁先生。"

　　祁先生："别客气，希望能帮到你，期待你的作品。"

　　卢晚晚长叹了一口气，虽然还是没什么头绪，但总算有新的方向了。

　　卢晚晚开始画蛋糕的设计图，加入了可爱的动物元素，她选择了熊猫、兔子、狐狸三种，用糖来捏出动物的形状，做蛋糕的点缀。原本的设计考虑到天气的元素，所以是个翻糖蛋糕，卖相好看，但是口感一般。新的设计，她整体都采用了奶油蛋糕，更加注重食物的味道。

　　卢晚晚忙到深夜，对自己的这套设计还是非常满意的。她现在唯一庆幸的是，祁先生是真的，不然这笔订单都飞了的话，她真的要开始怀疑人生了。

　　祁先生应该不是假的吧？卢晚晚陷入了恐慌之中。

　　不过，既然祁先生让她周二过去送下午茶，她到时候会见到本人，任初应该不敢玩这么大吧？况且祁先生预订的可是订婚蛋糕，任初和谁订婚啊？

　　卢晚晚摇了摇头，赶走了先前自己那个可怕的想法，安然进入梦乡。

Chapter 06

学神眼里的低段位相亲

　　周二下午，卢晚晚准备好了祁先生预订的下午茶，叫上了难得休假的安嘉先，开车送她去送货。她先前是小瞧了这四十四份下午茶，她一个人绝对拿不了这么多。看来招人迫在眉睫了，还得再找个送货的合作平台。

　　卢晚晚的心情好极了，她仿佛看到自己的前途一片光明。

　　"下周三你有空吗？"安嘉先忽然问。

　　"我除了看店，没别的事情，怎么了？"卢晚晚问。

　　"梁夏爸妈下周三回国，会带着她一起。我想你跟我一起去接他们，她爸妈不知道我们两个谈过恋爱，所以我自己去不合适。你和她爸妈熟悉一点……可以吗？"

"当然。"

"谢谢。"安嘉先勉强笑了一下，卢晚晚忽然发现他其实很脆弱。

卢晚晚冲他一挑眉，笑着说："谢什么，我们可是哥们！"

到了商贸大厦 A 座地下停车场，卢晚晚跟祁先生联系，第一次拨通了祁先生的电话。祁先生挂断了，回了一条信息："在开会，稍等。"

过了五分钟，祁先生打电话过来："抱歉久等了，你在哪里，我去取吧。"

"我在停车场，祁先生，东西很多，我帮您送上去吧。"

"不用了，要刷卡的，访客登记也很麻烦，我带个人下去拿吧。"

"那辛苦了。"

挂断了电话，卢晚晚把车位拍照发给了祁先生。

"你这个客户，还挺体贴。"安嘉先说道。

"那当然！祁先生他对未婚妻还特别的好，绝世好男人。要跟他结婚的那个女孩上辈子一定拯救了银河系。"卢晚晚对这位素未谋面的祁先生赞不绝口。

等了大概十五分钟，过来了两个青年男子，走在前面那个穿着有点肥的西装，发际线有一些后移，五官长得有点分散。后面那个倒是眉清目秀，一身运动服的打扮，戴着白色的棒球帽，和前面的人一对比，直接帅成了明星。

"哪一个是？"安嘉先用胳膊肘碰了一下卢晚晚。

卢晚晚摸了摸下巴："根据套路，越不像老板的人越是老板，所以后面那个穿运动服的肯定是祁先生。"

"卢小姐，我姓祁。"西装男笑着说道。

"您好，您好，这里是四十四份下午茶，请签收一下吧。"卢晚晚在愣了一秒钟之后，迅速反应过来，开始微笑服务。

"卢小姐辛苦了。"祁先生和运动男孩将东西搬下车，四十四份听起来不多，但是看起来数量惊人，两个人也未必拿得了。

"不然我们帮着一起送上去吧？"卢晚晚又建议。

祁先生赶紧一摆手："不用！我们可以，你们上不去的。"

"那就辛苦祁先生了，在这里帮我签个字吧。"卢晚晚拿出了送货单，请他确认签收。

祁先生就写了一个祁字，潦草得几乎认不出来。

"对了，祁先生，新的方案我发到您的邮箱里了。"卢晚晚又说。

"方案？"祁先生顿了顿，"哦哦哦，我看过了，特别好。"

卢晚晚心中一喜，说："那祁先生我们先回去了。"

"您忙，您忙。"祁先生挥手送别。

安嘉先发动车子，载着卢晚晚离开了地下车库。卢晚晚还沉浸在被客户表扬了的喜悦当中："祁先生真是个好人。"

"那你还猜错了，晚晚你不能以貌取人。"安嘉先说道。

卢晚晚点了点头，的确，她以后要擦亮眼睛，长得好看的可未必是好人，比如说任初。

怎么又想到了他？卢晚晚赶紧摇头，不能想不能想，任初有毒。

回店里的路上，顾桥打来电话说："晚上我不回家吃饭了，要去应酬。"

"那你少喝一点，我给你煮醒酒汤。"卢晚晚说。

"么么哒，你最好了。不和你说了，我要去和经理对方案啦！"顾桥挂断了电话，忙得脚不沾地。

因为顾桥不回来吃饭，安嘉先和卢晚晚下午在店里忙完了就去接顾念，三个人在外面改善了伙食。

晚上九点，门竟然响了。卢晚晚十分诧异，她看着出现在客厅里的顾桥说："这么早应酬结束了，我醒酒汤还没有煮呢。"

"我没喝酒。"顾桥一边脱鞋一边说。

卢晚晚凑近闻了闻，果然没有酒味。

"接了个大生意，没喝酒就签单了，不可思议。"顾桥说。

"真的？恭喜恭喜！"

"你先别恭喜了，你知道客户是谁吗？"顾桥一脸凝重的样子。

卢晚晚摇了摇头，顾桥又说："任初。"

卢晚晚："……"

"今天晚上一进包房我就傻眼了，就跟你现在一个表情。我们洋酒都带好了，XO呢！结果任初说不喝酒，全场八个人，就都开始喝热露露了，简直诡异！"顾桥复述着当时的场景，除了任初还有其他两家公司的老板。这一单生意对顾桥和孔经理来说，非常重要，直接完成了他们今年的KPI考核。

顾桥拉着卢晚晚坐下，接着说："任初是不是有什么目的？不然怎么会这么巧呢？我有点害怕啊晚晚。"

卢晚晚安慰道："任初是在影舟开了一家公司，兴许真的只是业务上的往来吧，你们公司也是大公司呢。你别多想啦，任初的钱也不是什么黑钱，你们赚了也没什么大不了。"

顾桥抱着抱枕摊在沙发里："话虽如此，可我总有一种吃人家嘴短的感觉啊。你们俩……"

"我们没关系，别乱猜，你不喝醒酒汤，那我去睡了。"

"这么早啊？"

卢晚晚没理顾桥，转身进了房间，她怎么也有一种不祥的预感呢，任初频繁出现，到底要干吗？当初不是已经说好了分手吗？

接了大订单以后的顾桥越发忙碌，每天加班到很晚，就连周末都不休息了。连带着也很忙的就是孔经理了，他的生活被工作完全填满了，都没时间给卢晚晚发信息，更别提周末的约会了。他在接到客户通知要开会对方案的时候，只能向卢晚晚道歉了，他要失约了。

"没关系，工作要紧。"卢晚晚充分表示了理解。

孔经理更加不好意思："等我忙完了这几天，我一定去向你请罪。"

"没有这么严重，我们下次再约吧。"

挂断了电话，卢晚晚又去店里忙了。哪知道，这个下次，不知道变成了哪次。他们竟然再也没有说上一句话，转眼就到了春节。卢晚晚连孔经理的样子都忘记了，她叹了口气，看来孔经理是真的不喜欢她。

连带着还有点丧的是，祁先生那个订单她还没有搞定，小动物的方案，未婚妻似乎也不喜欢。祁先生发邮件说："不然你试试狂野一点的设计。"

又要狂野了？卢晚晚不解，先前可是要小清新或者小可爱的。

但是客户就是上帝，她只能听从这个要求，又开始了新一轮的设计。

春节放假，卢晚晚的店做了三天的促销，然后打算休息一周。安嘉先刚好除夕晚上值班，他相当开心，过年家里亲戚多，他就怕家人催婚，这下可以躲上一两天了。原本说要回国的梁夏父母，突然改变了行程，安嘉先虽然嘴上没说，但卢晚晚看得出他是失望的。

卢妈妈让顾桥姐弟过来一起过年，三十儿早上顾桥姐弟就来了。顾念嘴甜，哄得卢妈妈笑得合不拢嘴。卢爸爸找了个机会问卢晚晚："任初在哪里过年啊？"

"不知道。"卢晚晚是真的不知道，自从上一次他订蛋糕骗她，他们已经好久没有见过面了。

"他一个人在影舟打拼，过年可别自己一个人过，怪可怜的，不然你叫他来吃个饭吧。"

"哎呀，爸爸，我们真的只是普通朋友。"卢晚晚又急了，每次提起任初，她都不能淡定。

卢爸爸瞪了瞪眼，说："你这个孩子现在是怎么回事？就算是普通朋友，一个人孤零零地过年，在影舟就你这么一个老同学，叫来家里吃个饭怎么了？不要太冷漠了。"

"对对对。"顾桥也跟着附和。

卢爸爸走后，卢晚晚推了顾桥一把："你是哪边的？"

顾桥竟然还有点纠结了，卢晚晚是她"铁磁"，但任初现在可是她的上帝啊！

　　晚上十点，年夜饭开始了，顾桥和卢晚晚带着顾念放完了烟花回来，洗手准备吃饭。桌上煮了饺子，按照惯例里面还有硬币，卢爸爸和卢妈妈给三个人准备了红包，就等着敲钟以后给他们了。卢晚晚突然想起来卢爸爸的话，任初不会真的一个人在影舟过年吧？

　　"我去一下洗手间。"卢晚晚说完躲到洗手间去了。她想给任初发条微信，编辑了好几次又删掉，最后发了一条："在吗？"

　　任初秒回："一直都在。"

　　卢晚晚突然觉得手机有点烫，她怎么就一时脑热给他发消息了呢？但是既然发了，那就再发一条吧："你在影舟？"

　　任初："是。"

　　卢晚晚："你怎么没回浅岛？没回家过年？"

　　任初："闹掰了，我不想回去。"

　　竟然如此……

　　卢晚晚怎么也没想到，任初家里竟然真的没让他回去过年。任初的妈妈她见过的，那是个相当在乎自己儿子的母亲，为他计划好了所有的前程，不允许自己的儿子受到半点的伤害。

　　卢晚晚想了想又说："你来我家吃个饺子吧，地址你知道的，自己过年怪可怜的。"

　　任初："谢谢，我一个人挺好，不去了。新年快乐。"

　　卢晚晚愣住了，她想再劝一下任初，电话打过去的时候他关机了。

"晚晚你怎么了？是不是不舒服？"顾桥过来敲门了。

卢晚晚赶紧按了下马桶冲水："没事，我来了。"

吃年夜饭，看晚会，拿红包，以前都是卢晚晚最喜欢的事情，可是今天她好像开心不起来，全程都有点心不在焉。

大年初二，顾桥带着顾念去走亲戚。卢晚晚一家也去奶奶家，这是现阶段卢晚晚最不想去做的一件事情——见她家的那些亲戚。几年前她爸爸还没有破产的时候，亲戚都还好好的，自从他们家破产以后，亲戚见到他们总是要绕着走，生怕他们借钱一样。

事实上，虽然破产了，他们家还是有点家底的，根本不需要去找他们借钱，更何况，亲戚们借了他们的钱从来没有还过。

卢晚晚的奶奶也不喜欢卢晚晚，只喜欢她堂哥，所以每次去奶奶家，卢晚晚都觉得如坐针毡。可又不能不去，卢妈妈总说，那是你爸爸的亲人。

所以，忍了吧，即便是会受到不公平的待遇，遭受到不少的冷眼，也还是要去。

一家人驱车前往奶奶家，奶奶家楼下的停车位相当紧张，爸爸和叔叔的车狭路相逢，兄弟二人对视了一眼，爸爸原本要让的，结果叔叔的车开走了，这倒是让卢晚晚感觉到一丝的诧异。

到了奶奶家，卢晚晚和长辈们拜完年，就躲到沙发角落去，一个人玩着手机，在微信群里和顾桥、安嘉先聊天。三个人近年来的家庭待遇差不多，所以能聊的越来越多，比之前上高中的时候感情还要好。

顾桥："我姑姑他们催婚了，给我介绍了个快四十岁的秃头老男人，唯一的优点就是有钱。所以我在姑姑眼里已经是这样拜金的女孩了吗？"

安嘉先："我妈特意让我表哥把孩子抱来了，我正看孩子呢，给我洗脑中。"

卢晚晚："没人理我，哈哈哈哈！"

顾桥："嫉妒！"

安嘉先："不要太嚣张。"

......

"晚晚呀。"

刚说完没人理她，卢晚晚就听到了婶婶叫她，她赶紧摆正了坐姿，放下手机，准备聆听长辈的话。

"听说你交了个男朋友，还开了家公司，打算什么时候结婚呀？"

原本还有点吵闹的客厅瞬间寂静无声，一家人的目光全都落在了卢晚晚的身上，她上一次有这种众星捧月的待遇，还是她考上 Z 大的时候。

卢晚晚吞了下口水，暗道不好。

"晚晚交男朋友了？"

"还开了一家公司？"

"公司大吗？"

"做什么业务的？"

"你堂哥他们公司有业务能合作吗？给你堂哥涨涨业绩。"

卢晚晚深吸了一口气，整个人都要石化了，真是好事不出门，坏事传千里！她创业开店怎么就没人关心呢，和任初有关的事儿，怎么大家就那么关心呢？

"晚晚怎么不说话呀？"姑姑问。

我还能说什么？我说的话你们能信吗？你们肯听吗？我到底还要解释多少次，我和任初没有关系啊？任初家的钱和我更加没有关系了，我谁也帮不上……卢晚晚吞了下口水，思量着到底该怎么说的时候，就听到卢爸爸说："好了，你们还吃不吃饭了？闲着没事儿都去厨房帮忙去。晚晚的事情，她能自己做主，都别跟着操心了。"

"大哥，我们这也是关心晚晚，你怎么……"叔叔还要说什么，被卢爸爸瞪了一眼。为了避免兄弟二人大过年的吵架，奶奶站出来和稀泥，总算结束了这一场盘问。

卢晚晚向爸爸投去了感谢的目光，她没想到，原来爸爸虽然也误会了她和任初，但还是站在她这边的。

这个插曲过后，卢晚晚再看手机，多了好几十条信息，大部分来自于微信群。

安嘉先："晚晚，怎么不说话了？"

顾桥："还用问，肯定被亲戚催婚了，我就不相信没人问她。"

……

卢晚晚："你这个乌鸦嘴，嘴巴开过光是吧？"

顾桥："是不是提任初了？"

安嘉先："你们家人是怎么知道的？"

卢晚晚："我也很想知道！"

顾桥："该不会是任初自己去说的吧？"

卢晚晚吓了一跳，不会吧？她转念一想，任初好像也没这么无聊。

卢晚晚又在群里说："孔经理已经不理我了，赶紧给我介绍个新的。"

安嘉先："我们科室新来了个外科医生，条件不错，我帮你介绍一下。"

卢晚晚："万分感谢！"

顾桥："大恩不言谢，你发个红包吧。"

卢晚晚："鄙视！"

最后，还是安嘉先给她们两个发了个红包，这个话题才算过去。安嘉先的表侄女哭了，理由是表侄女想要他的限量纪念版手办，他不想给。他平时带顾念的时候，根本不知道小孩子的哭声杀伤力这么大。闻声而来的安妈妈对着安嘉先就是一顿打，他已经好些年没有挨过打了。

安嘉先一脸的生无可恋，他那个表侄女拿着他的限量纪念版手办，扬扬得意地看着他。安嘉先立刻给顾桥打了个电话说："你们俩到底是怎么把顾念带大的？为什么如此可爱？我决定不结婚生孩子了，直接让顾念给我当儿子吧，别的小孩都太可怕了。"

顾桥一听就来了精神："爸爸，那您看我这个闺女……"

安嘉先："滚。"

顾桥啧啧两声："还重男轻女呢。"

她正和安嘉先贫嘴，"上帝"的电话就打进来了，顾桥瞥了一眼，赶紧跟未来的干爹说了再见，毕恭毕敬地接听了上帝的电话，甜甜地说了一声："任总过年好呀！"

任初："……"

顾桥意识到自己太飘了，赶紧咳嗽了一声，用正常的语调说："任总有什么吩咐吗？"

"卢晚晚是不是要相亲？"任初问。

这也太神了吧！他们才刚聊完这话题，任初就打电话来了，顾桥简直都要怀疑，任初是不是在他们手机里装了窃听软件了。她镇定了一下说："任总料事如神！"

"她今天去奶奶家过年，肯定有不少人催婚。你们要给她介绍谁？"任初又问。

学神果然是不一样，原来是靠推算的。但是铁磁闺密的信息她可不能随便出卖的，于是她说："任总不认识的，我也不太方便告诉您呢。"

"你初七上班吧？"任初突然问。

顾桥不明所以："是的，您要来公司吗？"

"天盛集团的订单不知道你有没有兴趣，如果有的话，初七我带着人去跟你签约，你觉得如何？"任初缓缓地说道。

天盛集团，那可是影舟最大的上市公司了，一个订单够她吃一年的。呜呜呜，要不要这么大的诱惑啊！任初这个人也太可怕了，他到底要干什么？一面是闺密，一面是上帝，对她的考验也太大了，她一个凡人，经不起这么大的考验啊！

顾桥的内心无比纠结，脑海里两个小人来回过招。她长长地叹了一口气说："抱歉，任总，我真的不知道相亲对象是谁。天盛集团的订单，您愿意给就给，不愿意给，我也不强求。"

她真的是含着泪说的这句话，银行卡都在哭泣。

任初笑了起来："初七见。"

任初挂断了电话，顾桥愣了，这是对她的考验吗？她越来越看不透任初这个人了。不过，他绝对比卢晚晚形容的那个人好多了，不但不可怕，还很讲义气，很优秀啊！她内心的天平要倾斜向任初了，这么好的人，卢晚晚到底为什么要跟人家分手，还死活不肯复合呢？

在奶奶家吃完了饭，一家三口又返回自己家。卢晚晚觉得她爸爸的形象今天格外高大。卢爸爸借机支开了卢妈妈，面色颇为凝重，一看就是谈大事专用表情。

"晚晚，爸爸相信你和任初没什么关系。"卢爸爸开口道。

卢晚晚心里悬着的石头总算是放下了，全家只有爸爸一个明眼人。

"你妈妈很喜欢任初，主要也是希望你能早点找个值得托付的人。恰好你孙阿姨对任初赞不绝口，你妈妈就总催你。你不要生妈妈的气，你妈妈也是关心你。"卢爸爸又道。

卢晚晚能明白其中的道理，有的时候她也是态度不好，只是因为着急。她点了点头说："我知道的，我已经在找男朋友了，安嘉先和顾桥都帮我介绍了。"

"也不一定就要马上找个男朋友，爸爸希望你能因为爱情和对方在一起，而不是因为父母家人的压力。有什么不顺心的事情，都可以和爸爸说。所有的压力爸爸可以帮你顶住，你就安心做自己想做的事情就好了。"卢爸爸看着女儿，满眼的慈爱，这是他的掌上明珠，哪舍得让别人欺负。

卢晚晚的眼眶一下子红了，她抱住了爸爸，有这么好的爸爸，她很幸福。但她还是得马上找个男朋友，绯闻一天不除，心里一天不安。

"爸爸有个疑问想问你。"

"嗯。"卢晚晚做了一个倾听的表情。

"任初这个名字有点耳熟，他是不是任氏集团的公子？他父亲叫任维新？"

卢晚晚："……"

果然还是让爸爸发现了，卢晚晚点了点头。

"难怪，以前爸爸的客户，世界真小。"卢爸爸感慨了一番，"你们两个以前是谈过恋爱的吧，在医院的时候，任初很紧张你。为什么分的手？"

卢晚晚最不想提起的事情，终究还是要面对，她无法再继续隐瞒爸爸。卢晚晚咬了咬嘴唇说："三年前，他妈妈来找过我……我那时候其实也感觉到了，我和他不合适。"

卢爸爸陷入了回忆当中，三年前，是他破产的那一年。

"都过去了，别难过，你还有爸爸呢，以后爸爸不会让你再受委屈了。"卢爸爸又抱了抱女儿。

卢晚晚"嗯"了一声。

卢妈妈在客厅喊他们："出来吃甜品啦！"

好久没有消息的祁先生突然联系了卢晚晚，询问了她进度。

卢晚晚很歉意地在微信上回复对方："真的很抱歉，过年家里事情太多。新的方案我还在构思当中，一定不会让您失望的。"

祁先生："理解，过年亲戚很多吧，还开心吗？"

卢晚晚微微有些意外，这好像是祁先生第一次表达出关心。她和祁先生见过几次了，每次见面都非常客气，祁先生本人和微信里展示出的气场完全不一样。他在网络上好像更加自信一样，或许很多人都是这样吧，不知道在别人眼里，她网络上和现实里是不是也有很大的变化。

卢晚晚："还可以，走亲戚难免的……你懂的。"

祁先生："被催婚了？"

卢晚晚："汗，被您猜对了。"

祁先生："亲戚之间难免随口一问，你不要有压力。不要盲目地去谈恋爱找男朋友，一定要嫁给爱情。"

卢晚晚："嗯，我会擦亮眼睛的。祁先生很幸福，和未婚妻一起过年吗？"

祁先生："没有，她倒是又邀请我去她家吃饭，我拒绝了。"

卢晚晚："为什么？"

祁先生："工作太忙，三十晚上还加了个班，不想让她看到我这么辛苦，会心疼我的。"

卢晚晚有点羡慕了，祁先生和未婚妻的感情一定很好，所谓的和爱情结婚。她感觉这位财神爷祁先生，也挺可爱的，比一般的客户温暖多了，于是她以朋友的口吻回复道："祁先生请不要再向我撒狗粮了。"

祁先生："多吃狗粮有益于身心健康，卢小姐。"

卢晚晚给祁先生发了一个拜年红包，是随机的那种，打开是 6.66 元。钱不多，就是个好彩头。

祁先生也给卢晚晚发了一个红包，里面是 188.88 元。卢晚晚很开心，祁先生真是一位好客户。

卢晚晚："谢谢祁先生。"

祁先生："不客气卢小姐，明天降雪，卢小姐出门当心。"

卢晚晚感觉心里暖暖的，要是全天下的客户都像祁先生这么有礼貌又绅士，那就太好了！

转眼，初七，开工大吉。

卢晚晚在网上发布了一个招聘信息，很快就有人来应聘。

安嘉先也发来好消息，帮卢晚晚安排好了相亲事宜。

顾桥在公司又签了个大订单，总经理马上通知了人事部给她升职，她摇身一变已经跟孔经理平级了。一切的一切都表明了，新的一年是个好的开始。

顾桥当然知道，她能升职加薪完全是因为任初的关系，公司想要巴结任初以及他背后的任氏集团，所以对跟任初有关系的她格外照顾。中午任初还邀请了顾桥一起吃饭，美其名曰是聊聊后续的合作。

面对如此有合作诚意的任初，顾桥的内心感到了无比愧疚。她咬了咬牙，说："任初学长，我真的不能做组织的叛徒。"

任初笑了笑说："你别紧张，你不需要为我做任何事情。"

顾桥更愧疚了，对方为你的前途铺路，还不求回报，在道德上完全是站在制高点了。她倒是宁愿任初跟她提一点什么要求，那她心里也好过一点。

"你今后有什么需要都可以跟我说，生意跟谁做都可以，如果能帮到你那就更好了。"任初和颜悦色地说。

顾桥捏着咖啡杯，指尖都开始泛白了，她内心纠结了许久，松开杯子，一脸凝重："学长，我只能告诉你是个医生，别的不能再说了！"

"我什么都没问。"任初又说。

罢了罢了，人家可是高段位啊！顾桥在内心跟卢晚晚说了一万句对不起。

医院里，安嘉先带着医生们查完了房，方医生叫住了安嘉先："主任，要不要把我的照片先发给你同学？如果她觉得我还可以的话，那我们就赶紧见见，我爸妈听说您要给我介绍女朋友，特别开心。"

"那好，你发过来吧。"安嘉先说。

"好嘞。"方医生加了安嘉先的微信，发了十几张照片过来，不好意思地说，"主任您给看看，不知道她喜欢什么样的男孩子，希望总有一款造型是她喜欢的。"

安嘉先笑着点了点头，还挺用心。

转而，安嘉先把方医生的照片发到了三个人的群里。

顾桥："哇，你一下子给晚晚介绍了十个人啊，厉害厉害，在下输了。晚晚你看上哪个了？我觉得 8 号不错。"

卢晚晚正在店里忙，抽空翻了一下说："都还行，你们觉得哪个好？"

安嘉先："……"

顾桥："那就选 8 号吧，安嘉先，他多大啊？"

安嘉先："要不要给你们挂了眼科的专家号？这都是一个人。"

卢晚晚发了个震惊的表情。

顾桥："我觉得这个人不行。"

安嘉先："为什么？"

顾桥："这么多照片都不长一个样子，可见这个男孩子平时特别喜欢用美颜相机自拍，还过分修图！不是个安分守己的好男孩。保不齐平时总撩妹呢！"

安嘉先："你怎么知道的？"

顾桥："直觉。也可能是我有偏见吧，晚晚你觉得呢？"

卢晚晚："我相信安嘉先的眼光，先见见再说。"

安嘉先跟方医生说了一下，把卢晚晚的微信推送给他，叮嘱道："她比较害羞，不太爱说话，熟了以后会好一些。"

方医生万分感激："放心放心，多谢安主任啦！"

上午在招聘网站上沟通好了一个应聘的，下午就来面试了，对方是个年轻女孩，名叫赵冉，大专毕业，学的是市场营销。长得乖巧，嘴巴很甜，比卢晚晚小两岁，是本地人，所以对工资要求也不太高，主要是为了积累经验。和卢晚晚比较投缘，所以当天就签订了劳动合同，直接上班了。

卢晚晚带着赵冉熟悉店里的情况，所以没太注意手机，过了好久才发现有个人加她了，是安嘉先的同事——方医生。

她有点不好意思，通过了以后向对方道歉说："不好意思，我刚刚看到，店里有点忙。"

方医生："哈哈，没关系的。我们医生也是经常忙成狗，忘了回复对方。

因为这个，前女友跟我分手了，说我不重视她，泪奔。"

方医生还发了个可爱的表情，青春气息十足。

卢晚晚刚刚经历过孔经理那样老实稳重的相亲对象，对这个话痨的方医生，还有一点好感，最起码两个人不会冷场了。

方医生果然如他所说，会经常消失不回消息。卢晚晚是学过医，也在医院里实习过的，知道医生忙起来有多可怕，所以非常理解他。也因为两个人都学过医，卢晚晚和方医生比较有共同话题，围绕着医学展开了讨论。

方医生："你竟然是 Z 大临床系毕业的！我的天！学霸学霸！"

卢晚晚："并不是什么学霸，我大概是倒数第一名进去的。"

方医生："我距离 Z 大也就差了一百多分。"

卢晚晚知道方医生是影舟 Y 大医学院毕业的，和 Z 大完全不能比，尽管如此，她都没能进入市医院，她很心塞。

聊了几天，方医生提出了见面，他委婉地问："可不可以发一张照片过来呀，我怕见面认不出你，就很尴尬了。"

卢晚晚一想也对，对方都给自己看过照片了，还不给对方看的话，确实有点说不过去了。但是，卢晚晚平时只给蛋糕拍照，拍人的技术实在是太差，她凑合着拍了一张自拍，有点拍扭曲了。店里来客人了，她也不好再继续玩自拍，干脆就给方医生发了这张过去。

方医生过了许久回复："晚晚还是很可爱的嘛。"

卢晚晚也没仔细分析这话的意思，她看了一眼日历，问："我们哪天见面？"

方医生："周四好了，等你关店门，我下班。就约在富力广场吧，我请你吃饭。"

卢晚晚回了一个"好"，又开始忙碌了。

赵冉来了以后，卢晚晚的工作量减少了一些，只需要专心做食物就好，其他的都交给了赵冉，她也很乐意多增加一些经验，常常跟卢晚晚计划着开分店，做成全国连锁。

卢晚晚就笑了笑不说话，她还没那么大的野心，只想赶紧开始盈利才好。

卢晚晚熬了个夜，她给祁先生重新设计了一套方案，这一次很梦幻，以星空为主题元素，她觉得这次应该差不多可以了，晚上睡不着还做了个缩小版的订婚蛋糕，打算明天去送下午茶的时候，直接拿实物给对方，通过的概率会大一些。

周二下午，卢晚晚带着赵冉一起去送货，约在了商贸中心一层大厅里见面。祁先生早就在这里等候了，接过了东西，对卢晚晚好一顿感谢。

"祁先生等一下，我做了个蛋糕给您看一下。"卢晚晚拿出了星空主题订婚蛋糕，交给了祁先生，祁先生犹豫着接下了。

"您看一下吧。"卢晚晚说。

包装很简单，透明的盒子，祁先生看了一眼说："不错，这个是……新产品试吃？"

"这是我刚刚设计出来的，您订婚典礼的主蛋糕，其他搭配的糕点，我也做了设计，发到您的邮箱里了祁先生。希望这一次，您的未婚妻能够满意。"

　　"订婚？"祁先生错愕，他和来一起取下午茶的同事对视了一眼，都是一脸震惊的样子。

　　卢晚晚不明所以，但感觉有些不太对。

　　祁先生的同事拍了他一把说："好啊你老祁，订婚还瞒着我们，大家等着喝喜酒了啊！"

　　祁先生干笑了几声说："被你们给发现了。"

　　卢晚晚无比尴尬，祁先生订婚原来还是个秘密？他没打算告诉同事吗？怎么办，自己给说出来了。

　　"对不起，祁先生。"卢晚晚诚恳地道歉。

　　"没事没事，我正准备给大家发请柬呢。这种大事，怎么能瞒着同事呢，哈哈哈……"祁先生和同事又对视了一眼，同事也跟着点头。

　　卢晚晚稍微有一丝的安心，她猛然间又想起来说："这个蛋糕是你们的独家定制，会把你们名字的元素融合进去。还不知道祁先生未婚妻的名字是？"

　　祁先生脸上的笑容凝固了，他"哦"了一声："名字啊……"他看了同事一眼，同事看向了别处。

　　祁先生咳嗽了一声说："叫赵钱……嘿嘿嘿……"

　　"赵芊？是草字头的那个吗？"卢晚晚问。

　　祁先生连连点头说："对对对，就是那个。卢小姐，我还有事先走了啊。"

　　"好的，祁先生再见。"

　　卢晚晚把名字记在手机备忘录里面，和赵冉坐地铁回店里。她总觉得哪里怪怪的，她不知道怎么形容，祁先生好像不是祁先生的感觉。

临下班，祁先生给她发了消息说："蛋糕很好吃，我未婚妻赵茜也很喜欢。"

卢晚晚的心放下来了，再次道歉："今天可能给您造成困扰了，实在抱歉。"

祁先生："没关系，你不用放在心上。"

卢晚晚："谢谢祁先生。"

结束了对话，卢晚晚突然发觉，有些不对劲。赵茜？下午的时候不是说赵芊吗？一声的"芊"，怎么变成了四声的"茜"了呢？虽然都是草字头的。难道祁先生打错了未婚妻的名字？不可能吧？下次见面再问问他好了，千万别搞错了才好。

周四，卢晚晚交代赵再走的时候锁好门，她和方医生有约。卢晚晚怕迟到，提前出发了。

影舟的天气变化很快，过了春节瞬间就变暖和了，春天的气息越来越浓，街边的树木甚至都开始发芽了。比较耐冻的女孩已经开始穿单衣了，卢晚晚就属于这一种，她穿着白色的毛衣外套，里面是一条连衣裙，肤色打底裤，脚上一双短靴，戴了一顶红色的贝雷帽。

和方医生约了一家中餐馆，卢晚晚早到了，给方医生发了桌号。

过了许久，方医生问她："确定是 32 号桌吗？"

卢晚晚："确定，你到哪里了？"

下一秒，有人拍了卢晚晚的肩膀。卢晚晚回头，看见了一个穿着机车服外套的年轻男人，他笑着说："我是方医生。"

卢晚晚站起身，说："我是卢晚晚。"

"你真的是卢晚晚？"方医生满眼的惊喜，"你和照片不太一样啊。"

卢晚晚想说，你和照片也不太一样啊，照片里明明感觉是个白衣少年，真人为什么有点浮？

"我不太会拍照。"卢晚晚笑了笑说。

方医生也笑起来说："我也是。我们点菜吧，你想吃什么？"

方医生还是很体贴的，详细地问了卢晚晚的口味，跟服务员交流的时候也非常有礼貌。除了问了三次"你真的是卢晚晚"之外，卢晚晚没觉得有什么不妥的地方。

真人方医生比微信里的方医生话还要多，跟卢晚晚天南地北地聊着，他是个喜欢旅游的人，见闻不少，卢晚晚对他的话题也很感兴趣。可以算得上是一次愉快的相亲了，她觉得安嘉先比顾桥靠谱一点，从介绍的对象上看得出来。

"晚晚，我可以这么叫你吗？"方医生问。

卢晚晚也不好拒绝，于是点了点头。

"我比你小一岁，你不介意吧？"方医生又说。

卢晚晚犹豫了一下，姐弟恋她其实有点介意的，但是碍于现在特殊情况，或许可以考虑一下。于是她说："不介意。"

方医生笑了起来："太好了！晚晚你真好！我们等下去看电影好吗？"

卢晚晚原本不太想去看电影，但想起上次拒绝孔经理的事情，还是点了点头说："你想看什么？"

"我都行，你选吧。主要是想和晚晚多待一会儿，我有一种和你相见恨晚的感觉。"方医生诚恳地说。

卢晚晚："……"有点尴尬是怎么回事？她突然不想和方医生去看电影了，但是无奈已经答应了，只好点开购票软件。近期上映的大片不少，她选了个英文 3D 电影，影院就在这楼上。

虽然是周四，但贺岁档还没有结束，电影院看电影的人还很多，他们的位置比较靠边。

方医生主动让卢晚晚往中间坐："太靠边了，影响看字幕。"

"不用了，我不需要看字幕。我可以坐里面的。"卢晚晚回答道。她的确不需要看字幕，她的英文水平完全没问题，这归功于任初以前对她的训练，电影的同声翻译。她保留着这个习惯，这几年还是如此，所以虽然日常生活里用不上英语，她的口语也还没有退化。

方医生一脸迷恋的表情看着卢晚晚说："晚晚好厉害啊。"

看完了电影，方医生要送卢晚晚回家，但是介于他也没车，两个人又不顺路，卢晚晚就拒绝了。

"那好吧，晚晚你周末有空吗？我知道有一家日料很新鲜。今天电影是你请的，我请你吃饭好不好？"方医生问。

卢晚晚思考了一下说："不如我们周六再确定一下？店里周末可能会比较忙，我的店员是新招来的，还有很多事情不太懂。"

"也好。"方医生体贴地为卢晚晚打了个车，"到家告诉我，别让我担心。"

"谢谢。"

"很高兴认识你，晚晚。"方医生伸出手来，两个人握了一下手。

回到家以后，顾桥尖叫着跑出来："怎么样怎么样？你这么晚才回来，应该是觉得方医生不错？"

不错吗？卢晚晚仔细回忆起来，好像还可以。她点了下头说："挺有礼貌的吧。"

"那你要和他交往吗？"顾桥又问。

"有可能。"卢晚晚得赶紧摆脱绯闻，方医生看起来各方面都还可以。

"你可要认真考虑啊！晚晚，谈恋爱不是小事情，你千万不要因为某些不得已的原因，委屈了自己。绯闻其实也没什么大不了的，你就当看不见，不回应，别人觉得没意思，也就不关注了。"顾桥语重心长地开始劝说卢晚晚。

卢晚晚忽然觉得有点奇怪："你怎么了，之前不是还支持我交男朋友的吗？"

顾桥哈哈笑了几声说："我关心你嘛……"

卢晚晚眯了眯眼睛："事出反常必有妖！"

Chapter 07

祁先生 or 任先生

　　方医生真是个话多的人，他可以连着给卢晚晚发上几十条信息，卢晚晚店里忙起来根本就没时间看。方医生就委屈巴巴地开始发表情包，发上几十个都不重复。卢晚晚忙完了看到微信信息的时候，吓了一跳。

　　卢晚晚："抱歉抱歉，我一直在忙，刚看到。"

　　方医生秒回："如果是别人一直不理我，我早就生气了，但这个人是你的话，我就原谅你了。"

　　卢晚晚："……"

　　方医生："怎么了晚晚？工作太累了吗？我去给你送甜品吧。"

　　卢晚晚："不用了，谢谢，我自己会做。"

方医生："我怎么忘了我们晚晚是开蛋糕店的，那晚晚可以给我做甜品吃吗？"

不知道为什么，卢晚晚感觉到一阵恶寒。方医生是在撒娇吗？年龄比自己小的男孩子，果然很难懂啊。

卢晚晚："有机会给你做吧，店里来人了，我去招待一下。"

方医生："好吧好吧，好想周末早点到来，想你了。"

卢晚晚倒吸一口冷气，除了酸什么感觉都没有。她没有借口开溜，店里是真的来人了。赵冉在招呼其他的客人，卢晚晚从后面出来，走到柜台前招呼客人。

"您好，想吃点什么？"卢晚晚笑着问。

眼前的客人是一个三十岁上下的成熟女人，她穿着 OL 风格的套装，手上拎着的是 LV 限量款的包包，长发红唇，戴着个大墨镜。

"你是卢晚晚吗？"红唇女问。

卢晚晚点了点头："请问你是？"

"认识方医生吗？"红唇女又问。

卢晚晚感到诧异，并且来者不善。赵冉同样也感觉到了，她三步并作两步跑过来，挡在了柜台前，拦住那个红唇女人，像一只护崽的老母鸡："你想干吗？"

"这和你没关系，我想和卢小姐单独聊几句，方便吗？"红唇女人歪了下头，绕过赵冉看着卢晚晚。

"方便。"卢晚晚从柜台里走出来。

赵冉急忙拉住她说："姐，你不能去，有危险怎么办？"

卢晚晚拍了拍她的肩膀说："法治社会。"

两个人一前一后出来，站在店后门的小院子里，红唇女人摘下了墨镜，一双眼睛红得跟兔子似的，她的眼泪瞬间就下来了，她一把抱住了卢晚晚，号啕大哭起来："方医生这个骗子！他这个渣男！他怎么可以这样对我！"

卢晚晚直接蒙了，她被一个陌生人抱着，身体僵硬，双手无处安放，过了好一会儿才拍了拍红唇女人说："方医生怎么你了？"

"他欺骗我的感情，他这种人也能当医生，简直是衣冠禽兽！"红唇女人把方医生一顿骂，其间爆出了无数句粗口，一个玩弄女人感情的渣男形象顿时无比生动。红唇女人对方医生的控诉滔滔不绝，卢晚晚都被她抱得累了，又怕周围的邻居看见产生不好的影响。

卢晚晚拍了拍红唇女人的肩膀说："不然，去我店里坐着聊，你也喝杯茶润润喉？"

红唇女人的嗓子都骂哑了，她"嗯"了一声，放开卢晚晚，跟着她回到店里。

店里几桌客人已经走了，陆续有人来买点面包和奶茶带走。赵冉一个人忙得过来，她看到卢晚晚和红唇女人回来了，递过来一个关切的眼神，卢晚晚示意她没事。

卢晚晚给红唇女人倒了一杯红茶，红唇女人喝了一大口，然后吸了吸鼻子说："我和方医生是两个月前认识的，我父亲是他的病人，因为照顾家属，我们两个人熟悉起来了。我平时工作很忙，起初加微信是因为我父亲的病情，方医生无论是对我父亲，还是对我都关怀备至。虽然他年纪比我小很多，但是渐渐地，我觉得我需要他，我们就在一起了。我工作很忙，他总是等我，他还说如果不是因为对象是我，一直让他这么等，他早就走开了。"

卢晚晚是一个非常好的倾听者，从不打断，总是会给对方回应。听到这里的时候，卢晚晚觉得有点耳熟，早上好像方医生刚这么说过。

红唇女人又说："我沦陷了，爱上他了。可是没想到，他开始不回消息了，我找他，他总是很忙。一周前，他和我提分手。我不是个死缠烂打的人，但是我了解到，他现在在勾搭你，我看你是个不错的女孩，所以来提醒你一下，方医生是个彻头彻尾的渣男。最擅长用可爱的弟弟形象接近比他大的女孩子。你可千万不要上当啊！"

卢晚晚茫然地点头说："谢谢你的提醒，我会小心的。"

"那我就放心了，我先走了。"红唇女人拿出镜子补了个妆，戴上墨镜以后，她又是身经百战的职场女强人。

卢晚晚望着她的背影，有些出神。方医生又给她发了微信，是一段小视频，抖音上很红的那种男医生的办公室故事。卢晚晚默默地关掉了。

下午，卢晚晚做了西米露，正在配水果的时候，店里来了一个学生打扮的女生，穿着红格子校服裙子，她站在柜台前看着卢晚晚问："请问你认识方医生吗？"

卢晚晚手一抖，她"嗯"了一声："你要不要喝杯茶，慢慢说？"

校服女生委屈地扁着嘴，点了下头。

卢晚晚给她倒了杯红茶，找了个角落的椅子让她坐下。

校服女生的眼泪说来就来，她抽泣着开始控诉："我和方医生是三个月前认识的，他他他……呜呜呜……"

卢晚晚赶紧递上了纸巾："你别着急，慢慢说。"

校服女生擤了下鼻涕，又说："他撩我！医生小哥哥多诱惑啊，白大褂耶！我以为我找到真爱了，没想到，他没几天就把我给甩了，我发现他跟一个女老板好上了。"

卢晚晚一听，直觉告诉她，女老板应该就是刚才来的那个红唇女人。她问："那你没去找那个女老板的麻烦吧？"

校服女生摇了摇头说："女老板一看段位就比我高，我哪敢找她麻烦啊！再说，发生这种事情，女人有什么错，都是那个渣男的错！"

卢晚晚颇为欣慰，是个明事理的好女孩。

"姐姐，我看你人不错，所以来提醒你一下，方医生是个大渣男，你千万不要被他给骗了。"校服女生又抹了一把鼻涕，喝了桌子上的红茶，"我回去上课了，姐姐再见。"

"再见。"卢晚晚望着这个年轻的背影，若有所思。

夕阳落山，店门的铃铛响了，又来了一位客人，她一身朋克打扮，光是耳洞就打了十二个，相当酷的一个女孩，门口停着她的机车。她手里抱着头盔，一甩长发，问："卢晚晚在吗？"

卢晚晚正在烤蛋挞，一听这种开场白，又倒了一杯红茶说："请那边坐一下，我马上来听你的故事。"

朋克女孩愣了一下，笑了起来："不坐了，给杯冰的呗？"

卢晚晚倒了一杯苏打水，里面加果汁和柠檬片，递给了朋克女孩。

"方医生你认识吧，渣男一个。半年前追过我，我那会儿也没见过这么温顺的小绵羊,就跟他好了一阵子,没想到他有好几个微信,变换着不同的身份撩妹。于是我就把他给蹬了,听说他和你相亲了,对你有点想法,所以路过提醒你一下。小心渣男哦。"朋克女孩喝光了卢晚晚给的苏打水,"哇"了一声,"味道真好,我以后会来光顾你的。"

"谢谢你的提醒,我已经决定拉黑他了。"

"干得漂亮!"

"能不能请你告诉我,是谁让你来提醒我的呢?"卢晚晚问。

"你还挺聪明的。是一个帅哥,他拜托我来的。我跟这帅哥之前也不认识,大概他认识你吧。"朋克女孩说。

卢晚晚翻出手机,她认识的在影舟的帅哥不多,先发出了安嘉先的照片问:"是他吗?"

朋克女孩摇了摇头说:"不是他,但是这个挺帅的,没主的话可以介绍给我。"

卢晚晚又翻出了一张任初的照片问:"不会是他吧?"

朋克女孩打了个响指说:"就是他,你前男友吗?够用心的啊!他不让我说出来,你可别给我说漏了呀,我先走啦,谢谢你的苏打水。"

卢晚晚挥了挥手。

虽然先前对方医生也有所怀疑,比如他千变万化的脸,N多的表情包,见她前后的大转变,都有渣男的迹象。但是突然一下子见到了他三个前女友,还是挺惊讶的。更加没想到的是,找她们来提醒自己的是任初。

已经这么久没见了,卢晚晚以为任初早就翻篇了呢。卢晚晚叹了口气,相亲真的很难啊。她给方医生发了条微信说:"我们不要再见了,你的前女友们来找我了，刚好一桌麻将。"

方医生都没来得及回复，就被卢晚晚放入了黑名单里。这一次的相亲，也以失败告终了。

卢晚晚在三个人的微信群里发了一个很丧的表情，然后说："再给我介绍其他人吧，方医生不行，三个前女友找上门劝我不要发展。"

顾桥很快回复："安嘉先你怎么回事，介绍对象之前你不好好打听一下？"

安嘉先："我也有了解一下的，没想到他私生活这么乱。晚晚没事吧？"

卢晚晚："人没事，心灵有事。"

顾桥："安嘉先请吃大餐。"

卢晚晚："去吃日料，我想吃生鱼片好久了。"

顾桥："我也是，我也是！"

安嘉先："……"

他还能说什么，当然是答应啦。

三个人约着晚上就去吃日料，顾念让姑姑接回去了。卢晚晚今天的公众号没更新文章，一是没心情，二是没灵感。反正也没几个粉丝，卢晚晚发了一条请假通知，就退出了公众号。

没想到，公众号的断更，祁先生发现了。

祁先生："你今天不高兴？"

卢晚晚感到惊讶："祁先生怎么知道的？"

祁先生："你高兴的时候，会打很多标点符号，比如感叹号和波浪号，但是今天的断更提示没有。"

他竟然这么细心？卢晚晚自己都没有发现这个问题，她的确不高兴了。祁先生就像是一位熟悉她的老朋友，像知己。

卢晚晚索性承认了："相亲对象不靠谱，感觉自己被骗了。"

祁先生："你竟然也需要相亲？"

卢晚晚打了个"哈哈"的表情。

祁先生："你对男朋友有什么要求吗？我或许可以给你介绍。"

卢晚晚"扑哧"一声笑了，怎么忽然一下子感觉她像个结婚狂一样，她忽然一下子忘记自己到底为什么这么着急了。

不好拒绝客户的美意，卢晚晚回答道："谢谢祁先生了。我希望我的男朋友很聪明，有自己的事业，并且做得不错，当然如果长得也好看，那就完美了。"

祁先生："就这么简单？"

卢晚晚："祁先生你不了解行情，现在这种要求已经被说很过分了。"

祁先生发了个笑的表情，说："包在我身上了。"

卢晚晚："哈哈，那就先谢谢祁先生啦。"

祁先生："不客气。说不准，我订婚的时候你也和男朋友订婚了呢。"

卢晚晚计算了一下，那没几个月了，她可不会那么快闪婚的。

又随便聊了几句，卢晚晚出发去日料店准备宰安嘉先一顿。

席间的数落当然是不能少，安嘉先这种不靠谱的介绍人，被卢晚晚和顾桥列为了不可以相信的人，让他以后都不准插手卢晚晚的脱单大事了。

"你还不如我那个客户靠谱！"卢晚晚说道。

"你是说祁先生？"顾桥问。

卢晚晚"嗯"了一声，然后把祁先生要给她介绍男朋友的事情说了出来。

顾桥开始若有所思了，安嘉先率先觉得不对劲："你这个客户好像特别热情，是上次我们一起见过的那个吗？"

"对呀！"

"你当心别被骗了，还是要多了解一些才好。"

听安嘉先这么说，卢晚晚忽然之间也有点发蒙。祁先生的全名叫什么，她好像都不知道，合同里的签字龙飞凤舞。她只知道祁先生在商贸大厦工作，但是门牌号也不知道。祁先生从来不让她上去的，每次都说上楼很麻烦要登记。还有祁先生的未婚妻名字，是一时笔误吗？

这些疑问萦绕在卢晚晚的心头，一直到了周五下午见面。卢晚晚又见到了有点谢顶的祁先生，交接完了下午茶之后她问："祁先生未婚妻的名字再写一下给我吧，我有点忘了是哪个字了。"

祁先生额头的汗瞬间就下来了，他边擦汗边说："我回去微信发给你吧，免得你再忘了。"

"没关系，我这里有笔，祁先生写在签收单上好了。"

祁先生咳嗽了一声说："好吧。"

然后，祁先生的手就开始抖了，手里的钢笔竖直落地，钢笔尖刚好弯了。祁先生松了一口气，捡起钢笔在纸上画了两下说："哎呀，摔坏了，真是不好意思，回头我给你买个新的吧卢小姐。你看笔弯了，没办法写了。我回去给你发微信，我先走了啊。"

"祁先生。"卢晚晚叫住几乎是落荒而逃的祁先生，"我这里还有一支笔。"

祁先生汗流浃背，接过卢晚晚给的圆珠笔，脑袋一片空白。

"祁先生你不会忘了未婚妻叫什么名字了吧，上次您跟我说叫赵芊，草字头的。"卢晚晚提醒。

"怎么会呢，我就是写字丑，不好意思写而已。"祁先生讪讪而笑，他一紧张，"赵"会写，"芊"怎么写给忘了。

"是不是草字头一个千方百计的千？"卢晚晚又问道。

"对对对。"祁先生终于把这个名字写完了。

卢晚晚看过心里百味杂陈，翻出他们两个微信聊天记录说："祁先生上次跟我打字说的是赵茜，所以到底叫什么名字呢？"

"呃……我女朋友是外国人，中文名字不常用，所以我记错了。"祁先生蹩脚地解释。怎么办，卢晚晚明显很聪明，他好像对付不了，他开始后悔出借自己的身份了。

"或许，你不是祁先生本人。"卢晚晚说道。她拨通了祁先生的电话，面前这位祁先生的手机并没有响。

卢晚晚好歹也是个学霸，种种的迹象像一张网交织着出现，如果再猜不出对方是谁，那她也太笨了。故技重施如此过分，她就这么好骗吗？

过了许久，电话终于接通了。

"任初，你出来一下，我有话对你说。"卢晚晚霸气地说完，挂断了电话，又对面前的祁先生说，"这位祁先生可以回去了。"

祁先生如获特赦，他赶紧拎着下午茶离开了这个是非之地。他就知道早晚会穿帮的，他只是一个助理而已，为什么还要兼职演戏呢？这剧本也太难了，导演求放过啊！

卢晚晚在楼下等了任初五分钟，任初才出现在她面前，人看起来十分憔悴。他穿着米色的风衣，整个人瘦了两圈，仿佛一阵风就能吹倒的样子，一边走一边压抑着咳嗽。他的嘴唇毫无血色，面色苍白，眼眶深陷。他张了张口，声音哑得几乎不像是他了，他说："晚晚，你别生气。"

话音刚落，任初眼前的世界天旋地转，他晃了晃身体，直愣愣地倒了下去。

卢晚晚眼疾手快，上前一步扶住他，但还是没能改变他晕倒的事实。

任初倒在了卢晚晚的怀里，卢晚晚抱着他一脸茫然，这是什么新招数啊？

"任初，你给我起来，我是来找你算账的，你别演！装柔弱对我来说没用！"卢晚晚不客气地拍了拍任初的脸。

任初毫无反应。

"还装？你以为你这样我就会看你可怜，然后原谅你吗？你大错特错了！我已经不是从前的卢晚晚了，我现在特别心狠手辣！"卢晚晚也不管"心狠手辣"这个词儿到底对不对，反正她说完以后，周围不少人都看着她。

"你起不起来？"卢晚晚推了任初一把，任初还是毫无反应。

　　“任初？”卢晚晚有点吓着了，她将任初放平了，然后贴在他的胸口听了一下心跳，又翻开他的眼皮看了看。

　　坏了！真晕倒了！

　　“哎呀！任总，任总怎么了？醒醒啊任总，你连续加班了一个多月，终于病倒了吗？早就让您注意身体了，您就是不听！还为别人操那么多心，任总啊……”不知何时，每次跟祁先生下来取下午茶的那个运动服男孩出现了，冲过来抱着任初就开始号叫，相当浮夸。

　　卢晚晚强忍着怒火，十分霸气地说：“你这么叫他，他也不会醒过来的，如果不会急救的话，闪一边去！”

　　运动服男孩闭上了嘴，退后了五米。

　　卢晚晚将一手放在任初的前额，并用拇指和食指捏住任初的鼻孔，另一手握住颏部使头尽量后仰。卢晚晚深吸一口气，对上任初的嘴，并且将他嘴周围全部封住，用力向任初口内吹气。

　　醒醒！卢晚晚在心里默念着，任初你起来！

　　可是任初还是没有反应，他不能自主呼吸。卢晚晚继续给他吹气，如此反复几次。直到任初的胸廓抬起。卢晚晚一喜，嘴唇离开了任初的嘴唇，并放松捏住鼻孔的手。她转过脸去，将耳朵贴在任初的鼻翼旁，终于听到了任初微弱的呼吸。她将手指放在任初的颈动脉，逐渐开始恢复了正常，她又查看了瞳孔，终于放下心来。

　　卢晚晚瘫坐在地上，运动服男孩凑上来问：“只需要人工呼吸吗？不用做个心脏按摩什么的吗？”

　　卢晚晚有气无力地说了一声：“那叫心肺复苏。”

运动服男孩不好意思地笑了笑，卢晚晚又说："打电话叫 120 来，你们任总刚才休克了。"

运动服男孩登时收起了笑意，他打电话的手都开始颤抖了："什么什么什么，任总怎么会休克呢？"

"闭嘴，快打电话！"

救护车很快来了，卢晚晚跟对方说了刚才发生的事情，然后和运动服男孩一起将任初送到了医院。

任初突发昏迷的主要原因是工作压力太大，身体疲惫，需要进行一段时间的休养。

运动服男孩帮着办理完了手续，直接开溜回了公司，卢晚晚找不到他人，只好留下来陪着任初。

任初醒过一次，但是意识比较模糊，又或许是太累了，转而就又睡着了。唯一不同的是，他醒来以后抓住了卢晚晚的手又睡了，然后怎么都不肯放开。

卢晚晚尝试过把手抽出来，但是失败了，一旦用力，任初就开始皱眉，还哼唧了两声。卢晚晚有些于心不忍，只能放弃，就这么让他握着。卢晚晚在内心说服自己，这是人道主义的握手，他可是病人，太可怜了。

任初再一次醒来是在半夜，他一动，卢晚晚也就醒了。她以前在医院实习过，所以非常敏感。她摸了一下任初的额头，翻了一下眼皮，然后说："张嘴看看舌苔。"

任初就乖乖张嘴，卢晚晚"嗯"了一声说："已经没事了。你到底在做什么，把身体搞成这个样子！"

卢晚晚有点生气，脸气鼓鼓的，像个包子，可爱至极。任初看着她就笑了起来，她瞥了他一眼："你笑什么？"

"还以为是在做梦。这三年来，我只有在梦里才能牵着你的手。"任初深情凝视着卢晚晚，他已经很久没有跟卢晚晚对视这么久了，他三年没有见到她，回来以后也只能偷偷地看着她，他想尽了一切办法来接近她，期望着的就是此刻，能够和她安安静静地待在一起。

"那你现在梦醒了，可以放手了吗？"卢晚晚说着用力地甩开了他的手。

任初的掌心空了，他知道卢晚晚还在生气，气他骗了她。

"你现在病情也稳定了，我们可以算账了吧？"卢晚晚抱着肩膀，用挑衅的眼神看他。

"你算。"任初说。

"什么时候改姓祁的任先生？骗我就那么有意思？你扮演这么多个角色，是真的想做一个演员吗？"

"起初只是想给你一个订单，渐渐地，就想多和你聊聊。你有很多话都憋在心里，很多不好的情绪也不会发泄，你不会跟你的好朋友说这些，相反你会跟陌生人讲，因为你们没有什么交集。我想给你的情绪多一个宣泄口，作为一个陌生人陪着你。"

"你还让我签合同，还提醒我注意事项，然后自己在修改错误合同，戏这么多吗？上次你换身份跟我下订单我就该怀疑你了，祁先生！"

"对不起，我不想辩解这一块，的确是我的错。祁先生其实是我的助理。"

"还有你未婚妻是怎么回事？知道我是你前女友，所以故意刁难我，让我改了那么多个方案！"

"没有未婚妻，我骗你的。"

"什么？"

"你的每一个方案都很好，我只是不想这么快结束这一段合作关系，所以才总让你改。"

"当甲方很有意思哦？甲方爸爸了不起哦？"

"我没有这个意思，但的确现在很多合作伙伴并没有那么友好，你开门做生意，总会遇到各种各样的麻烦。"

"还是我的错喽？"卢晚晚冷笑，"任初，我们之间早就结束了，分手是我们两个共同认可的结果，你现在是要做什么？"

"我后悔了。"任初低垂着眼眉。他早就后悔了，三年前赌气答应了她的要求以后，他没有一分钟不在后悔，他想要回去找卢晚晚，可是她早就换了一切的联系方式。再次得到她的消息，还是半年前，她和安嘉先带着顾念去买车。他当时疯了似的，砸掉了收到这条信息的手机，以为那样这件事情就是假的。他不敢相信，她又和安嘉先走到了一起，竟然还和安嘉先有了孩子。安嘉先那样的男人根本就不配和晚晚在一起，他摇摆不定优柔寡断，怎么能给晚晚幸福？她过得真的幸福吗？

他回国了，来到人生地不熟的影舟市，瞒着所有人。他想看一看卢晚晚是不是过得很好。他只是想看一眼而已，可是她就像是一个魔咒，看过了一眼之后，还想要再看看她。于是他疯了，他留在影舟。知道她在卖房子，他高价买下。他们在公寓以买家和卖家身份见面的时候，天知道他的心里多么紧张、多么激动。他努力克制着自己，说着违心的话，只是想多看看她而已。

终于，他买下了她的房子。粉嫩嫩的公主房，是她喜欢的，房里的东西他没有换掉任何一样，住在这里，就像是她也住在这里一样。他会在清晨的时候，将头埋在枕头里，说一句"晚晚早安"，尽管她根本就不在身边，也不会听到。

再后来，他总是借口家里东西坏了，让她来维修，也只是想再看看她而已。他没想到的是，卢晚晚从一个什么都不会的小公主，变成了下水管都会修的人。她的生活过得或许并不如意，所以早早学会了这些。

再后来，他见到了顾念，原来卢晚晚根本就没有和安嘉先结婚，他在那一瞬间，觉得天空放晴了。他能够感觉得到，卢晚晚也是喜欢着他的。他下定决心，要重新追回她，无论用什么样的方法。

如果上天再给他一次重来的机会，三年前的那个盛夏，他绝对不会放开卢晚晚的手。

卢晚晚听着他的回答，摇了摇头，唇边荡起了一丝苦笑，所有的伤痛已经过去，她不想再重新经历一次了。她说："可是我没有后悔过！互不干扰是留给分手后最好的体面，任初，我希望你以后不要再来找我了，不要再打扰我的生活了。我离开浅岛，好不容易才有现在的平静，我希望你不要再出现了。"

"顾念说你家里还留着我的照片。"

卢晚晚愣了一下，她的确还留着一张他们的合影，是她生日的时候，任初为她在城堡里办的生日 Party，她坐着马车进入城堡，走到他的面前。他们换上华丽的礼服，站在一起，像是天底下最般配的一对。她丢掉了所有关于任初的东西，唯独这一张照片，她夹在了日记本里，不小心被顾念翻到了。顾念问她这是谁，她说，这是任初，还抱过你呢。

卢晚晚没想到，顾念会告诉任初。

她咬了咬唇，故意偏开头说："小孩子的话你也相信？"

任初摇了摇头说："小孩子不会骗人，大人却会，卢晚晚你长大了。"

"自以为是！"卢晚晚嘴硬道，"任先生也不必再照顾我的生意了，你公司的下午茶，还是找别的店吧。"

任初不解："为什么呢？你觉得自己的下午茶不值六十块？像你们服务这么好，味道这么好的店，外面很难找，我不是在照顾你的生意，是你的确很好。"

"我不想做了行不行？"哪有那么多为什么，卢晚晚气得跳脚，"还有你订婚典礼的那个订单，我们赶紧解约吧，你连未婚妻都没有，订什么婚啊！"

"这个恐怕不行。如果不是协商一致而解除合约，要十倍赔偿，也就是你需要赔偿我五十万，我希望你考虑清楚。"

"五十万？你疯了吗？你在合同里做手脚了？"

"我有提醒你好好看合同的，晚晚。"

"你……赔就赔！"真是阴险啊！卢晚晚在心里把任初骂了二十遍，她怎么就瞎了眼，相信了他呢？她怎么就瞎了眼，还觉得微信里的祁先生是自己的知己呢？她到底做错了什么？她对世界温柔以待，世界天天

给她演戏啊！

卢晚晚说完就要走，任初赶紧从床上下来，拉住她的胳膊："你去哪里？"

"我回家！"她顿了下又说，"和你有什么关系？"

"大半夜的打车不安全，我送你。"任初一把拔掉了正在输液的针头，拿上衣服准备和卢晚晚一起走。

"不必了！谁还没有个朋友了，我叫安嘉先来接我。"卢晚晚拿出手机给安嘉先打电话。这是安嘉先工作的市中心医院，他今天夜班，叫他来还不是分分钟的事情。

然而连打了三个，安嘉先都没接，直到第四个电话，有人接听了以后说："安医生在手术室呢，晚晚，我是方医生，你为什么不理我了？"

卢晚晚顿时觉得毛骨悚然，直接挂断了电话。

任初在一旁偷笑，又问："我送你可以吗？送你到家，我就回来。现在半夜打车不安全，不要用自己的安全跟我赌气好吗，晚晚？"

卢晚晚还在犹豫。

任初又说："即便不是情侣了，我们也还是校友吧。你还不能坦然面对我的话，那说明你还没有放下。"

"谁没放下啦！走走走，我要困死了！"

任初笑了，对付他家晚晚果然还是激将法最管用。

俗话说得好，不能在同一个坑里跌倒两次。卢晚晚是上过任初的当的，她以后绝对要擦亮眼睛。她回家以后，仔细查看了合同，果然有个十倍赔偿，五十万任初真没说错。卢晚晚一阵冷笑，她就是砸锅卖铁，也不想和任初合作了。

顾桥偏偏这个时候不在，说是去谈一笔大生意，她也不好在这个时候让顾桥分心，是时候自己独立面对困难了。

第二天一早，卢晚晚去了银行，查询了自己账户，店里的营业额自从任初不 Cosplay 客人订蛋糕以后，断崖式下降，也就只够日常周转的，想拿出五十万来根本不可能。卖房子那笔钱还有一部分，也不好去问爸妈要吧？卢晚晚琢磨着，要不然把店盘出去？

卢晚晚在店里愁眉苦脸了一整天，做甜品都不能改变她的心情了。打烊之前，赵冉来找她谈心。

"姐，店里面是不是有什么困难？你不用考虑我的安置问题，我可以重新找工作的。"赵冉说得十分诚恳，这让卢晚晚更加扎心了，她其实还没考虑到解散员工安置的问题。她觉得有点对不起赵冉，她可真不是个好老板。

"没事的姐，你不用难过。那我明天就不来了，姐你保重吧。"赵冉说完开始擦地板。

卢晚晚潸然泪下，还是好人多啊，她决定多给赵冉结算几天工资！

当初到底为什么要开店呢？她根本不懂经营，市场也没调查过，这都半年了，店铺根本没有做大的趋势，她凭借着一腔热血开店，家里卖房子支持她，却是这么个结果。卢晚晚觉得自己失败透顶了，她开店或许就是个错误，她就应该踏踏实实找一份工作，或者考个公务员，找份一眼能够望到头的那种工作。

"唉……"卢晚晚叹了口气。

店门的铃铛响了，卢晚晚机械化地说了句："欢迎光临。"

"卢小姐，是我呀！"

卢晚晚抬头看着这个西装男子，胸前戴着的是工作证，她想起来了，是帮她租店铺买二手设备开豪车辉腾的中介小哥。她立即站了起来笑着问："今天怎么有空？"

中介小哥拿出了一份文件说："卢小姐，我来提醒你下周交租。"

卢晚晚顿时一惊，已经半年了吗？

"原主人委托我来替他收租，卢小姐记得把钱打到我们公司呀，卡号在合同里写着呢。"

"好好好，没忘记。"

"那我先走啦！"

中介小哥出门，骑着电动车离开了。

卢晚晚一下子瘫坐在地上，有一种屋漏偏逢连夜雨的感觉。她怎么忘了还有交租这回事了呢？她又细数了一下赚到的钱，交租也不够。她店里所有的食材都是最好的，绝对保证新鲜和质量，正因如此，她店里的东西成本高。这附近的消费能力并没有很好，她没办法标价很高，也就直接导致了，赔钱。

卢晚晚又联系了一下中介小哥，请他回来了。

"怎么了卢小姐？"中介小哥问。

"能不能帮我挂一下转租信息？这个店我不想开了，想盘出去，还有这些设备。"卢晚晚丧气地说道。

"这么突然啊？卢小姐您可想好了啊，这里很难有空位的，店铺很抢手。"

卢晚晚点了点头说："想好了，麻烦你了。"

"好的，卢小姐，我帮您留意着，有消息跟您说。"

"谢谢。"

关于那份订婚典礼的蛋糕合同，卢晚晚还找专业的律师帮她看了一下，结果任初真的没有骗她，是要进行十倍赔偿，虽然赔偿不太合理，有些夸张，但是的确白纸黑字，上面有卢晚晚的签名和身份证复印件，她想诋毁都不行。

店铺转让的消息，没多久就传入了她爸妈耳朵里。卢妈妈打电话叫她回家，她尽管不想回去面对，也不得不回去了。

卢爸爸和卢妈妈坐在沙发上，就连顾桥也在，并且和她爸妈坐在一起，卢晚晚坐在对面，像极了三堂会审。卢晚晚来不及问顾桥是什么时候回来的，为什么也参与了进来，就听到她妈妈说："当初你要开店，爸爸妈妈支持你，现在你说不开就不开了？晚晚你过完生日就二十七岁了，能不能别这么孩子气了？"

卢晚晚低着头抠着手指。

卢爸爸问："是不是遇到什么难处了，需要关店来解决？"

"有什么难处跟爸爸妈妈讲不好吗？爸妈就你这么一个女儿，不帮你帮谁？"卢妈妈又说。

"晚晚，到底怎么了，店不是好好的吗？生意不好我们可以慢慢来啊，多做一点营销推广活动，多搞几次团购，生意会好起来的，你不要灰心呀。"顾桥宽慰道。

卢晚晚摇了摇头说："不想开了，我不是做生意的料。"

"那你到底想干什么？"卢妈妈有些激动，十分不理解女儿的任性。

卢晚晚此刻什么也不想做，只想还钱，她不光欠任初合同的赔偿金，还欠着他两万的修车费呢。

见卢晚晚不说话，卢妈妈更加生气了。卢爸爸劝阻了老婆："让女儿好好想想。晚晚，这几天你就住在家里吧，有什么需要随时跟爸爸说。爸爸会支持你的。"

卢妈妈一听又不高兴了："就你会装好人！"

顾桥给卢晚晚使了个眼色，两个人一起进了房间。

顾桥问："我出差这几天，出什么事儿了？"

"祁先生、任先生傻傻分不清楚。"卢晚晚说着眼泪就落下来了。

顾桥万分错愕，她不是没想到祁先生可能有点问题，但是真的没想到，在卢晚晚身边潜伏了这么久的祁先生，竟然是任初的另外一个分身。她后退了一步，跌坐在了床上，由衷地感慨："任初学长真是不好惹啊！"

"你干吗突然叫他学长？你不是和他不熟吗？"卢晚晚吸着鼻子说。

"哎呀，我随口一说而已。你先别管这个，你跟我说说，盘店是不是为了给他赔钱？"

卢晚晚点了点头："五十万呢，不想欠他的。"

"你真的想好了吗？"

"想好了。我才不要被人戳脊梁骨！"

顾桥叹了口气，拉着卢晚晚坐下，给她擦了擦眼泪，说："你真觉得，任初差你这五十万？他是真的想要你这五十万吗？晚晚，有些事情你是不是可以不要再逃避了，你真的已经不爱他了吗？"

卢晚晚憋了好一会儿，才说："我不知道。"

顾桥十分失望地看着卢晚晚："以前那个见义勇为拔刀相助的卢晚晚哪儿去了？你现在怎么这么怂？有什么问题当面解决，你躲着算怎么回事儿，我要是你，我就去和任初说清楚，正面'刚'！"

卢晚晚深呼吸了一口气，然后站了起来。

"你干吗去？"顾桥问。

"我觉得你说得对。"

卢晚晚说完开门出去了，顾桥尚在震惊之中，喃喃地说："真要'刚'啊，我随便说说的。"

正面"刚"？不存在的，她早就不是以前的卢晚晚了，她要智取！

Chapter 08

都 是 套 路

卢晚晚有个高中同学姓丁，大学学了法律，刚考了律师证，还没打过官司，在一家律师事务所工作。说是工作，其实就是打杂，积累经验。卢晚晚联系他的时候，他非常兴奋，认为终于有一天可以大展拳脚了。

但是，当卢晚晚带着丁同学去任初公司以后，丁同学额头上豆大的汗珠滴落。他望着对面坐着的律师团，都是自家律所的大佬，他吞了一下口水悄悄问卢晚晚："你到底招惹上了什么人？"

卢晚晚穿着一身黑色的职业装，还戴着墨镜，她涂着烈焰红唇，甩了一下长发说："你别怕，你可以的。"

丁同学抓狂了："我可以个屁啊！对面是王者，我是个青铜而已啊！"

"不要长他人志气灭自己的威风。"卢晚晚依旧淡定自若。

丁同学觉得卢晚晚可能还没睡醒，他冲对面的几位大佬笑了笑，然后拉着卢晚晚去一边说："坐中间那个，我老师也是我老板，左边那个我们律所的金牌律师，右边那个我们律所的首席律师，商业相关的案子未尝败绩。你让我怎么打？卢晚晚，咱俩同学一场，你可别害我，你让我走吧，不然我这工作可能就保不住了。"

"走什么走，我给你加钱！"卢晚晚一把揪住了他，"你有点出息好不好，甭管能不能赢，气势不能输！"

正说着，任初终于开完会了，他带着两排职业装的精英从会议室出来。卢晚晚瞥了一眼，她眨了眨眼睛，摘下了墨镜一看，走在倒数第三的那个人好生眼熟。那人明显也看见了卢晚晚，她十分愧疚地往人群里缩了缩，企图躲起来。

卢晚晚冷笑了一声，好你个赵冉，难怪她能这么快招聘到一个又能干工资要求又低的人，原来你是任初的卧底！

任初挑眉看了看卢晚晚，以及她旁边那个一直在流汗的律师。任初笑了笑说："抱歉久等了，里面请吧。"

卢晚晚昂首挺胸，走进了会议室。丁同学冲他那几位事务所的大佬点了点头，也做了个请的手势。

双方落座，卢晚晚这边两个对任初那边四个。

卢晚晚咳嗽了一声，丁同学颤颤巍巍地拆开了文件袋，拿出了他们合同的复印件，指出了相关条款说："我的委托人认为这一条不太合理，根据我国合同法……"他不小心瞥到了对面三位大佬，顿时感觉到了一股压力，顿了顿说，"这个、这个吧，有点太过分了。"

对面三位律师大佬不约而同地笑了笑，丁同学开始用纸巾擦汗，他只恨桌子上的纸巾不够多。

任初一直看着卢晚晚，企图从她墨镜下那张精致的脸上看出什么表情来。

卢晚晚被任初盯得十分不自在，过了几分钟之后，她忍不住说："你干吗一直看我？"

任初笑了笑说："因为你好看呀。"

卢晚晚一愣："不要脸！"

律师大佬冷冷地说："这位小姐，请注意你的言辞，我们随时可以告你诽谤。"

卢晚晚赶紧也给她的律师使了个眼色，丁同学马上收到了，小声提醒她说："卢晚晚你别乱说话。"

卢晚晚气结，她的律师为什么不向着她？

"喝不喝奶茶？"任初问卢晚晚。

"不喝。"

"那你吃薯片吗？吃瓜子吗？或者开心果呢？"

"你当我是来看戏的呀，"卢晚晚恼了，"你能不能严肃一点？"

任初"扑哧"一声又笑了说："好啊。那你到底想吃什么？"

卢晚晚败了，咬着牙说："别问了！不吃，也不喝！谈事情好吗？"

任初做了个请的手势，对几位律师说："你们继续。"

丁同学感觉到了压力山大，他深呼吸了一口气说："我的委托人认为，可以进行一定的违约赔偿，但绝对不是合同无理要求的十倍。"

三位律师大佬又是集体冷笑，中间的大佬忽然说："年轻人在哪个律所工作呀，挺有勇气。"

右边的大佬说："咱们律所的，小丁啊，经常给我打印文件。"

中间的大佬"哦"了一声："怪不得这么眼熟。"

简直了……丁同学感觉到了一股前所未有的压力，他快要撑不下去了。

卢晚晚在桌子底下掐了他一把，示意他别咒。

"哦，对了。"任初突然出声，会议室内立刻安静了，大家都等着他继续说下去，他淡淡地开口，"我突然想起来，楼下新开了个小龙虾，你要吃吗，我叫他们送上来。"

卢晚晚忍无可忍了，说："你，出来谈谈！"

丁同学一听就急了，忙拉住卢晚晚："大忌啊，不能去。"

卢晚晚被任初气昏了头，哪里还听得进去劝告，揪着任初就出了会议室，任初躬着身体配合着卢晚晚，看呆了办公室的所有人。

露台上，卢晚晚放开了任初的衣服。

"我今天来是跟你做一个了断的，钱我可以赔给你，但是要在法律认可的范围之内，多了的你一分钱也别想拿到。"卢晚晚恶狠狠地说。

然而在任初的眼里，这样凶狠的卢晚晚简直萌炸了。他看着卢晚晚那张白嫩嫩的脸，故意戴上装凶的墨镜，还有红红的嘴唇，一切都这么可爱。

"你有没有在听我说话？"卢晚晚发完了狠，看到对方正在发呆，她更加生气了，于是跺了跺脚。

任初"嗯"了一声，说："还有吗？"

"赵冉你的人，间谍是吧？"

"她学历不高能进我公司，的确是因为你。你如果不喜欢，我可以马上开除她。"

"你……"卢晚晚气得不行，她咬了咬嘴唇说，"算了。"

"好，你说了算。"任初微笑着说。

卢晚晚忽然有点不寒而栗，她斜着眼问："该不会我店里其他的客人，也都是你找人伪装的吧？"

任初没忍住又笑了："晚晚，你好可爱。我还没那么大的本事，你为什么不肯相信是你的商品好呢？"

"你少蒙我了，商品好我会赔本吗？"

"是你店铺的定位出了错，你应该开成高端甜品店，而不是走低端消费的。"任初诚恳地说。

卢晚晚觉得他的建议其实有那么一点道理，但是她在这个关头，不能认可他说的话。于是，卢晚晚摇了摇头说："你少来这套，一切等律师的消息吧。"

卢晚晚和任初谈完话回来，那边几个律师也结束了谈话。丁同学似乎刚刚经历了一场虚脱的战争，他正在疯狂喝水。

"怎么样？"卢晚晚问丁同学。

丁同学摇了摇头，摆了摆手示意她先走。

离开了商贸大厦，丁同学才说："我算知道今天一见面那位委托人的笑容是什么意思了。"

卢晚晚不解："什么意思？"

"王的蔑视。"丁同学叹了口气，"你这个案子，和解很难啊。打官司的话，我没胜算。不然，我介绍个别的律师给你？"

"不用了，我觉得你可以。"卢晚晚坚定地说。

丁同学诧异了："到底是谁给你的勇气？"

"任初他不会让我去坐牢的。"卢晚晚说。

丁同学蒙了："你俩到底什么关系？"

"和你有什么关系。"卢晚晚说完自己上公交车走了，隔着玻璃对自己的代理律师说，"你赶紧准备第二次谈判吧！"

丁同学摇了摇头，他疯啦？送上门去被羞辱吗？

顾桥和安嘉先都知道卢晚晚要跟任初死磕到底了，已经请了一位很菜的律师，去对抗任初的律师天团。安嘉先给卢晚晚开了不少退烧药，顾桥也给卢晚晚准备了补脑汤，等卢晚晚一进家门，两个人就上前围住她，对她进行惨绝人寰的羞辱。

"你们要干吗，拿走，我不需要。"卢晚晚说。

"你看你穿得跟个杀手似的，赶紧把这猪脑汤喝了，补补脑。"顾桥说着就强行往卢晚晚嘴巴里塞了一勺。

卢晚晚差点被呛到。

安嘉先也说："你不然再好好考虑一下，这无异于以卵击石。"

"你们不帮忙别说风凉话，谁说我会输？"卢晚晚哼了一声，回房间卸妆洗澡了。

晚上，收到了祁先生的微信，卢晚晚冷哼了一声，她还没有拉黑任初这个分身的微信号码。她点开头像看了看，他的微信号是 PZ1234，她当初怎么就没看明白，这明明就是骗子的缩写。卢晚晚恨自己不争，不客气地问道："干吗？"

任初发来语音说："你还相亲吗？祁先生还欠你一位相亲对象呢。"

卢晚晚："你可别说相亲对象叫任初，打死我都不会去的。"

任初："这么巧，任初也不想和你相亲。"

卢晚晚狐疑："那是谁？"

任初："我的一个朋友，也是 Z 大的，金融系高才生，最近来影舟发展了。名叫陈洁坤，你应该有点印象吧？"

陈洁坤？卢晚晚陷入了沉思，这人到底是谁？她为什么会有印象？

卢晚晚没急着回复任初，跑出去问顾桥："陈洁坤你知道是谁吗？"

顾桥耳朵瞬间竖起来了："你说谁？"

"陈洁坤。"卢晚晚重复道。

"我的妈呀！咱们 Z 大校草排名第二啊！你忘了吗？当初你被安嘉先这个校草排行榜第四名拒绝的时候，喝得烂醉，翻着校草排行榜要追前面的三个，结果第二第三都有女朋友，你才追的第一名任初啊！"顾桥想起这事儿，还觉得有意思，八卦之魂瞬间爆燃，她跑过来问，"怎么，你和陈洁坤有联系吗？他好像是和女朋友分手了。"

卢晚晚"哦"了一声说："我和他相个亲。"

"什么？"顾桥还要再问什么，卢晚晚转身回了房间，把门关上了。

卢晚晚拿起手机给任初回复："行，就他吧，我都有空，什么时候见面？"

"周六下午三点，星辰咖啡厅。"

"好，你把他联系方式给我，搅局是狗！"

任初果然发过来了一张名片，没过几秒钟，卢晚晚收到一条好友申请，备注是陈洁坤。

卢晚晚通过了对方的申请，和陈洁坤成了好友。

陈洁坤："你好啊，卢晚晚，我们是校友，真巧啊。我刚来影舟，听说你是影舟本地人，影舟有什么好玩的地方吗……"

卢晚晚："周六下午见，见面再说。"

陈洁坤："……"

卢晚晚不想浪费时间，保不齐对方是和任初串通好了的，她要当面打任初的脸！

卢晚晚上淘宝选了一套好看的衣服，选了新的鞋子和包包，跟着美妆博主，学习了最新的桃花妆，万事俱备，只等周六。

周六下午三点，星辰咖啡厅，卢晚晚不惧严寒，穿着白色长纱裙，外面一件毛衣外套，仙气十足。她落座在咖啡厅窗口的时候，整个店里的人都在看她。卢晚晚淡定自若，她摆弄着手机，上了 Z 大的论坛，寻找当年的帖子。那个校草排行榜的帖子已经更新换代了，但是 Z 大历届的校草都还榜上有名。

首页第一位，人气最高的，照片最多的，竟然还是任初。帖子里关于他的传说还有很多，其中有一条就让卢晚晚受不了了，不知道是谁在下面留言说：任初学长我见过，看似不近人情，其实暖男一个，对女朋友超级超级好，像是疼女儿一样宠爱，那个叫卢晚晚的上辈子拯救了银河系吗？

还有人回复说：卢晚晚我也见过，不就是众多校花当中的一个，凭什么和任初学长在一起？

卢晚晚冷哼一声，这些没有见过世面的学妹！你们怎么会知道，任初上学那会儿，易燃易爆炸，可没什么人敢和他在一起，是她拯救了全校好不好！

她又翻了好几页，终于找到了陈洁坤的消息，还有他以前的照片，也是一位超级大帅哥，眉宇之间带了一点点痞气，是大部分小女生喜欢的类型。可惜，她喜欢的不是这一款，算了算了，她也没什么好挑剔的，还不知道他们葫芦里卖的什么药。

没多久，和照片上有着八分相似的人出现了，他穿着一身皮衣，梳着背头，意气风发。紧跟着，后面还有一位丰神俊秀的男人，他穿着藏蓝色西装，他的出现让在场所有的女生，忽略了身边的男朋友。那个人是，任初。

卢晚晚嗤之以鼻，就知道你没安好心！

陈洁坤和任初走到卢晚晚的面前，卢晚晚站起身，一个转身，隔开了任初和陈洁坤，笑着向陈洁坤伸出了手说："你好，我是卢晚晚。"

陈洁坤也大方地伸出了手："你好，陈洁坤。"

"坐吧。"卢晚晚冲陈洁坤笑了笑，扭头对任初说，"谢谢你的介绍，我们认识了，你公司不是很忙吗，你可以回去忙了。"

　　任初也笑了笑说："不忙。"

　　然后，任初也坐下了，就坐在卢晚晚的旁边，对面坐着陈洁坤，这个座位安排诡异极了，但一看就是任初一惯用的套路。卢晚晚在心里一阵鄙夷，任初这个学神也不过如此，也就这几招而已，她早就习惯了，看她怎么见招拆招。她已经准备好了，给任初一个措手不及，让他知道，她这个学霸也不是好惹的。

　　"在学校的时候我就注意过你，你和小冰怎么分开了呢？"卢晚晚率先发问，小冰就是那时候陈洁坤的女朋友。

　　陈洁坤耸了耸肩："我那会儿要出国留学，小冰不想去国外，异国恋太痛苦了，彼此放了手。"

　　卢晚晚"哦"了一声说："真是可惜了呢，你们那会儿可是模范情侣。"

　　陈洁坤"哦"了一声说："是吗，我们那会儿挺低调的。倒是你们两个，学校上空都是你的名字，卢晚晚你相当出名你知道吗？"

　　关于这个，卢晚晚是有印象的。她那时候打破魔咒，连着考了三次第一名，任初干了一件无比让人觉得害羞又浪漫的事情。他特制了烟花，点亮了学校的夜空，闪耀出卢晚晚的名字，以及无数个爱心。那时任初盛大的告白，如此高调，如此让人难忘。

　　卢晚晚赶紧摇了摇头，她不能陷入回忆里，不能被糖衣炮弹打倒。

　　她尚未开口，任初竟然笑着摇头说："是我的错，那时候年纪小不太懂事。以为宣告全天下，就能给她最大的安全感。除了被记过污染环境以外，好像没得到什么。如果重新来一次，我不会这样做。"

卢晚晚蓦然一惊。

陈洁坤哈哈一笑："但是真的很让人羡慕，小冰说如果我也能这样，她马上就嫁给我。我记得，还有一次，放孔明灯，差点着火。"

卢晚晚想起来了，她生日是在秋天，树叶就快要落光的时候，任初在学校的操场上，为她点亮了上千个孔明灯。每一个上面都写了一句情话，满满的爱意。他将孔明灯放到天上去，带着她看万千灯火，在无数同学的羡慕声里，有一盏灯撞上了条幅，差一点引起火灾。

"罚钱了。我还被叫了家长，那是我这辈子第一次被老师叫家长。我爸回家打了我一顿，他第一次打我，现在想想是我不对。如果重来一次的话，我不会放孔明灯。"任初说道。

陈洁坤"哎呀"了一声："别啊，那不就没有 Z 大灯火节了，学弟学妹们会怨念死的。"

卢晚晚微微诧异："什么灯火节？"

"你不知道吗，你毕业以后，每年你生日那天，都是 Z 大的灯火节，放灯放烟花，学生们超喜欢。任初赞助的啊，今年就是第四年了。"

有这回事？她从来没有听说过。她下意识地看了看任初，他也毫不在意的样子，淡淡一笑说："没关系，如果你不喜欢，我可以改个日子，反正哪天过节都一样。"

卢晚晚故作大方地"嗯"了一声，叫来服务员点单。她热情地对陈洁坤说："推荐这家的浓情蜜意，水果很新鲜，甜度适中，口感非常好，不像一般奶茶店的勾兑果汁。"

"哈哈，是吗？那来一杯吧。你们喝什么？"陈洁坤问。

"热巧，五分糖。"任初和卢晚晚异口同声。

陈洁坤挑了挑眉，可真有默契。

卢晚晚懊恼地叹了口气说："我说错了，我要意式特浓，不加糖那种，越苦越好。"

几分钟后，服务员来上咖啡和水果茶。卢晚晚抿了一口意式特浓，苦得她想骂娘，她放下就不想再碰了。任初将热巧的杯子往卢晚晚那边推了推，成功挤开了那杯意式特浓，然后自然而然地拿走了，喝了一口，坦然自若。

陈洁坤喝了一口卢晚晚推荐的水果茶，一脸满足说："果然不错。"

卢晚晚甜甜一笑说："我推荐的准没错。学长你知道吗，我是开蛋糕店的，我大学就特别喜欢做糕点，还弄过一个烘焙社团。"

陈洁坤一拍大腿说："我记得，我记得。你那个社团，当初任初逼着我们加入，我们系不少人都报名了，结果你们还搞了个筛选，全给Pass掉了。你们在校门口还有个工作室是吧，选址的时候，都打起来了。那个老板以为任初是个穷学生，临时变卦转租给另外一个人了，任初当时就急了，为这还蹲了半宿的公安局，后来被范毅给带出来的。"陈洁坤又冲任初说，"你这事儿写档案里了没，你爸后来帮你搞定了吧？"

任初"嗯"了一声："搞定了。"

"那就好，我一直惦记这事儿呢，当初哥们没帮上忙。你要是当时就给你爸打电话，也不至于受那罪。"

任初淡淡一笑说："学生时代谁还没打过架。"

卢晚晚从不知道这件事，没有人告诉过她。那是任初送给她最好的礼物，她却早早地丢掉了这间工作室。原来，在她看不到的地方，任初还做了这么多事。

"别只顾着说我们，今天是介绍你们两个认识的。虽然是一个学校毕业的，但以前没什么交集，多了解一下。卢晚晚这个人挺好的。"任初说道。

卢晚晚忽然有一种很怪异的感觉从心里蔓延开来，渐渐地，让她觉得全身都不舒服。

陈洁坤"嗯"了一声，坦然道："其实我没想到你们会分手，所以今天这场相亲，我本来没当回事儿。我以为你们逗我呢。"

"那你现在可以当回事儿了，没逗你。"任初说完看了一眼卢晚晚说，"是吧？"

卢晚晚机械式地点了点头。

"那好吧……"陈洁坤叹了口气，"我也刚从美国留学回来，和任初读的同一所大学，成绩没有任初好，所以毕业要晚一点，我还有一年就彻底毕业回国了，现在是回来探亲。我家有一家公司，我和我姐一人一半，下半辈子不工作也可以。不过，我这个人还是有一些事业心的，在华尔街的投行做过一段时间兼职，收入还不错。"

陈洁坤和许多海归一样，侃侃而谈，相当自信。然而卢晚晚却什么都没有听进去，仿佛陈洁坤说的不是国语，是一种陌生的语言。

她只听到任初在旁边说："卢晚晚各方面也都很优秀，临床系毕业的高才生，毕业后没有做医生，她也不是怕辛苦，就是还很喜欢其他的东西，想多尝试一下。目前自己开了一家蛋糕店，在市中心，非常有前景。你做投资的，可以多了解一下，帮她稍微做一下战略。她喜欢吃甜的，是个长不胖的体质，你和她在一起的话，要注意控制一下体重，她不喜欢长得不好看的人。还有，她爱吃很多街边小吃，你也别嫌不干净，别叨叨，陪着一起吃就行了，吃不死人的。她出门不喜欢带脑子，所以你们一起旅行的话，要时刻看着她，并且做好全部的计划，千万不要问她，你想吃什么，你想去哪里，她听到以后会很暴躁……"

"够了！"卢晚晚突然厉声打断了任初的话。

陈洁坤还在认真地听着，被卢晚晚突然的严肃吓了一跳。任初倒是一副平静的模样，仿佛卢晚晚没有说他一样。

"睡觉喜欢睡在黑漆漆的房间里，电源指示灯都要关上，不然她失眠会怪你。她喜欢睡在外侧，不要担心她会掉下床，拉她一把就好了……"

"任初，你够了！"卢晚晚用力拍了下桌子，站起来怒视着他。她的眼眶早就红了，她心里蔓延出来的那种感觉，原来叫作心痛，已经遍布了全身。

她用力地咬着腮，极尽可能地保持着微笑对陈洁坤说："很高兴认识你，我还有事，改天再约。"

陈洁坤有点吓呆了，结结巴巴地说："好……好啊。"

卢晚晚冲出了星辰咖啡厅，她一刻也不想待在任初的身边了，她到底还是输了，任初的招数总是比她厉害许多。她以为她已经可以坦然面对了，却没想到，过去的一切只是被盖上了一层尘，任初不过轻轻地刮了一阵风,往事重现,如排山倒海,她深陷其中。她所有的坚强,所有的满不在乎,都像是一个笑话,早就被任初看穿。

她就像一个小丑,所有的缺点都暴露在他的面前。卢晚晚一路狂奔,她想逃离,远一点,再远一点,天涯海角都可以。

刺耳的鸣笛响起,她恍惚之间看见一辆货车迎面而来,在那一瞬间,她忘记了该怎么做,直勾勾地看着那辆货车,越来越近,喇叭声越来越大。

突然,一股外力将她撞开,卢晚晚跌坐在马路边,货车停了下来,司机赶紧跳下来,不过没有来扶卢晚晚,反倒是去了另外一边。她似乎看到了任初那件藏蓝色的西装,她秀逗的大脑,突然开始运转了。

"你没事吧,你醒醒啊……"货车司机大声地叫喊着。

卢晚晚从地上爬起,她踉跄了几步又摔倒了,然后手脚并用地爬到了货车前。

"任初?"她叫了一声。

"跟我没关系啊,是你们突然跑出来的,我是正常行驶啊!"货车司机冤枉地说。

"任初,醒醒。"卢晚晚颤抖的手,触碰了下任初的身体,他的左胳膊正朝外翻着,她的手掌一片黏稠。

是血。

任初双眼紧闭,旁边的货车司机喋喋不休,路人围观了过来,七嘴八舌地听不清说的什么。

"死人了是不是?"不知谁说了一句。

混乱中,卢晚晚尖叫了一声:"你闭嘴!"

她要冷静，她是学医的，她可以救他，她一定可以……

卢晚晚迅速检查了任初的身体，左手手臂有明显骨折，内伤暂时不清楚，胸骨完好，呼吸频率缓慢，心率下降。她双手交叉放在任初的胸口，开始给他做心肺复苏。她是临床最优秀的学生，哪怕她没有穿上那身白大褂，但只要她想救人，那个人就一定不能死！

三个小时后，安嘉先从手术室出来。

卢晚晚跑过去抓着他问："怎么样？"

"人没有生命危险。"安嘉先说。他一脸的疲惫，他本来在家休息，突然被卢晚晚叫到医院的。

"我知道，急救是我做的，他肯定没有生命危险，我是问他手你接得怎么样？"

"粉碎性骨折，接好了，但是要慢慢恢复看看，能不能恢复到从前，要看他复健的情况。"安嘉先说。

卢晚晚死死地咬住嘴唇，怎么办，任初不能有事，她该怎么办？

"到底怎么回事，任初为什么会出车祸？你们两个到底干吗了？"

面对安嘉先一连串的问题，卢晚晚无暇应对，她思前想后，突然想到了一个人："你记得二师兄的电话吗？"

任初脱离了危险，在病房里昏睡着，卢晚晚寸步不离地守着他。孙阿姨不知从哪里得到了消息，也赶来医院探望任初，带来了许多补品。没多久，卢晚晚的爸妈也知道了。顾桥作为一个受了任初很多恩惠的人，不来也不合适。

所以当任初麻药过了，醒过来的时候，他一睁眼，一屋子人，数十双眼睛盯着他，并且露出了喜悦的眼神，大喊了一声："动了，动了！"

尽管任初见惯了大风大浪，冷不丁看到了这场面，也吓了一跳。

"怎么不说话，是不是撞到头了？"孙阿姨关切地问，"孩子，还认识阿姨吗？我是谁？"

"你们在干吗？"卢晚晚拨开人群，走到最前面来。

孙阿姨一把抓住卢晚晚，眼瞅着就要落泪了："晚晚啊，你家任初好像……"

"孙阿姨。"任初哑着嗓子叫了一声，"我没事。"

孙阿姨拍了拍胸口说："万幸，万幸。"

"想吃点什么，阿姨给你做。"卢妈妈说道。

"妈妈，他现在不适合吃东西。"卢晚晚提醒。

"那明天做。"

"他需要静养，你们先回去吧。"卢晚晚又说。

几位长辈被卢晚晚推着出门，卢爸爸绕过了卢晚晚的魔爪，趁机跟任初说："听说是你救了晚晚，谢谢你，任初。"

"叔叔，这是我应该做的，我说过要一直护着她的。"

"你们分开，其实也……"

卢爸爸刚要说什么，卢晚晚立刻拉了他一把："爸爸，您该走了。"

卢爸爸欲言又止，最后只说了："你好好休息，我们会照顾你的。谢谢了。"

任初点了下头。

"我联系了我二师兄孟西白，他会过来给你做手术，他可比安嘉先厉害多了，你的手臂不会有事的。"卢晚晚安慰道。

任初"嗯"了一声："你爸爸想说什么？"

"没什么呀。"卢晚晚故作轻松。

"你过马路的时候在想什么？"任初又问。

"什么都没想。"

"你这三年都是这样过的吗？我不在你的身边，你时刻让自己处在危险当中？"任初忽然严肃起来，用一种教训的口气说道。

卢晚晚低下了头："都说了我没事。"

"离开我以后，你真的能照顾好自己吗？"

"你一个病人，好好休息啦。"

"卢晚晚……"任初忽然开始剧烈咳嗽起来，卢晚晚赶紧去叫了医生。

安嘉先急忙进来，给任初检查了一下，然后颇为不耐烦地说："病人就该好好休息，激动什么？卢晚晚你出去，别打扰他，还有，要通知家属过来。"

"我去联系他妈妈。"

任初的咳嗽好不容易止住了，他憋得满脸通红，手里抓着卢晚晚的手，问："我没有带你见过我父母，你为什么能联系上我妈妈？她找过你？"

"我百度行不行呀，你们家可是名人。"卢晚晚慌乱地撒了个谎，转身跑了出去。

卢晚晚做了许久的心理建设，终于鼓起勇气拨通了任初妈妈的电话，她多年前曾打过一次，就那样刻印在脑海里挥之不去了。

长久的等待，卢晚晚几乎都想要落荒而逃挂掉电话了，那边终于有人接听了，却不是任初的妈妈，而是王昕羽，任初的表妹，二师兄孟西白的女朋友。她操着一口带有些许外国口音的普通话问："哪位呀，我阿姨现在不方便接听你的电话。请问有什么事情吗？"

王昕羽的声音很特别，属于听过就不会忘记的那种，再加上她们两个还有一起钻铁栅栏的情谊，卢晚晚一下子就想起了这人是谁。卢晚晚刚准备开口的时候，手机忽然被人抢走了，并且举得高高的，卢晚晚跳起来都没能拿到。她回头怒视着任初："你一个病人，不好好躺着，抢我手机干吗？"

在那边正陪着阿姨做指甲的王昕羽顿时来了精神，她瞪大了眼睛，兴奋地说："你们两个又开始沆瀣一气啦？"

卢晚晚："……"

"没文化，你不会说话就闭嘴。"任初吼道。

这王昕羽就不服气了，怎么都说她没文化？她虽然是个跳舞的艺术生，文化成绩相当一般，但是为此她学了不少的成语。她气急败坏地说："你知道沆瀣一气什么意思吗？你还说我没文化？你会写这几个字吗你？"

"挂掉电话以后，删掉这个来电记录，你立刻到影舟来见我，不许告诉任何人，不然我就把你的秘密告诉你爸妈。"任初威胁道。

王昕羽扁了扁嘴，惹不起惹不起。她只能说："票帮我订一下。"

"自己打车来。"任初说完挂断了电话。

王昕羽气得不行，但是她女神的人设不能崩塌，在店员小姐询问她是否需要帮助的时候，王昕羽露出了天使一般的微笑摇头说不用了。

任初看着卢晚晚，手里还捏着她的手机，电话号码果然是他妈妈的，他开始深深地怀疑，当初他们分开的原因。他迫切地需要一个答案。

"卢晚晚，我们谈谈。"任初用的肯定语气，并不是在询问她。

"我没空。"

"那我给你爸妈打电话，说你对救命恩人大呼小叫，恶语相向，并且还动粗。"

卢晚晚急了，她爸妈要是知道了，还不骂死她。她赶紧反驳："我什么时候动粗啦，你别胡说！"

"我这个人就是喜欢胡说八道，你如果不相信的话，可以试试。"任初的威胁向来管用，都在点上，卢晚晚也不得不妥协。

安嘉先被任初从病房里赶了出去，理由让人啼笑皆非："你是个好人，所以请你给我们留点单独的时间解决问题。"

又发卡！安嘉先恨得牙痒痒。

病房里再无他人，任初率先开口道："我们要不要核对一下当初分手的理由，现在看来可能不太全面。"

"你这个人到底有完没完啦，过去的事情我不想再提了。"

"你不想提吗？那我先说。"

卢晚晚整个人神经紧绷，任初步步紧逼，缓缓开口道："三年前，你和安嘉先一起在医院实习，而我大学毕业开始工作。那时候我因为拒绝了家族所有的帮助，而屡遭碰壁。我从出生以来，第一次受到这么大的打击。我整日想你，想你也能够陪陪我，我们聚少离多，我去见你甚至要到医院挂号。而你和安嘉先的距离越来越近，我相信你说的你们是好朋友。直到那天，你说你希望我能够出国留学，能够离开一段时间。我赌气答应了你，但是我没有选择家里安排的学校，一个人远走美国。你却在我飞机落地之后，失联了。整整三年，我才又找到了你，卢晚晚，你的版本到底是怎么样的？你反复说我们已经分手了，可我从来不这样认为。"

他将她逼到了墙角，再没有任何退路。

卢晚晚双眸低垂，她记得任初说的那些情景，每一个画面都在她的脑海里，她不会忘记，也不敢忘记，只是那些并非全部而已。卢晚晚的唇边有一丝的苦笑："你说错了，不是三年前，已经快要四年了。"

任初怒极反笑，她对这种细节倒是在意得很，不过这根本不是重点。任初困住卢晚晚，又说："卢晚晚，你到底藏了多少我不知道的秘密，你到底打算什么时候才告诉我？"

卢晚晚反唇相讥："你不是也藏了很多吗？你一个病人，说这么多话会影响病情，你如果不想当个残废的话，赶紧去床上休息。"

任初一直都知道，卢晚晚是个非常执拗的人，如果她打定主意不说，谁逼她都没有用。他现在更加肯定，卢晚晚跟他分手一定另有隐情，并不是她真的想要分手，现如今看来，这个原因可能跟他的家人有关。知道了线索，那距离解开谜题就不远了，他有耐心，继续等下去。

"好，我去休息。"任初收起了先前的怒火，转而笑得人畜无害。

看着他这180度大转变，卢晚晚不得不开始警惕了，问他："你又在想什么？"

任初完好的右臂顺势搭在了卢晚晚的肩上，整个人突然瘫软下来，这让卢晚晚不得不用尽全力撑住他，两个人才不至于倒下。

"我是个病人，没力气了，你扶我去床边吧。"任初说。

卢晚晚气得牙痒痒："你还知道自己是个病人，刚才不是很凶吗？"

一步一步，艰难地挪到了床边，卢晚晚扶着任初："你慢一点，先坐下。"

卢晚晚不敢放手，扶着任初的腰，让他缓缓坐在了床边，她刚准备松手，任初钩着她的脖子一个侧身就将她压在了身下，不小心碰到了左胳膊，他疼得"嘶"了一声。

卢晚晚瞬间紧张起来："你怎么样？胳膊压到了吗？你快起来让我看看。"

"很痛。"任初委屈地说。

"你伤到骨头了，快让我看看。"

"帮我止痛可以吗？"

"我去帮你拿药。"

"药在这儿呢。"

"什……"

卢晚晚未尽的话语，淹没在了任初的吻里。他像一个溺水的人，而卢晚晚是他唯一的救赎，所以他用尽了全力来吻她，不放过一丝一毫。他剥夺了卢晚晚呼吸的权利，让她不得不依附于自己的唇齿，偶尔渡过去的一口气，是他们共同的气息。他们的唇舌交织在一起，她从一开始的震惊和抗拒，到慢慢开始习惯他、适应他、迎合他。她的手指插入他的发间，慢慢地抚摸着他的背。他已经渴望了太久，想念了太久，她是他一个人的卢晚晚。

任初似乎终于可以对她说出一句，好久不见，我很想你。

卢晚晚的那点意识在任初的一再挑逗下丢盔卸甲，她早就开始眼神迷离。直到她不小心又碰到了任初的胳膊，他哼了一声，卢晚晚才终于让理智占了上风。她咬了他的嘴唇，脸红着说了一句："病人快去休息！"

任初"嗯"了一声，又低头在她亮晶晶的嘴唇上啄了一下说："止痛药好甜。"

卢晚晚从病床上爬起，慌乱地跑出去。一开门就在门口撞见了个人，他已经换上了白大褂，眼睛一直往病房里看，他拿出嘴里叼着的棒棒糖问："卢晚晚，在里面干吗呢？"

"二师兄！"卢晚晚惊喜又激动，她没想到孟西白这么快就来了。

孟西白笑着摸了一下卢晚晚的头说："你俩不是分手了吗，怎么回事儿啊？"

"你先别问这个，你赶紧去看看任初的片子，胳膊粉碎性骨折，你能救吗？"

"行，没问题。你先告诉我，你们真分手了吗？"

看着孟西白一脸八卦的样子，卢晚晚万分眼熟，是她二师兄没错。都过了这么久，临床第一八卦的名号舍他其谁！

但幸好，是个人就有缺点，孟西白的这个缺点还是致命的。卢晚晚淡定自若，说："王昕羽还有一个小时就到这里了，二师兄，你确定不先救她表哥吗？"

孟西白皱了皱眉，他几乎可以预见，如果没有在王昕羽到来之前解决任初的问题，那么王昕羽这个外行，会抓着他一直问表哥的病情。并且她根本不相信你这个医生的话，她会上网百度问网友，然后再跟医生探讨一番，完全驴唇不对马嘴，你还不能生气，你解释她还听不懂，她还非要跟你聊……

想想都觉得可怕啊！

孟西白撸起了袖子，说："病案在哪儿呢，我先看看！"

孟西白算是聘请过来的专家，他年纪虽然不大，但是医术高明，在浅岛许多医学院都做过学术演讲，深受广大学生的喜爱。他和安嘉先一起讨论了一下任初的治疗方案，安嘉先的观点被孟西白批评得一无是处。

"万万没想到，你都升职了，脑筋还这么死。你们医院的神经外科技术怎么样，我建议你可以去看看。你这脑袋秀逗了！"

面对孟西白的批评，安嘉先也是敢怒不敢言，师兄就相当于他半个老师，他也只能默默忍受了。

最终，孟西白赶在王昕羽到来之前，确定了任初的治疗方案，并且马不停蹄，推着任初进了手术室，重新进行了手术治疗。孟西白将安嘉先原本的保守治疗方案，彻底推翻了。

王昕羽赶来的时候，只见到了卢晚晚，她依旧那么热情，和卢晚晚不像是许久未见的样子，她抱了抱卢晚晚，然后开始吐槽路况："高速也堵车，单行线也能追尾，这些司机开车不用脑子的吗？简直是愚不可及！还有我那个司机，估计是个新手，没怎么跑过长途，听说前面出了车祸以后，草木皆兵，更加龟速了。我真是，万分无奈呀！"

卢晚晚被王昕羽声情并茂的叙述弄得有点晕了，王昕羽果然还是王昕羽，每次出现都给她不一样的感觉，竟然在一段话里用了三个成语，真不像是个文盲的样子了。卢晚晚很想知道,和二师兄孟西白在一起之后，王昕羽到底都经历了什么。

第二次手术很成功，任初做了局麻，意识还很清醒，见到王昕羽的时候，特意跟医护人员说："这是我家亲戚，所有要签字的都找她，责任她全都承担。"

王昕羽第一次被任初这么信任，但总觉得不是什么好事儿。她的目光扫过了在场的几位医生，最后落在戴着口罩的孟西白身上的时候，她眯了眯眼睛，跟卢晚晚小声说："你们影舟的医生都很帅啊。"

孟西白的耳力不是一般的好，他直接过来抓住了王昕羽的手，摘下了自己的口罩说："你老公。"

王昕羽"哇"了一声，扑进了孟西白的怀里。

卢晚晚和安嘉先对视一眼，开始石化。二师兄好像变了，以前是人狠技术强，现在是人浪技术更强，唯一不变的是他那颗八卦的灵魂。

Chapter 09

甜蜜的养病时光

　　"我们的店"没有倒闭，中介小哥忽然通知卢晚晚，房东宽限她一个月，暂时不会过来收租。同时也没有人想要盘下这家店，她只能继续开下去。赵冉这个卧底也不在了，卢晚晚变得更加忙碌了。

　　就连顾念都有所怨念，他已经很久都没有见过卢晚晚了。长此下去不行，她人会累垮的。于是，卢妈妈放弃了广场舞的培训，每天来店里帮女儿看店。卢晚晚的店加入了外卖平台，最近春暖花开，喝冷饮的不少，生意渐渐好转起来。她正在店里忙碌，突然接到了一个超远的外卖订单，外送费是普通订单的五倍不止。

　　订单上几乎把店里有的全都来了一遍，配送地址是市医院，收件人是任初。卢晚晚有些不明所以，直接给任初打了个电话："你要干吗？"

"点外卖。"

"你点医院附近的不好吗？十万八千里呢，你点我店里的做什么？"

"我喜欢。"

真是任性！卢晚晚在内心鄙夷他。

"你确定点这么多？你吃得完？"卢晚晚问。

"快点配送，要饿死了。"任初说完就挂断了电话。

卢晚晚一脸蒙。

"谁的电话你这么不开心？"卢妈妈问。

卢晚晚一撇嘴说："大脑有障碍的先生。"

"你这孩子，胡说八道什么呢。"卢妈妈笑骂了一声。

卢晚晚一耸肩，可不就是脑残嘛。她按照订单将任初要的东西都准备齐了，然而原本接单的骑手因为距离太远取消了订单，只好再等一位好心的骑手接单了。

没过一会儿，任初打电话来催单了。

"再等会儿吧，没人接单。"卢晚晚实话实说。

"为什么没人接单？"

"因为太远了啊！哪有你这样隔着半个城市点单的？"

"你那店铺明明写着全城配送，虚假广告？"

卢晚晚一听就有点不高兴了："你是存心找碴儿的吗？"

任初也不高兴了："你这是对上帝说话的态度吗？"

卢晚晚一时语塞，憋了好半天才说："你怎么不上天呢？"

"外卖到底什么时候到，我要投诉了啊！"

又来这招，威胁她是吧？卢晚晚一咬牙说："等着，我亲自送！"

挂断了电话，卢晚晚恨不得把眼前的盘子当成任初给摔了。她提上打包好的外卖，用软件叫了辆车，然后跟卢妈妈说："我去送个外卖，妈妈等下你把店门关了回家吧。"

"你怎么还送上外卖了，往哪儿送啊？"卢妈妈关切地问。

"医院。"

"给任初送？那你别问人要钱了，态度好点，那孩子怪不容易的。"

恰好这时候车来了，卢晚晚心说，我容易吗，我还得倒贴打车的钱。

路上任初还催了几次单，外卖平台的客服都打电话来了，卢晚晚压抑着一肚子的火，催促司机再快一点。

终于到了病房，卢晚晚敲门，里面还没人。她给任初打电话，手机在病房的床头柜上。任初去哪儿了？

卢晚晚在病房里等了一会儿，耐性都快要用完了，外送平台不断提示着订单超时。她无可奈何，只好拿起任初的手机，想着能不能自己点一下已签收。

但密码是什么呢？

卢晚晚试了试任初的生日，错的。

常见密码试了两个，还是错的。

她犹豫着，要不要试试自己的生日？忽然之间，她有一些紧张，如果他真的用了呢？她深呼吸了一口气，告诉自己，用了自己的生日做密码，也不能说明什么。她带着紧张的情绪，用颤抖的手指输入了自己的生日……错的！

卢晚晚想骂人，对自己刚才的心理建设感到十分可耻。

"你在干吗？"任初忽然出现了，坐着轮椅，后面还有个护士小姐推着他。

"没干吗！"卢晚晚光速扔了手机。

任初向护士小姐道谢后，护士小姐便离开了。

"你怎么还坐轮椅了，不是手受伤吗？"卢晚晚问。

任初面色有些苍白，嘴唇也没有血色，他捂着肚子，微微躬着身体，问卢晚晚："能扶我一下吗？"

"你怎么了，刚才电话里跟我吵架还中气十足呢。"卢晚晚带着自己的疑问，扶起了任初。

任初慢慢走到了床边，缓缓坐下。

"吃坏肚子了，刚才护士带我去打了一针。"任初往后仰了一下，想要靠在床头，奈何动作不便，卢晚晚只好帮他躺好，顺便给他盖了被子。

"你吃了什么？"卢晚晚打量着四周，垃圾桶里干干净净的。

"不知道王昕羽给我吃了什么。"

"那王昕羽呢？"

"我开始腹泻以后，她带着吃剩的东西跑了，大概是怕孟西白骂她。"

"真不靠谱。"

"是呀，照顾我的人都不太靠谱。"

这话似乎另有所指，卢晚晚懒得跟他一般见识，拿着外卖单给他核对送餐。

"您点的餐都在这里了，请赶紧确认收货，给个五星好评哦！"卢晚晚露出了一个假笑来。

任初"嗯"了一声："提拉米苏，我尝尝。"

卢晚晚连着拆了三个袋子，才找到了提拉米苏，送到任初的面前来。

任初举了一下打着石膏的手说："我怎么吃？"

卢晚晚把小包装拆开，叉子拆开，蛋糕上插好了叉子，又笑脸对任初说："现在可以吃了。"

任初用右手接了过来，左手想拿一下叉子，没能拿稳，掉了，他又试着自己去捡，又失败了。他叹了口气，用那种可怜巴巴的眼神看着卢晚晚。

卢晚晚感觉压力好大，她的良心似乎都开始痛了。她叹了口气，把任初手上的提拉米苏拿过来："我喂你！"

"辛苦了。"任初一脸正经地说。

卢晚晚喂了两口，问："味道如何？"

"还不错。"

"那你可以点确认收货了吗？"卢晚晚又笑着问他，微笑服务总不会错吧。

任初挑了下眉说："你刚才自己没有点吗？"

"我怎么知道你的解锁密码啊！"卢晚晚不满道。

"你竟然会不知道？"任初反问。

"该不会是我们两个人认识的什么纪念日吧，那也太土了吧？"卢晚晚这么说着，随手输入了他们两个人认识的日子，还是不对。

"6 个 1。"任初的嘴角微微上扬。

"为什么是 6 个 1？"卢晚晚边问边解锁，果然开了。

"因为我这个人从来都是第一名，不知道你们学习差的同学是什么感觉。"

真欠扁。卢晚晚腹诽道。

解锁后，他的手机屏保是一张静态的照片，看得出是偷拍，并且技术还不太好。自习室里，她趴在桌子上睡觉，口水流了不少，好囧。

"赶紧换掉。"卢晚晚说完点开了外卖软件，点了确认收货，顺便点了五星好评，以及 180 字的好评留言。

"为什么要换？"

"你侵犯我肖像权了。"

任初"哦"了一声，用满不在乎的口气说："让你那个丁同学给我发律师函。"

提起这个，她就生气，丁同学自从和任初的律师团打上交道以后，三天两头就劝她放下屠刀。她哪儿来的屠刀？任初怎么就成了受害者了？她的律师已然成功被别人洗脑，她这场官司还怎么打？

算了算了，退而求其次吧。

"你换一张好看的。"

任初果然换了一张，还是卢晚晚大学时候的照片，她戴着手套，正解剖人体内脏，浑身的血腥。这照片就连卢晚晚自己看了都觉得重口味，任初到底是有多大的勇气，要用这个做手机屏保。

"就没有一张正常的吗？"卢晚晚急了。

"那你自己换吧。"任初交出了自己的手机，"蜜桃气泡水，你给我带了吗？"

卢晚晚"嗯"了一声，从袋子里翻出来，给任初插上了吸管。

"怎么没加冰？"任初喝了一口，常温的，不太习惯。

"你是个病人不配喝加冰的。"卢晚晚毫不客气地说道。

她开始翻看任初的相册，两个分类，一个相册叫"工作"，一个相册叫"生活"。"工作"她没兴趣看，保不齐还有什么机密。"生活"那个她打开了，里面有上千张照片，无一不是她，却又都不太像她。

她睡着时候的样子，她抓狂时候的样子，她饥饿时候的样子，她的一千张面孔……

任初喝着气泡水说："不要太感动。"

卢晚晚隐忍着，肩膀一直在抖动，她的拳头慢慢地攥紧了，咬着牙说："任初，你这种技术，可不可以不要给我拍照了？"

任初不解。

卢晚晚随手一翻，拿到任初的面前："这龇牙咧嘴的样子，你就不能给我用个美颜吗？上千张的黑历史，我要删掉删掉！"

任初无法反抗，反正他有很多个云备份。他看卢晚晚咬牙切齿地删照片，卢晚晚反应怎么如此之大，三年没在一起，她脾气涨了不少。他不明白的是，照片拍得不好吗？范毅明明不止一次夸奖过他，难道范毅是骗他的？

全部删光了照片，卢晚晚才微微放下心来，这些黑历史绝对不能让任何人看见。然而，任初手机里已经没有能当屏保用的东西了。她对着自己带来的糕点外卖，拍了几张，然后又下载了一个修图软件，调了光，加了滤镜，再加上可爱的小道具，给任初做了七张屏保，可以一周都不重样，免得他再动拍照的心思。

"手机屏保给你弄好了，外卖也送到了，蛋糕也喂你吃了，气泡水也给你喝了，你的各项指标我都看了，全部正常，输液和打针今晚没有，也没有要检查的项目，作为病人你的入睡时间马上就到了。如果没有别的事情，我就回家啦。"

卢晚晚虽然是在询问，但是她已经提前把任初所有能找碴儿的借口都给画掉了，在医学方面，她还是有自信可以战胜他的。

卢晚晚背上自己的小包包，随时准备离开。她是一刻也不想和任初多待，免得他总套路她。

任初"嗯"了一声，若有所思地望了一眼窗外的天，春夏的夜晚，七点了天还没有黑透。

"那我走啦！"卢晚晚迈出了轻快的步伐，当她走到门口的时候，任初突然发出了痛苦的闷哼，她脚步一顿，回头问他，"你怎么了？"

任初摇了摇头，眉头紧蹙，额头上汗都流下来了，不像是装的，他说："腹痛。等我好了饶不了王昕羽。"

"想去洗手间吗？"卢晚晚问。

任初又"嗯"了一声："你走吧，天快黑了。"他说完自己挣扎着起身，单手不太方便，费了好半天的劲儿。

虽然明知道他有点夸张，手臂受伤又不是腿没了，用得着这么困难地起身吗，但是看他如此，她又有点于心不忍。她把背包放下，走过去："我扶你。"

"多谢。"

任初被卢晚晚扶到了卫生间，卢晚晚还没有离开的意思，任初问："你不出去吗？"

卢晚晚盯着任初的裤子看，是松紧带加抽绳的设计，她问："我要帮你脱裤子吗？"

任初吓了一跳，眼睛蓦地睁大了。

"你紧张什么，就把我当医护人员好了。"卢晚晚说着就要动手了，任初赶紧闪开，用力地推了她一把，卢晚晚直接被他推出了卫生间的大门，然后他落锁了。

卢晚晚陡然一愣，这身手，不像是个病人。

"半小时。"

"这么精准？"卢晚晚讶异，"别太久，会得痔疮的。我们的臀部坐在马桶上没有支撑力的……"

"可以了，卢晚晚。"

卢晚晚本来还想给他继续科普一下，却被任初强行打断了，她扁了扁嘴，嘟囔道："讳疾忌医可不好啊！"

等了十几分钟，卢晚晚觉得无聊，在外面玩手机，任初还是没有出来的迹象。任初的手机一直响个不停，不知道谁发来的信息，她抻着脖子喊了一声："你要手机吗？我从门缝丢给你。"

"不要，全是工作不想理。"

"那你在里面不无聊吗？"

"你给我找本书看吧。"

卢晚晚回了句"好"，然后翻了翻自己的背包，只有一本顾念的习题册，她顺着门缝塞了进去："凑合看吧。"

没过两分钟，任初在里面说："卢晚晚，还是给我手机好了。"

卢晚晚笑了笑，拿着任初的手机，从门缝下面滑了进去，幸好这门缝够大。任初把顾念的习题册扔出来，说："错了好几道，我都折上痕迹了，顾念这个学习成绩，确定能上小学吗？他的功课都是安嘉先辅导的吗？安嘉先到底是怎么骗到保送名额的？"

卢晚晚："……"

学神对学霸的鄙视。

"你叫顾念过来，我亲自辅导。"任初又说。

卢晚晚嘴角上扬，发出了一声阴阳怪气的笑来。任初真是太天真了，他不知现在小孩子到底有多难辅导。卢晚晚想起他们家楼上那个嗓子都哑了的家长，觉得任初也离这个不远了。

"好啊。"卢晚晚愉快地答应了。

精准的半小时，任初出来了。

"那我走啦，你好好休息吧。"卢晚晚再一次拿上背包准备离开。

任初往窗外看了一眼说："马上要下雨了。"

"你怎么知道，你会看星象了已经？"

"有个东西叫天气预报你不知道吗？说了晚上八点半下雨。"

卢晚晚一看正好八点半，她瞬间就来气了，问任初："那你强行留我这半个小时是为了求雨？"

任初露出了十分无辜的表情，说："我没有留你啊，我也在奇怪你怎么一直没走。"

卢晚晚又吃了个哑巴亏，仔细回想起来，他说的半小时是他需要半小时，并没有说让她等半个小时。真是阴险啊，任初已经开始玩文字游戏了。

"我打车回去好了。"

"我陪你等车。"

住院部和门诊楼有一条长长的玻璃走廊，走廊外面就是花园，天气好的时候也是个不错的风景。走廊的侧门是离医院大门最近的地方，卢晚晚和任初就站在走廊上，等待着司机接单。

雨顷刻而至，拍打在玻璃走廊上，噼里啪啦的声响。卢晚晚喜欢听雨，莫名让人安宁，雨天很难叫车，她突然也不太急了，和任初一起坐在走廊的长椅上，椅子上铺着任初的外套，也不觉得凉。

卢晚晚等得累了，就靠在任初的肩膀上，他们已经许久都没有这么安静地坐在一起了。即便是没有话语，也不觉得尴尬，只有雨声，恰到好处。

"这几年你过得好吗？"任初忽然问。

"挺好的。"

"为什么没做医生？"

"不想做医生，太辛苦了。"卢晚晚笑了下。

"你从来也不是害怕辛苦的人，到底是什么原因？你的手为什么抖？"

　　卢晚晚脸上的笑容消失了，不肯承认："谁手抖啦？"

　　任初扳正了卢晚晚的身体，看着她的眼睛说："今天你给我送的外卖，有一块抹茶蛋糕，抹茶粉不均匀，证明你在筛粉的时候，手不稳。我猜测你没有做医生也是因为手不稳吧，到底出了什么事？"

　　"你最近是迷上福尔摩斯了吗？想做侦探啊？"卢晚晚故作轻松地说道。她吐了吐舌头，挣脱了任初的右手。她站起身，走到玻璃门前，拉开了玻璃门，伸手去接雨水，暴雨不光打在了她的掌心，也打在了她的身上，忽然之间，她感觉到有一股暖流涌出。

　　"晚晚，先别走了，跟我回病房。"任初快步走到卢晚晚的身后，将外套裹在了她的腰上，单手打了个结。

　　卢晚晚瞬间睁大了眼睛说："不会吧？"

　　任初点了下头。

　　卢晚晚的脸噌地红了，她想找个地缝钻进去，她今天穿的可是白裤子。

　　回到病房，卢晚晚一个人钻进了卫生间。她的裤子上，任初的外套上，都染上了血迹，卢晚晚头都大了，怎么会在这个时候亲戚到访呢？她在水池边清洗裤子上的痕迹，原本小小的一块被她越洗越大，为什么会洗不掉？

　　"卢晚晚你开门。"任初在门口叫她。

　　"我不，我拉肚子，你别进来。"卢晚晚红着脸说。

　　"你害羞了？"

　　"谁害羞啦！这是人之常情！"

"那你为什么不开门？"

"我都说了我拉肚子。"卢晚晚努力搓着她的白裤子，可就是没有洗干净的趋势。

"可是里面没有厕纸，你不要厕纸吗？"任初说道。

卢晚晚瞥了一眼，的确是没有厕纸了，她刚才用了自己唯一的半包纸巾，这肯定是不够的。她装模作样地按了下马桶冲水，给任初开了一条门缝。任初伸进来一个袋子，她接过来，又迅速关上了门。

里面有一条干净的病号服裤子，还有一包抽纸，以及一包卫生棉。卢晚晚微微一愣，他怎么还准备了这个？

卢晚晚放弃了继续洗裤子，换好了新的裤子和卫生棉，扭捏了一会儿才出来。她低着头，眼睛四处飘，就是不太敢看任初。

"过来喝了。"任初床头的小柜子上放个养生壶，里面煮了红糖姜茶，还放了枸杞。任初倒了一杯。

卢晚晚诧异了："你这是……"

"下午让王昕羽去买的，我记得你亲戚是这几天来。赶紧喝了，医院不让用这个。"任初吹了吹茶杯，试了一下不烫，这才放到卢晚晚的手里。

"谢谢。"卢晚晚不知该说什么好，紧紧地握着杯子。

"你不会还想要钻进杯子里吧？"

"才没有。"

"你在我面前，不需要不好意思，我又不是没见过你出糗。"

"我什么时候出糗啦？"卢晚晚撇撇嘴，这句话说得明显底气不足。她其实出过很多糗，比如在大庭广众之下被梁夏砸蛋糕，比如因为走神回答不出教授提出的问题，再比如她被人诬陷损坏了公物。好像这种种事情发生的时候，任初都刚好在，都刚好帮她解决掉了，让她不至于被人看笑话。她是从什么时候开始养成了依赖他的习惯？

任初"嗯"了一声，带着三分笑意说："你没有，我们晚晚最厉害了。"

卢晚晚想纠正他，不是我们，但是这话到嘴边，她一下子不知道该用什么样的称呼来划分，她一个理科生，咬文嚼字实在不擅长，于是她张了张嘴，最后决定放弃挣扎。

"你肚子疼吗？"

"不疼。"

"躺一会儿吧，等雨停了，让安嘉先送你回去。"

卢晚晚一挑眉，这好像是任初第一次如此平静地提起安嘉先，他以前可都是不让他们接触的。

任初大概是猜到了卢晚晚在想什么，于是说："他比一般的黑车司机靠谱一点。"

卢晚晚啧啧两声，任初对安嘉先的评价，总是能屡创新低。

"你到底为什么讨厌安嘉先？他可是你的主治医生，加班给你做的手术。"卢晚晚发出了自己的疑问。

"有这么明显吗？"

卢晚晚点点头："你就差写在脸上了。"

任初仔细回忆了一下，和安嘉先有关的事情，全都是不太好的回忆，然后说："那我以后尽量含蓄一点，你躺会儿吧。"

"我去沙发坐一下好了，你是病人，我不和你抢病床。"卢晚晚拒绝了任初，在沙发上靠着。VIP 病房的沙发挺舒服，卢晚晚靠了一会儿就觉得困了，缩在上面睡着了。

任初将她的腿抬上来，脱了鞋子，让她舒服地躺在沙发上，温热的手掌覆盖在她的小腹上，是凉的，他皱了皱眉，肚子怎么会不疼。

卢晚晚还真的有一点不太舒服，小腹胀痛，所以她一直缩着，到后来才觉得好了一些，睡得比较踏实了。她迷迷糊糊醒来的时候，听到任初好像在卫生间打电话，声音很小。

"你醒了，雨停了，你要回去吗？现在十一点。"任初问。

卢晚晚眯着眼睛，借着病房里昏暗的光线看到，任初手上的手机好像是自己的，她指了指："你接了我的电话？"

"你妈妈打过来的，我说你睡着了。怎么了？"任初一脸坦然。

卢晚晚扶额，你说怎么了，孤男寡女，三更半夜，她妈妈肯定又误会了。一波未平一波又起，她的绯闻永无止境，她感觉到心好累。

任初把手机还给她，还问："你怎么了？"

"我要回家。"卢晚晚穿上鞋子，又给安嘉先打了电话。

"下班没？顺路捎我一下。我去车库找你吧。"

"我送你。"任初说。

"不用了，这医院我很熟悉。"她考了好几次都没考进来呢。卢晚晚收拾整齐，提醒了一下任初，"蛋糕吃不完会坏掉的。"

"我等下会吃完。"

"你下次能点你附近的外卖吗？"

"我如果不点你的外卖，就看不到你了。"

任初说这话的时候，卢晚晚有点愧疚了，她一直没来吗？虽然他是任初，但也是她的救命恩人，不来看他还真有点不像话。

卢晚晚想了一个绝妙的借口，来替自己洗脱忘恩负义的嫌疑，她说："店里很忙，我打算改变一下经营模式，把店做大做强。"

"方案拿给我看一下。"

"什么？"卢晚晚有点蒙。

"不是要改变经营模式？你不先做一下市场预估，直接改吗？是亏钱亏得少了？"

"呃……正在做呢。"卢晚晚只能继续撒谎了，按照一般人的脑回路，听到她这么说，也就是祝贺或者恭喜一下，哪想到还有任初这样的，还非问你要个方案看看。

"我是不是可以理解为，你的进度小于等于零？"

卢晚晚哼哼唧唧了好几声，最后点了点头。

"想继续开店？"

卢晚晚点了下头，不然呢？

"想赚钱吗？"

卢晚晚接着点头，她开店又不是为了做慈善，当然要赚钱啦！

"明天下午来找我，我给你做一个方案。"

卢晚晚惊了："明天下午就能做出来？你不需要先进行市场调查吗？不需要我给你提供一点我店里的数据吗？"

任初笑了笑说："你那点数据可以忽略不计，况且，我觉得我应该比你更加了解你店铺的销售情况。"

卢晚晚翻了个白眼："我妈不会也是你的卧底了吧？"

任初"扑哧"一声笑了，戳了戳她的脑门说："你有被害妄想症吗？"

卢晚晚揉了揉额头："我走啦！"

"等等。"任初把一直热着的电热暖水袋拿来，递给卢晚晚，"抱怀里，路上小心。"

"嗯！"卢晚晚抱着暖水袋，转身正准备跑。

任初又拉住了她。

卢晚晚不解，回头看了看他："还有事？"

"裤子太长了。"任初蹲下，单手给她挽裤脚。

卢晚晚的脸瞬间又红了，她等任初弄好了裤腿，说了句我走了，就头也不回地跑了。

安嘉先提前下班，在车库里等着卢晚晚，见她跑过来，下车招了招手："你中奖了，干吗一直笑？"

卢晚晚抹了一把自己的脸问："我有吗？"

安嘉先点了点头："有开心的事情？"

卢晚晚脑海里全都是任初微笑的样子，她赶紧用力地摇了摇头说："没有！快走吧，回家。"

任初真是个洗脑的高手，他不过几句话，就让卢晚晚相信他有让企业起死回生的魔力了。

第二天下午一点，卢晚晚准时踏入了任初的病房。因为是求人，她还象征性地带了礼物来，放在任初面前的小桌板上，露出了一个笑容。

任初正气定神闲地输液，瞥了一眼卢晚晚带来的蛋糕，是熔岩巧克力，他非常喜欢。任初的嘴角慢慢上扬："方案给你写好了，在电脑里。密码和手机一样。"

卢晚晚怀着激动的心情打开了任初的电脑，本以为他是随便说说，却没想到他写了一个几千字的方案出来，各项市场数据都罗列了出来。知道她对金融方面不太懂，所以任初写得非常通俗易懂，她不禁惊叹了起来："你单手都能打这么多字呀？"

任初下巴一扬，卢晚晚看见桌子上还有个麦克风，只听任初说："语音录入。"

卢晚晚干笑了几声。

"我会给你派两个人，按照这个方案执行，你的店两个月就可以开始盈利。你不能走低端快餐，你需要成为一家高端甜品店。"

卢晚晚若有所思："但是你这个方案，要改造装修，还得网络营销，我……"她没钱啊！

"我有钱。"

"我不要你的钱。"

"我的意思是我投资你的店，不是无偿的。投资比例换算成股份，你要按照股份给我分红，我会要求你每年的盈利是多少，要签合同。"任初顿了顿又说，"这次的合同你不放心的话，让你那个丁同学帮你看一下。"

卢晚晚还有所犹豫，合伙做生意的话，那就还要继续有所牵连。

任初敲了敲桌子说："我如果是你的话，会答应，因为你真的欠我很多钱，我可以以任何方式来向你讨债。当然，我会给你一个考虑的时间，人情归人情，生意归生意，我向来公私分明。"

卢晚晚认真地想了一下说："好吧，我相信你。"

很久以后，卢晚晚才知道，任初说过最大的谎话之一就是，我公私分明。

任初的这一次意外导致公司损失了一笔不小的生意，所以他在医院休养了半个月后，强行出院，打着石膏回到公司上班。他的公司还在起步阶段，经受不了太多的折腾。任初开始了每天加班的日子，他也没有忘记自己的承诺，跟卢晚晚重新签署了一份新的投资合同。

改造计划正在顺利地执行，任初派来的人十分能干，其中一位就是赵冉这个卧底。她每次见到卢晚晚都十分心虚，给卢晚晚买了不少零食乞求原谅。卢晚晚是个吃人嘴短，拿人手软的主儿，久而久之也就原谅了她。

关于任初公司损失这件事，卢晚晚是听顾桥说的，她很是不安，心有愧疚，想着如何补偿一下任初这位救命恩人。所以她恢复了给任初公司送下午茶这项业务，并且打了个对折。

"土昕羽跑了。"任初一边喝卢晚晚的特制奶茶，一边叹着气说。

卢晚晚没太理解跑了的意思。

"最近打车有点难，前天挤地铁还挤到了手，晚上加班回不去，只好睡在公司里。"任初说完还十分无奈地叹了口气，似乎对影舟的交通已经绝望了。

卢晚晚的愧疚被他哀怨的神色给点燃了，责任感当即爆发："我接送你上下班。"

"那你开我的车。"任初交出了钥匙。

卢晚晚拿着这串价值两百万的车钥匙，内心一阵忐忑。

"别怕，你又不是没开过我的车，撞就撞了。"任初安慰道。

但是卢晚晚一点也没感觉到安慰，她反而觉得压力更大了。

当天晚上，卢晚晚把任初的车开回家，顺便还被告知地库里有个车位。卢晚晚感到相当不可思议，因为安嘉先买车的时候，物业说小区没有车位了。任初到底是什么操作，还在她这个小区买了个车位。

不管怎么说，卢晚晚当上了专车司机。每天开着车去公寓接任初，然后送他去公司，再回店里，晚上照例开车接他下班。

王昕羽走了，孟西白当然也不会留下，卢晚晚对他这种不负责任的行为十分唾弃。直到王昕羽哭着告诉卢晚晚，表哥如何不是人的时候，她才明白过来，任初那句王昕羽跑了是什么意思。王昕羽照顾任初那几天，天不亮就要起来，跑半个城市给任初买早点，然后开着车送他去上班，还要在路上听任初对她惨无人道的车技唾弃。纵然王昕羽是个脸皮厚的，也经受不了这样的折磨，所以她带着孟西白一起跑了。

"晚晚，听说现在是你照顾他了，你受苦了，我哥这个人现在有点变态了，你要是实在忍不了，就给他找个钟点工算了。"王昕羽善良地提醒，她想了想又补充说，"钟点工的钱我来出，毕竟他还是我的亲人。"

"晚晚，辣条没有了，煎饼里放烤肠可以吗？"任初敲了敲车窗说。

卢晚晚比了一个嘘的手势，然后点了点头。

王昕羽一听就开始叹气了："他之前就是这么折磨我的，让我给他买煎饼，有时候不要薄脆，有时候不要香菜，有时候不要辣椒，每天要求都不一样，现在是不要辣条了吗？"

卢晚晚："……"

"不对啊！"王昕羽细细思量，"刚才那个低声下气的是我表哥吗？他要给你买煎饼？他怎么不给我买呢？我要跟任初好好谈谈！"

"你听错了。"为了避免出现家庭矛盾，卢晚晚赶紧挂断了电话。

伤筋动骨一百天，在夏天快要过去的时候，任初的胳膊终于好了。卢晚晚的车技得到了质的提升，无论是倒车入库，还是侧后方停车，她都没有问题，再也不用担心剐蹭了。

"我们的店"重新修整过后再次开业，因为做了不少网络营销，也摇身一变成了一家网红店，原来成本价 20 块售价也 20 块的奶茶，终于翻身变成了 28 块，所有的产品都开始盈利了。任初说得没错，她这家店，要走高端小资一点的路线。

卢晚晚生日的这一天，她赚到了第一个五万块钱。转账两万到任初的账户上，是她当初撞了他的车，赔偿的修车费。她又给任初转了两万的分红，剩下的一万支付了店员工资，她等于白干。

顾桥劝她："欠的钱早晚要还的，从下个月开始你就真的赚钱啦，别急。"

卢晚晚更加丧了："你不知道，还有房租没交呢，我那个店的房东，可能是做慈善的。中介小哥跟我说，让我先欠着，已经好几个月了。我打钱也打不进去，好奇怪啊。"

"你要不要查查这房东到底是谁？我二姑父是警察，要不要问问？"顾桥也觉得奇怪，现在想来，当初租这个店铺也太顺利了。

"我有点害怕……"卢晚晚心里有个想法隐隐开始发芽。

"我大概能猜到。"顾桥深呼吸了一口气说，"这个外国房东要也是任初的人的话，那他就有点太可怕了，好大的一盘棋啊。"

卢晚晚怕的正是这个，任初到底还做了多少她不知道的事情？

卢晚晚找出当初的租赁合同仔细研究了一下，外国房东的紧急联系人是一个座机，区号是浅岛市。

"我去一趟浅岛。"卢晚晚说。

"我帮你看店。"

卢晚晚"嗯"了一声，伸出一只手来。

"干吗？"

"路费。"

"你这么穷了吗？"

"你说的，我下个月就开始赚钱了，别急。"

顾桥骂了句脏话，然后给卢晚晚转了五千块钱："穷家富路，记得还我！"

一　盘　棋　局

　　7 月末的浅岛市，热得让人开始怀疑人生，但是仍然有络绎不绝的人来浅岛旅游。浅岛的老城区这几年旅游业一下子火了起来，充满着人文情怀。

　　连接新城区和老城区的那条立交桥，因为架在海上，能够看到太阳从海平面升起和降落，俨然已经成了一个网红打卡地点。有许多情侣慕名而来，在这条路上，看着日升月落，看着天边红霞。

　　卢晚晚对这条路的印象，还停留在几年前任初骗她一起去买椅子，他们回学校的时候车堵在这里一个下午。她那个时候没觉得这里有多么美，现在这条路限速 40 迈，人山人海了以后，她才觉得这里很美。那个

时候怎么就没跟任初多看看呢？

下了网红桥，就是Z大的东门。现如今的Z大也脱去了高冷的外衣，成了一个著名的景点，对游客开放了。本校师生凭借证件可以走内部通道，其他人只能凭借身份证入园参观，并且还限时了。

卢晚晚已经毕业了，因此也只能走游客通道。她在队尾排着，跟顾桥汇报自己的行程。当顾桥听说她在Z大门口排队的时候，忍不住就骂了脏话："你是去旅游的吗？还跑去打卡了？店和顾念都扔给我了，你好意思吗？赶紧去办正事啊！"

卢晚晚万般无奈，谁让路费是顾桥给的，她只能忍气吞声说："知道了，我在办呢。"

刚好排队到卢晚晚了，她被保安拦住了，通道缓缓地关上了。卢晚晚不明所以，指了指里面。保安摆了摆手说："客流量已经到最大了，不能再接待了，请明天再来吧。"

"我等下跟你说。"卢晚晚挂断了电话，她跟保安解释，"我就看一眼，很快出来。"

保安摇了摇头说："规定就是这样的，人太多了，场面控制不住，明天再来也是一样的，下次可以提前网上预约，走那边的通道。"

卢晚晚扭头看了一眼，果然还有一条快速通道。她是临时起意，并没有做准备。卢晚晚见保安没有通融的意思，又望了一眼母校，准备离开了。

"卢晚晚？"忽然有人叫了她的名字。

卢晚晚扭头寻找声音来源，一个戴着工作证的男生走过来，额头带着微微的汗珠，他走近了，笑了笑说："果然是你，我还以为看错了呢！"

"你是？"卢晚晚在脑海里搜寻这张脸的线索，好像见过，又好像没见过。

"我以前学生会的，跟着范毅会长，管理社团这块的，你后来几次报备，我都在。你要进学校看看吗？"男生问。

卢晚晚点点头，同时无奈地摊手说："可惜今天人满了。"

"没事。"男生去找了保安说，"她是 Z 大毕业的，我认识她。"

保安摇了摇头说："不行，内部通道只能是在职在校的。"

男生赔着笑说："大哥你通融一下吧，范毅老师也认识她。"

范毅考上了 Z 大的博士，这些年来一直为学生会服务，所以在学校也是个名人。保安看了看卢晚晚还是摇头，说："规定就是规定，范毅认识她也不能证明她的身份。"

卢晚晚颇为尴尬，回母校还这么难，她跟男生说："算了，我以后有机会再来吧。"

男生也是个非常执拗的人，他又跟保安说了许多好话，可保安就是不肯放行。看着男生跟保安争论得面红耳赤，卢晚晚实在不好意思，好几次尝试着要打断他们，她不进去了还不行吗？

"我可以给她证明，她是我女友。"

不知何时，有人站在了她的左边，胳膊搭在了她的肩膀上，卢晚晚抬头看见任初精致的下巴，他歪了下头，冲她一笑。

他怎么会来？

保安在看见任初以后，180 度大转弯，原本黝黑的脸上也有了笑容，他快速打开了通道,笑着说"原来是任初学长的女友啊,那肯定是自己人,快请进吧。"

卢晚晚小声嘀咕了一句:"是前女友。"

然而,根本没人听到。她真是万万没想到,回母校还是靠和任初的关系。已经毕业许久的人,怎么还如此有威信?

进了Z大的校门,任初把放在卢晚晚肩膀上的手拿开了。

男生很客气地问:"二位前辈,要不要我带你们转转? Z大现在翻新了不少地方。"

卢晚晚摇摇头说:"我随便看看吧,谢谢你了。"

"那行,有困难就给我们会长打电话,他在校门口不行,在校内肯定管用!我先走啦!"

卢晚晚点点头,和男生告别。任初始终是淡淡的表情,目光一直落在卢晚晚的身上,其他什么人来,什么人走,都和他毫无关系。

"你怎么来的?"卢晚晚问。

"开车来的。"任初说。

卢晚晚"哦"了一声:"所以胳膊好了?那以后不需要我给你当司机了吧?"

任初:"……"是他变笨了,还是卢晚晚变聪明了?简单的一个问题,竟然还有陷阱。

"你来Z大做什么?"卢晚晚又问了句。

"随便看看。"任初回答道。

"我也是,那各自随便看看吧。"卢晚晚把重音放在了各自上,暗示任初别跟着自己。

"我去体育馆、男寝、教学楼、实验室、科技楼、综合楼,你别跟着我。"任初飞快地说出了一连串的地方,说完直接就走了。

卢晚晚瞠目结舌,这个学校,还有他没说的地方吗?她仿佛也就只能去女寝和公厕了,不然就都是尾随任初,被他看见,还不一定要怎么编排呢。

她其实没什么目的性,就随便看看,走到女生宿舍楼下,如今已经重新翻修,淡黄色的小洋楼,比之前气派了不少。宿管阿姨还是以前的那个,这是她回学校以后见到的第一个真正意义上的熟人,卢晚晚快走了几步,站在门外的铁栅栏外喊了一声:"阿姨,是我呀!"

宿管阿姨正和什么人讨论事情,等卢晚晚看清楚那人的脸以后,想走已经来不及了。

是范毅。

"哎哟,卢晚晚!"范毅跟宿管阿姨道了个别,小跑着出来了。

"你怎么在女寝?"卢晚晚见面第一句如此问。

范毅"啧"了一声:"说什么呢,我这是视察工作。"

"工作都做到女寝来了?宋荣荣知道吗?"卢晚晚故意逗他。

范毅果然紧张起来,汗毛都要竖起来了,他赶紧说:"你可别瞎说啊,我们明天去领证,你别给我搅和了!"

卢晚晚笑了笑:"恭喜修成正果,看来明天是个黄道吉日。"

"没查日子,荣荣就明天休息半天,赶紧去把证领了,医院新来好几个年轻男护士。"范毅一脸担忧,"你们那届,我觉得没几个长得好看的啊！现在怎么这么多好看的，诱惑太大了太大了！"

卢晚晚张了张嘴，心里老大不愿意，他们那届明明好看的人特别多，还出了个校草安嘉先呢！但是，她也不想跟范毅掰扯这个问题，范毅以前可还是校辩论队的，于是她换了个话题说："学校现在已经是景点啦，我进来还费了好大劲儿。"

"那你没提我吗？"

卢晚晚心说，我提你不管用啊！但是不能打脸，她只好说："就是提你才进来的。"

范毅嘿嘿一笑："我在学校这点威信还是有的。到饭点了，走，学长请你吃饭！"

Z大是有两个食堂的，卢晚晚怎么也没想到，范毅带她来的是人多混杂的大食堂。他们端着餐盘找了好久的位置，范毅不好意思地笑了笑说："学长我还是个穷学生，见谅啊！"

食堂里做饭的人还是那几个，总觉得大学的那个时候更好吃一点，心心念念了这么许久，真的吃到嘴里以后却觉得，或许一直念念不忘的，并不是这些食物。

范毅现在在学校里仍然是个红人，路过的学生都会停下脚步跟范毅打个招呼，称呼从以前的学长，变成了老师。

"当老师的感觉好吗？"卢晚晚问范毅。

"还行吧，熊孩子比较多。我可在临床系陪读好几年，什么血雨腥风没见过，对付几个毛孩子，不成问题。"范毅一边说，一边夹走卢晚晚餐盘里没动过的排骨，摇着头说，"就这个菜贵，你还不吃，浪费了浪费了啊！"

卢晚晚惊呼了一声："我吃啊！"

范毅嘿嘿一笑，最后一口排骨也没了。卢晚晚气笑了："我要给宋荣荣打电话了啊！"

范毅突然正色皱眉："怎么还告家长呢？"

"吧嗒"一声，卢晚晚的面前多了一个餐盘，四份全都是红烧排骨。

"吃吧，为个排骨也能打起来，丢不丢人？"任初说道。

"任初，你怎么来了？"范毅激动万分，抓着任初的手臂，左看看右看看，"我的小乖乖，要不要抱一下？"

"恶不恶心？"任初笑骂，却还是拥抱了范毅。这个大学几年都混迹在一起的人，是他最亲密的兄弟。

"什么时候来的？"范毅问。

"就你抢她红烧排骨的时候。"任初说。

范毅啧啧两声，放开了任初："欺负你老婆，不高兴了？"

"我不是他老婆！"卢晚晚大声反驳。

原本人声嘈杂的食堂突然安静了，路过的学生驻足，盯着他们看。

卢晚晚用余光瞥见了这些学弟学妹八卦的眼神，想死的心都有了。

只听任初淡淡地"嗯"了一声说："还没领证。"

"是前女友！你不要说得这么模糊啊，大家会误会的。"卢晚晚进一步解释道。

任初一脸坦然说："所以我说了没领证啊，难道我们领证了吗？"

卢晚晚："……"

历史总是惊人的相似，伶牙俐齿的她一遇上任初就变得像个弱智。卢晚晚有点唾弃这样的自己，到底什么时候才能变强？

"那好像是任初学长……"人群里有人说了一句，然后大家一窝蜂围上来，女生们尖叫着看任初，大喊着好帅好帅。任初就像一个明星一样，享受着大家的目光，他以前打比赛的时候，可少不了这些待遇，还有自己的粉丝后援会。

任初端着，派头和以前差不多。

卢晚晚一撇嘴，有什么了不起的呢？

"那好像是临床系唯一一个校花……"

"对对对，叫卢晚晚，我们学姐。"

"听说费了好大力气才把任初学长追到手的，真厉害！"

议论的声音越来越大，卢晚晚隐忍着，这些人能不能别把她当空气！

"说错了。"任初忽然打断大家的猜测，"是我追的她，费了好大力气。我记得以前澄清过了，以后不要再乱传了。后来她把我给甩了，这个之前没有说过。好了，大家去吃饭吧。"

在学弟学妹们的惊叹和错愕声里，任初在旁边的桌子坐下了，安安静静地开始吃饭。范毅"啧"了一声："你到底是什么身份？用餐时间座位紧张，还有人给你让座？"

任初喝了一口汤，慢条斯理地说："学习好的恶霸啊，怎么你不知道？"

范毅翻了个白眼，打从心眼里鄙视："恶霸你赶紧坐过来，别单独占着一张桌子。"

任初一抬眼说："避嫌，我劝你也避嫌，马上要领证的人了。"

范毅看了看任初，又看了看卢晚晚，思考了一秒钟，然后果断端着餐盘坐到了任初的对面。

卢晚晚宛如堕入云雾中，她这是被挤对了吗？

"婚礼什么时候办？"任初问范毅。

"过阵子吧，没订到酒店，现在结婚的人忒多了。"范毅一摊手，相当无奈。

"我帮你订，你选个日子。"

范毅一边搓着手一边说："那怎么好意思……下个月7号吧，我俩恋爱三周年。"

这明显早就想好了日子，任初笑了笑说："行，缺伴郎吗？"

"你不行，长太帅了，抢我风头。你坐家长那桌吧。"范毅嘿嘿一笑，扭头冲卢晚晚说，"婚礼你得来哦，让荣荣邀请你，算娘家人。"

卢晚晚比了一个"OK"的手势："我走啦，你们慢慢聊。"

她站起身，夹了一块任初给的红烧排骨，叼在嘴里，好像只有这个还是以前的味道。她心满意足，收好餐盘离开了食堂。

学校南门的商业街，有了翻天覆地的变化，原本的小店都重新装修了，一个比一个气派，乍一看还以为是国外的小镇。第一间的店铺有些格格不入，门面和橱窗都有些陈旧，里面空荡荡的，什么商品都没有放，占据着最好的地理位置，空着总有些浪费。卢晚晚站在橱窗前，看着里面过时的烘焙设备。

这是她以前的店，大学时代的工作室，任初买下了这里，没想到这么久过去了，它还在这里。虽然很旧，却很干净，似乎经常打扫的样子。卢晚晚在门口徘徊着，她没有钥匙，无法进去。

柜台上似乎有一部电话？

卢晚晚以为自己看错了，她趴在玻璃上努力看，果然是一部座机。她心中惴惴不安，拨通了外国房东紧急联系人的座机号码，几秒钟之后，柜台上那部电话响了。

她挂断了电话，又重新打了一遍，里面的电话又响了。她难以置信，这店是谁的不用说也知道，那个外国房东是谁自然也不言而喻。她后退了几步，险些从台阶上失足。

"小心！"任初及时赶到，抱住了失去平衡的卢晚晚。

"啊！"卢晚晚尖叫了一声。

"是我，晚晚别怕……"任初轻声安抚着卢晚晚。

卢晚晚从他怀里挣扎出来，警惕地看着眼前的这个人，她觉得熟悉又陌生。原来从一开始就是一盘棋局，她就是一枚遵循他安排前进的棋子。

"对不起，吓到了你，你的房东是我。"

"你到底想要干什么？"卢晚晚声嘶力竭地喊道，引来了行人的注目。任初低着头，像一个做错事的孩子，等待着大人的批评。

"起初只是想要看看你，看看你过得好不好，想用尽一切办法看你，一不留神，我已经离你这么近了。我应该早一点告诉你，但是我怕你知道了以后彻底离开我……"

"你到底还做了多少事？该不会那个中介带我去买的二手设备，也是你准备的吧？"卢晚晚早就觉得那个中介小哥可疑，开的那辆辉腾说不准就是任初的。怎么会那么巧，就有一套设备给她，价格低廉，厂家还保修。现在想来，是他安排好的。

　　任初并没有否认，仍然低着头说："我只是想帮你而已。"

　　"你觉得那是在帮我吗？你假装房东租我店铺，又买我的房子给我钱去租那个店铺。你还假装我的客人，买我的东西，你甚至还派遣员工来当我的店员……我活在你营造的假象里以为自己真的很厉害，可以创业了。任初，你到底把我当成什么人？你凭什么觉得你这都是在帮我？你永远都是这样，以为我好的名义把我当个提线木偶。过去是这样，现在还是这样，我早就受够了被你算计，你不是问我分手的另一个版本吗？我现在就告诉你！我受够你了，我想要走自己的人生，请你离我远一点！"卢晚晚用尽了全部的力气，朝着任初发出了满腔的怒火。

　　从今天开始，她要两条轨道再无交叉。她恨任初的这些安排，也恨自己的贪婪。她不是没有猜测过这些可能性，只是她不敢去确认，她在任初给的舒适圈里，似乎慢慢习惯了，她不得不说，发展到如此地步，她要承担一半的责任。

　　"原来……是这样吗？"任初低垂着双眸，眼睑投下了一片阴影，他咬了咬嘴唇，这是他以前几乎没有过的酸楚模样。

　　"是，所以，让我走吧。"卢晚晚坚定地说。她后退，转身，不留情面。

　　任初突然从后面抱住了卢晚晚的腰，头埋在她的肩窝，哑着嗓子说："求你了。我得了病，你是我唯一的医生。救救我可以吗？我们重新开始。"

滚烫的泪顺着她的脖子，往衣服里钻，跟随着她的骨血一路蔓延，涌进了她的心里。卢晚晚的整个心脏都开始颤抖，她没有说谎，离开任初还有一个原因的确是他安排了她所有的未来，让她在甜蜜之余觉得星光暗淡了，前途是一条可以看清终点的路。

"放开我，我也求你了。"卢晚晚掰着任初的手指，一点点从他的怀里挣脱。

别回头，别难过，别再想了，你可以的。卢晚晚告诫着自己，渐渐地离开了任初的视线。

卢晚晚找了间酒店，睡得昏天暗地，最后是被宋荣荣的电话吵醒的。

"顾桥告诉的我你电话，你这个死丫头，人间蒸发了这么久！现在通知你三件事，第一，7号滚过来参加我的婚礼；第二，你是伴娘；第三，我要表演个节目，你给我想想！"

卢晚晚跑回影舟以后，和所有人都断了联系，更换了包括家庭电话在内的所有联系方式，宋荣荣自然也没有再联系过。面对宋荣荣的咆哮，她是有点愧疚的，满口答应："都没问题！地址你发给我。"

宋荣荣那边有人在喊："快来拍照片了，二位新人还领不领证了啊！"

"来了！马上！"宋荣荣又对卢晚晚说，"你家地址发给我，伴娘礼服我给你寄过去。不说了，我拍照去了哈，你要是敢骗我的话，天涯海角，乱棍打死！"

说完宋荣荣挂了电话，卢晚晚感觉到一阵恶寒，这个威胁还有点押韵。

影舟汽车站，顾桥和安嘉先正朝她挥手。安嘉先把卢晚晚的行李拎上了车，顾桥盯着卢晚晚，用眼神来询问她结果。卢晚晚点了下头说："工作室的座机电话，学校南门那个。"

"乖乖……那你吓一跳吧？"顾桥安慰着卢晚晚。

"还好。我已经摆平了。"卢晚晚故作轻松地笑了笑。

顾桥一撇嘴："吹吧你就。"她说完伸出手来，卢晚晚不明所以："你干吗？"

"装蒜啊？你就走两天，我那五千块钱的路费，没花光赶紧还给我啊！"顾桥急吼吼地说。

卢晚晚"哦"了一声说："还剩三千。"

"拿来。"

"宋荣荣下个月7号结婚，正好给她当礼金了。咱俩一人一千五。"卢晚晚嘿嘿一笑，安排得明明白白。

顾桥吃了个哑巴亏："还有这种操作？你跟谁学的？"

"任初呗，近墨者黑。"安嘉先说了句。

顾桥给他使了个眼色："你哪壶不开提哪壶呢？"

安嘉先打了左转灯，慢条斯理地说："无论我提不提，那个人都在她心里。病痛始终都在，不能因为手术过于凶险就假装自己的病好了。卢晚晚你好歹也是临床系毕业的，想不通？"

"别添堵。"顾桥白了安嘉先一眼，又摸着卢晚晚的头说，"鸵鸟晚快藏起来哦。"

卢晚晚被说得哑口无言，安嘉先还没打算放过她，又紧接着问："你们两个到底为什么分手，现在能告诉我们了吗？否则我就把你扔在路边上。"

"因为他妈。"

安嘉先和顾桥皆是一愣，异口同声地说："这么狗血吗？"

"给你钱让你离开任初？你拿钱走人了？"顾桥看小说看得少，能想到的也就是这种剧情了。

卢晚晚摇了摇头说："我不是那样的人。"

顾桥拍了拍胸口说："还好还好，不然我可真承受不了。"

"我问她要了一笔订单，她给了。"卢晚晚垂下了双眸，讽刺地笑了。

四年前，浅岛市的夏天迟迟未过去，仍旧炎热。

卢晚晚升入大四，临床系的书仿佛永远都看不完，她每天除了背书就是实操课，学医这条路前路漫漫，任重而道远。校门口那间工作室也有一阵子没有去了，社团的活动更多的交给了副会长，一位外语系的学妹。

考过第一之后，不会想要再做第二名。这是任初跟卢晚晚说的，所以她每天都足够努力，和宋荣荣还有安嘉先争夺名次，也算苦中作乐。

任初还是那么传奇，两年时间，读完了研究生所有课程，他选择了继续深造，留在本校考博士。卢晚晚当然知道，任初是为了陪着她。但其实，任初有一条更好的道路可以走，那就是出国留学。

出国能够为任初打开更多的眼界，并且打开他的人际关系网，结交更多同样出身不凡的杰出青年，为将来继承家业打下基础。

但是，任初迟迟没有答应出国留学，他是一直瞒着卢晚晚的。直到她第一次见到了任初的妈妈，她才知道，原来任初还有一条这样的路可以走，一条更宽阔更平稳的罗马之路。

关于任夫人，卢晚晚有所耳闻，她出身名门，是真正的大家闺秀，和她们这种暴发户家庭没法比。任初的妈妈客气有礼，请卢晚晚吃了晚餐，夸奖卢晚晚，把她做过所有的事都讲了一遍。卢晚晚感到震惊，她在任妈妈面前没有任何秘密可言，任妈妈调查清楚了她的一切。

"你爸爸很久没来看你了吧，想他吗？"任妈妈这样问。

卢晚晚茫然地点点头，仍然不知道对方的目的。

"放假回去看看他吧，挺不容易的，我很喜欢你这个孩子，如果有困难尽管开口，我可以帮助你。我希望，我们能是朋友。"

"阿姨需要我做什么？"

"我想你应该没什么可以帮我的。"

绝对的碾压，虽然对方和蔼亲切，但卢晚晚感觉到了巨大的压力。

没等到周末，卢晚晚偷偷跑回了影舟，她发现众多债主堵在门口，她妈妈在无助地哭泣。

"妈妈，怎么了？"

"晚晚，你怎么回来了？"

卢晚晚和卢妈妈费了很大的力气，才让债主们离开了。她这才得知，原来她爸爸的生意早就出现了问题，如今已经是强弩之末。债主们追上门，她爸爸失踪了，她妈妈一个人面对这一切，成天担惊受怕。她妈妈和她一样，一直在父亲的保护之下，没有经历过什么风浪，并不知道外面的

世界其实很危险。

卢晚晚在影舟找了三天，没能找到爸爸的踪迹。她不得不回到学校，准备参与一场大手术，是恩师陈教授给她争取来的机会，如果能够通过，那么她可以提前进入全国最好的肿瘤医院。

精神恍惚的卢晚晚在术前准备的时候出了错，她接到任夫人的电话，她的父亲正在任氏集团，准备跳楼。

卢爸爸无法接受破产，他向任氏集团寻求帮助，却被对方拒绝了。卢爸爸万念俱灰，卢晚晚赶到的时候，他正打算结束这一切，却没想到看见了最疼爱的女儿。

"爸爸！"卢晚晚看着天台上的父亲，旁边围观的还有大厦保安。

卢爸爸只差一步就跳下去了，谁也不敢上前。

"爸爸，你先过来，我们还有机会的！"卢晚晚急得哭了出来，她手足无措，她不能失去爸爸，她其实根本不知道该怎么办。

"没机会了。任氏不肯救我，我勤勤恳恳给他们供货十几年，连他们也不肯伸出援手，还有谁能帮我？晚晚，是爸爸对不起你。爸爸没有指望了，爸爸……"卢爸爸神情恍惚，脆弱的身躯像一片即将凋零的落叶在风中摇曳着，似乎随时都会掉下去。

卢晚晚吓得不行，她跪在地上祈求："爸爸，我和妈妈还需要你啊！你先过来，你不要跳，我有办法让任氏帮你的，你相信我！"

"真的？"虽然卢晚晚也并没有把握，但在卢爸爸看来却像是最后一根救命稻草，让他晦暗的眼睛里重新燃起了一丝希望。

卢晚晚用力点头："你先过来，慢慢走过来，我拉住你，我们一起回家。"

卢晚晚站起来，往前走了几步。

突然，卢爸爸踉跄着脚底一滑，眼看就要朝楼下栽了下去，卢晚晚眼疾手快，奋力一扑，抓住了卢爸爸的手。也就是这一扑，让卢晚晚的右臂重重地撞击在天台外沿上，一阵钻心的疼痛传来，然而她不能松开手，死都不能松！

周围的保安瞬间回过神来，围上来拉住了父女俩。

救下爸爸后，卢晚晚将他安顿好，还专门请了看护，之后，重新来到任夫人面前，希望能求她救救爸爸的公司，救救爸爸。

"我不能注资。"

"订单，可以给我爸爸一个订单吗？求您了！"

任夫人认真考虑了一下，说："即便是我给了他一个订单，他的公司仍然救不活呢？"

"那我们认命。"卢晚晚倔强地说。

任夫人倒是笑了，用看小孩子过家家的眼神看着卢晚晚说："那我的损失，你怎么赔偿？你能找到担保人吗？"

卢晚晚哑然，她并不知道任夫人到底想要什么，她一无所有，如何赔偿？

任夫人叹了口气："你呀，到底还是个小孩子。人脉这个东西有多重要你以前可能不知道，但是现在如果有个担保人，我就可以给你一个订单。只可惜，你和我儿子一样，从来不知道如何积累人脉。留学就是一条捷径，和一样身份的人在一起学习，同窗的情谊当然要比在踏入社会以后认识的朋友靠得住。可惜，任初就是不想去。"

卢晚晚当然知道任初不出国的原因，他要陪着她，曾经说过的，陪她一直到毕业，然后他们就结婚。她一直以为，以任初的聪明，在哪里读书都是一样的，他可以把所有的事情做到最好。

任夫人发觉卢晚晚哭了，温柔地给她擦了擦眼泪又说："我真害怕有一天，我不在了，他爸爸也不在了，没人能够帮他一把，像你爸爸这样真的很可怜。"

一直高高在上的人，如果有一天跌下云端，他会怎样？卢晚晚不敢想。

"如果，我可以劝他留学呢？"卢晚晚小声说。

任夫人还是淡淡的表情，没有表现出过多的情绪："那你可以试试。"

"我明白了。"

卢晚晚带着爸爸离开了。卢爸爸困倦了，在长途汽车上，靠着女儿的肩膀睡着了。

醒来以后，到达影舟。卢晚晚蹭了蹭爸爸的肩膀，说："爸爸我们回家吧。"

卢爸爸捂着脸，眼泪流了下来，说："晚晚，对不起。"

卢晚晚摇了摇头，她垂着右臂，那种撕裂的疼痛让她的大脑非常清晰，多年学医的经验让她非常清楚这到底出了什么问题。

医院的实习名额她失之交臂了，对于她在手术过程中出现的低劣错误，陈教授狠狠地骂了她一顿。陈教授一直以来都对她青睐有加，是除了孟西白之外，最关爱的学生。尽管卢晚晚没有安嘉先沉稳，没有宋荣荣踏实，却是陈教授觉得最像个好医生的苗子。

"我再帮你争取一下，最后一次机会，你不许再出岔子了！卢晚晚啊，你要打起精神，一个医生垂头丧气像个什么样子！患者看见你这样，能好吗？"陈教授到底还是心疼她，越是疼爱，就越是严厉。

卢晚晚低着头，小声说："我不去，教授您把机会给别人吧。"

"你说什么？"

"请您把机会给别人吧，不要浪费在我身上了。教授，我不学医了。"

"什么？"

陈教授其实听见了，却难以置信。卢晚晚自然也知道，面对盛怒的陈教授，她深呼吸一口气说："我说，我不学医了。"

"啪"的一声，陈教授扔了手里的论文，砸在了卢晚晚的身上。

卢晚晚眼睛都没眨一下，自然也没有躲开。

"当初进医学院发过的誓忘了吗？你是想去搞那些破点心吗？卢晚晚你现在脑子清醒吗？我不反对你有个人爱好，但是不学医不行！"

"对不起。陈教授，我真的学不了了……"卢晚晚觉得浑身无力，陈教授所说的每一个字都像刀子一样扎在她的身上，她不知道这算是几级的疼痛，只知道自己快要撑不住了。

陈教授的怒火渐渐熄灭，他的学生不是个半途而废的人，一定是出了什么事情。他拍了拍卢晚晚的肩膀，用略带恳求的语气说："我知道学医很苦，你再咬咬牙，坚持坚持呢？晚晚啊，坚持一下行吗？"

卢晚晚摇着头，后退了一步，冲陈教授鞠了三个躬："对不起，教授，我让您失望了。"

她说完跑出了办公室，她再也没有退路，只能孤独前行。

已经半个月没有和任初见面了，这似乎已经成了他们之间的常态，任初看上去很疲惫的样子，见到她的时候还是强撑着，打起了精神。只是那笑容里带着不少酸楚，两个人去约会，都带着小心翼翼。不知道从什么时候开始，他们两个之间有许多话题不能触碰，都各自小心地对待对方，维持着这一段关系。她不知道是不是所有的情侣都会慢慢走到这个境地，她欲言又止了许久之后，任初率先开口了："昨天见到你和安嘉先了，你们最近好像经常在一起，他怎么了？"

"他最近不太好，我在安慰他。"卢晚晚勉强笑了一下。

其实也说不上谁安慰谁，就在前几天，她收到了一个国外寄来的包裹，是梁夏父母寄来的，她和安嘉先一起拆开看了，却没想到，是梁夏去世的消息。

梁夏，熟悉又陌生的名字。

梁夏，可爱又可恶的人。

梁夏，是她曾经最好的朋友，也是她曾经最无法原谅的人。

卢晚晚记得，第一次见到梁夏的时候，还是高中。梁夏瘦瘦小小的，转到这所学校。那时候班级里有几个女生总是欺负她，她忍气吞声，过得十分可怜。有一次恰好被卢晚晚给撞见了，她是班长，绝对不允许这样的事情发生。

卢晚晚呵斥了那些人，从此站在了梁夏的身前，成了她的保护伞。梁夏很依赖她，那个时候她和梁夏的关系，甚至比顾桥还要亲密。

直到文理分班，直到她们认识了安嘉先。

　　高二分班后的第一天，卢晚晚在教室里见到了安嘉先，他是全校第一名，蝉联三好学生，是所有人口中别人家的孩子。卢晚晚就是在那个时候喜欢上了安嘉先，她把这种喜欢藏在心里，直到这种喜欢快满得要溢出来的时候，她告诉了梁夏。因为三个人是彼此最要好的朋友，所以卢晚晚并不想破坏，小心藏着喜欢，觉得这就是最幸福的日子。

　　后来高中毕业，卢晚晚和安嘉先一起考上了Z大，梁夏却去了浅岛市另外一所大学，去学习德语。卢晚晚和安嘉先还是一个班的同学，两个人越发亲密起来。就在卢晚晚以为水到渠成的时候，安嘉先在"明天"私房菜的包房里，哭着告诉她，他失恋了，梁夏和他分手了。

　　卢晚晚如遭晴天霹雳，她从不知道梁夏和安嘉先是什么时候开始的。后来她听安嘉先说起，才推算出，原来卢晚晚告诉梁夏自己喜欢安嘉先没多久，他们两个就在一起了。

　　本来应该讨厌梁夏的，可她说不上来那种情绪。她也分不清到底是谁背叛了谁，渐渐地，她发觉，好像也没有那么喜欢安嘉先，她终于放下了这段执念。就在她以为，三个人的友谊可以回到原点的时候，梁夏要出国了，她拿到了德国考察团的交换生名额。

　　在咖啡厅里，他们三个以老友的身份聚会，仿佛又回到了高中时代的日子。梁夏偷偷告诉卢晚晚，她说的再见是再也不见。本以为是一句戏言，没想到一语成谶，天人永隔，再不相见。

　　梁夏在德国出了车祸，当场死亡，伴随着她的只有一个包裹，上面的地址是卢晚晚的，那是她要寄给卢晚晚和安嘉先的礼物。

梁夏的父母在料理完梁夏的后事之后，把这个包裹寄了回来。只写了卢晚晚的名字，因为梁夏父母还不知道梁夏和安嘉先的恋情。

惊闻噩耗，她和安嘉先一起缅怀梁夏，大哭大醉，或许这一幕被任初看到了吧，卢晚晚想。

任初"哦"了一声，有些失落，也有些赌气地说："我最近其实也不太好。"

"你怎么了？"卢晚晚问。

该怎么说，工作压力大，家里压力大，求学压力大？这些都不应该让她来承担，任初想了想笑着说："换季了，有点感冒。"

她放下心来，说："那你多喝点热水。"

任初叹了口气，颇为无奈。

"我有几个学长出国深造了，我觉得机会蛮好，你不想出国吗？好像你之前也是要出国留学的。"

任初微微诧异："你希望我去？"

"当然了。你这个专业，不出国留学可惜了。"

"可是我出国就不能每天陪着你了。"

"没关系的，出国而已，又不是什么生离死别。而且，我现在也很忙的，你留在国内，我们也不能每天见面。"她冷静地分析了一下，任初出国的好处。

一贯冷静的任初，第一次不那么冷静了。

"为什么我一定要出国？"

"那你为什么不想出国？"

"你难道不知道为什么吗？"

"不要说是为了我，我没有要求你必须留下，有很多事情等着我们去做，不一定非要捆绑在一起。"

"什么事情是你现在必须要做的？包括和安嘉先一起吗？"

"他的确现在非常需要我。"

任初想骂脏话，她到底知不知道自己在说什么，他气急败坏地走了，她也没有来追他。那段年少时的暗恋，是不是真的就那么难以忘怀？

三天后，卢晚晚来找任初，带着国外学校的申请书，她亲自为任初选择了一所学校，帮他填好了资料。

"你在发神经吗？"

"我不明白，你在别扭什么，继续求学有什么不好？有的人想学，却没有机会了，你为什么不珍惜？"

"如果我说，异国恋我没信心呢？如果出国了，我们分手了呢？"任初开始变得小心翼翼，放下了高傲的身段和态度，他忽然对卢晚晚的若即若离产生了怀疑。

卢晚晚捏着资料的手有些颤抖，她摆出了一个苍白无力的笑容来："那也是没有办法的事情，如果分手对我们都好的话，那就分手吧。"

"你知道自己在说什么吗？"

"我很清楚。"

"卢晚晚，和我分手的话，你再也找不到像我这么爱你的人了。"

"这是薛定谔的猫（奥地利物理学家薛定谔于1935年提出的有关猫生死叠加的著名思想实验）。"

"好。"任初咬着牙，夺过了她手里的申请书，胡乱写上了自己的名字。

卢晚晚一转身，撞到了他的书架，书架摇晃着，掉落了一个摆件，摔在地上粉身碎骨。从残骸看出，那是他们刚在一起的时候，她亲手给他雕刻的人骨模型。

她愣了一下，然后拿扫把打扫干净，丢进了垃圾桶。

"滚。"这是任初第一次对她说脏话，难以抑制的愤怒，以及无穷无尽的失望。

难过吗？

心痛吗？

太多情绪了，她一个理科生表达不出来。她觉得末日真的来了，她像一个等待宣判的人。

任夫人果然给了卢爸爸一个订单，然而苦苦支撑了半年后，还是宣告了破产。不过任夫人的律师给了他们家一条建议，那就是离婚。

结业申请是卢晚晚和爸爸一起去学校办的，她放弃了学业，虽然没有念完八年，但还是拿到了本科的毕业证，是陈教授给了她最后的体面，碍于家长的请求，也没办法不答应她离开学校。二师兄孟西白为了这件事上门来骂了她一通，她在那一刻觉得委屈极了，她说："师兄，我的手已经拿不起刀了。"

孟西白看了卢晚晚右手的片子，眉头紧锁："你怎么还比不上一个葫芦？长嘴不会说话吗？就你这九十多斤的体重，能撑起这么多担子吗？那么早下结论干吗，我帮你！"

在孟西白给了治疗方案以后，卢晚晚消失了。所以再见面的时候，孟西白吐槽她卸磨杀驴，但是那会儿的卢晚晚的确觉得糟糕透了，能治愈的方法就是和过去的一切一刀斩断。

　　她把这些秘密藏在心里三年，她承认自己非常矫情，但她就是这样的人，只能守着这样的后果。许多事情，有时候可以选，有时候没得选。哪怕是再不起眼的小因素，都会带来巨大的后果。

　　她曾经真的以为，不好意思说出口的喜欢和想念，他全都知道。她以为，任初那么厉害的人是不需要她的安慰的，她的安慰可以留给那些脆弱的人。她以为，任初是真心想要分开，因为他说一不二。

　　长达四年的误会，她此时此刻才知道，全都错了。

再次爱你，请多指教

宋荣荣和范毅的婚礼如期举行。

他们两个人的社会关系基本上和学校那会儿没什么区别，所以到场的大伙儿不说都认识，但都面熟。

卢晚晚和顾桥都是宋荣荣的伴娘，大学一个宿舍睡过的情谊，肖潇和刘心怡也大老远赶来了，一个因为长胖了，一个因为水土不服，拒绝了伴娘的邀请。

早上八点，新娘和伴娘团化好了妆，等待新郎来接亲。宋荣荣作为大学时代的班长，亲自给大家开了个会："你们等下把我的鞋分割成一块一块的，然后藏起来，红包不给够坚决不能拼起来。"

大家集体傻眼，然后开始给婚鞋解剖。宋荣荣她妈在外面看到了，把宋荣荣大骂了一顿，也太不吉利了。

八点半，新郎带着伴郎团来了。

女生们把门锁好了，范毅来了直接撒红包，然后跪下唱《征服》，没给女生们刁难的机会。大家拿了红包有点不好意思再堵门了，关上门问新娘的意见。

"红包多大的？"宋荣荣问。

卢晚晚打开一看："两百的。"

宋荣荣眼前一亮，提着婚纱裙摆下了床："我亲自堵门！"

再次开门，范毅见到宋荣荣吓了一跳，问："你干吗？"

"堵门，给红包。"

"没了。"范毅把口袋翻出来给宋荣荣看，"你怎么不早来？"

宋荣荣脾气相当暴躁，说："我结婚你就准备这么几个？别人都给了，就不给我？"

范毅脑门的汗都下来了，走在最后面的任初挤过来，掏出了十个红包来，递给了范毅："拿去。"

范毅一咬牙，全给自己老婆了。

宋荣荣心满意足，直接开门。她开完门打算走回去继续后面的流程的时候，任初给了范毅一个眼神，范毅　把扛起了宋荣荣，直接往外跑。

"我还没穿鞋呢！"宋荣荣大喊。

"我背你一辈子。"范毅头也不回地进了电梯间，伴郎们紧随其后。

剩下的伴娘们傻眼了，大家互相看看问："鞋是不是白藏了？"

卢晚晚点点头说："大概是的，红包也没了。"

"好狡猾，难怪给了个两百这么大的红包，原来是一次性的。"顾桥愤愤地说。

新娘走了，伴娘们自然也得跟上。卢晚晚出门的时候，被任初拦了一下，她警惕地看着任初，并不想跟他说话。

任初指了指窗帘："拉窗帘去。"

卢晚晚不明所以，但还是照做了。任初笑了笑，给了她一个红包，又说："婚鞋呢？藏哪儿了？"

"很多个地方。"

任初"噗"的一声笑了："拆碎了藏的？"

"你怎么知道？"

"医学院的人干得出来。你都找出来，拼好。"

卢晚晚凭借着记忆力，把碎片找出来了，用 502 给粘好了。任初又拿出一个红包来："给你，还有什么习俗是要给红包的？"

"我还没结过婚，不太了解。"

"那我搜搜吧。"任初根据各地的习俗，又以十多个名目给了卢晚晚红包，她的小挎包都装不下了才算完。任初说，"走吧。"

"你这么干，范毅知道吗？"卢晚晚看着自己的这些红包。

任初无所谓地说："他让我保管红包的时候，应该能想到吧。"

卢晚晚："……"这是要拿红包收买她？

迎亲队伍在楼下受到了围追堵截，因此卢晚晚和任初下楼的时候，大家还没走，但是其他的婚车都满了，任初说："你不介意的话，可以坐我的车过去，或者打车也行，但你是伴娘，别耽误了吉时。"

卢晚晚没有任何理由拒绝，乖乖地上了任初的车。

一路上相当安静，任初没有用任何借口和她搭讪，就像是婚礼上两个刚认识的陌生人。任初今天不是伴郎，范毅找伴郎的标准是不能比自己好看。伴娘团看到这样的伴郎，也就没什么兴趣了。

到达酒店后，稍作休息，婚礼开始了。

婚庆司仪串词过后，第一个节目开始了，新娘宋荣荣上台，表演节目。

她穿着洁白的婚纱，握着麦克风走上了舞台，在场的人除了范毅之外，全都开始色变。范毅给坐在前面几桌的人发了小红包说："好好演啊，要如痴如醉。"

宋荣荣演唱了一首《最美的期待》，如果不报歌名，根本听不出来这是什么歌。

卢晚晚近年来远离了唱歌跑调的朋友，也逐渐开始有了审美，她皱了皱眉头。看范毅精湛的演出，忽然想起了过去。任初不知何时站在了她的身边说："你以前也这样。"

卢晚晚："……"你可以不说出来的。

任初又说："我演的比范毅还好，你没看出来吧？"

卢晚晚转身走了。

二位新人宣誓，在大家的祝福声中，新郎亲吻了新娘。

宋荣荣的手捧花，丢给了肖潇，她一个单身狗开始欢呼，一副拿到这个就可以马上结婚的样子。

男方乒乓球队那桌，有个穿着西装的男人痛心疾首，恨不得扇自己两个嘴巴："怎么就看走眼了呢？他们怎么就没结婚呢？那孩子怎么可能不是安嘉先的！"

任初笑了笑说："你先按照你的誓言，把车吃了，我就告诉你。"

当初那位打电话给范毅汇报敌情的 4S 店金牌销售经理，流下了两行热泪。

新娘宋荣荣明天还有手术，所以不能喝酒，伴娘团把她的酒换成了水，她凭借高超的演技蒙混过关了。卢晚晚和宿舍的几个人喝了几杯，过去的一幕幕仿佛就在昨天。互相说着当初的糗事，笑成一团。

喝多了以后，刘心怡就哭了，她抱着卢晚晚问："好好的，怎么就分开了呢？"

大学时代，刘心怡是任初粉丝团的人，疯狂地迷恋着这位校园神话。

卢晚晚无比酸楚，说："是我不懂事啦。"

"梁夏的死，我有听说。安嘉先还好吧？大学那会儿吃了他不少零食，他这人其实还不错。"刘心怡说这话的时候，任初刚好站在门口。陈教授来了，提起卢晚晚的事情还非常生气，要来打她一顿。

任初是这个时候才知道，卢晚晚在他出国后没多久，就没有再学医了。他想来找卢晚晚问一问，到底是怎么回事。他近些日子，也有调查出他妈妈找过卢晚晚，却没想到，除了那一笔救命的订单，还有这一层误会。

"你说谁死了？"

"梁夏啊！我和梁夏也是在一起上过课的，虽然我不太喜欢她，但是不得不说，她学习真的很努力，有点可惜了，我偷着难过好久。"刘心怡唏嘘不已，说完了才意识到，问这话的人是任初。

全场寂静无声，任初盯着卢晚晚看，一步步走到她的跟前。他目光可怖，在场除了卢晚晚之外，全都醒酒了。

卢晚晚拍着桌子说："我亲自给安嘉先洗的胃，就差那么一点，我就失去两位挚友了。梁夏给我寄了个包裹，她说在 Z 大操场的第八棵树下面，给我埋了个铁盒子，我去了好几次，都没找到。因为刨土，还差点被记过呢。我和安嘉先一起去刨土，还被任初给看见了。"

顾桥推了推卢晚晚："喝醉了，别说了。"

任初说："也有可能是逆时针数第八棵树，梁夏左撇子。"

"对哦，我怎么没想到！我去刨土！"卢晚晚摇晃着站起来，推开了顾桥，跑出去。

"真是醉了！你给我回来！"

顾桥起身就要去追，被任初拦住了："我去。"

任初一路跟着卢晚晚，她一路跑到了 Z 大，夜里校门锁了，她进不去，任初就帮着她翻墙。卢晚晚坐在墙头上还冲他笑，显然没认出来这人是谁"我当初和任初也翻过墙。"

逆时针的第八棵树下，有一个小铁盒子，掩埋了四年之久，被雨水和土壤侵蚀，已经锈迹斑斑。卢晚晚费了好大的力气都没能打开，她扁着嘴，想要用牙齿。

"我来。"任初抢过来，用力抠开了。

卢晚晚冲他傻笑："谢谢，最近阴雨天，我右手使不上力气。"

"为什么使不上力气？"

"几年前伤到筋骨了。"

这是任初没有调查出来的事情，她秘密就医，因此没有记录，他无从查起。原来她没再做医生是因为这个，她在他不知道的时候经历了这么多痛苦。他多希望，时光倒流，她仍然是他怀中少不更事的少女，不要面对这么多风雨。

铁盒子里有一张字条，用真空袋封着，卢晚晚打开看到，那是梁夏的笔记，只写了一行字：对不起，晚晚。

"我原谅你了。"卢晚晚笑着笑着就哭了，年少时代的所有纠结和不忿，都在这一刻轻松化解。

"那你可以原谅我吗？"任初看着她的眼睛，"原谅我当初赌气离开你，原谅我这么久没有回来找你，原谅我因为自尊和自傲对你做出的种种。你愿不愿意再给我一次机会，让我带你回家。"

酒精上头的卢晚晚迷离着眼睛，听不太明白他在说什么，她有些困顿了，趴在他怀里说："你长得真像任初，你可不可以假装是他，对我说一句，卢晚晚你别滚。"

四年前，他们说的最后一句话是"滚"。他其实早就后悔了，如果没有再次遇见，那么他们最后的记忆里只有一个"滚"字。

"对不起，我滚过来了，请你不要离开我。"任初抱住卢晚晚，轻轻地亲吻她脸上的眼泪。

一道光忽然照射过来，任初眯起眼睛，是手电筒。

"干吗呢你们？破坏公物？哪个班的？别跑！"保安隔着老远大喊了一声。

原本依偎在任初怀里的卢晚晚突然有了反应，她几乎是下意识地抓起任初撒腿就跑。

"跑什么？"任初问。

"你傻啊，会被记过的啊！任初走了，没人罩着我了！快跑！"卢晚晚双脚发飘，根本没有力气逃跑。

任初觉得又好笑又心酸，蹲下身说："上来，我背你。"

卢晚晚醒来的时候，是在一家超级豪华的酒店大床上，那种拉开窗帘就是大海的吊床，她晃晃悠悠，有一种晕船的感觉。她身上不着寸缕，同样赤诚相见的还有任初。

"啊！"她尖叫着，从床上翻下去了。

任初摇头叹了口气，把她拎上了床。

卢晚晚抱着被子，警惕地看任初，结巴着问："我我……我干什么了？"

"和你想象的差不多，酒后乱性，你把我睡了。我其实可以叫你爸妈或者你的朋友来目睹这一切，然后评评理，逼你对我负责任。但是我不想这么做，以后也永远不会套路你，现在决定权在你，要么恢复我男朋友的身份，我们一起去面对一切困难。要么，你给我一笔钱，我当作没有发生过。"

"等等……等一下？"卢晚晚怀疑自己听错了，什么叫给一笔钱，当作没发生过？

"等不了了，你选一个吧。"

卢晚晚一咬牙说："多少钱？"

"你有多少钱？"任初问。

卢晚晚翻了个白眼说："你会不知道我有多少资产吗？"

"你名下没有存款，但是你的店可以盈利，预计五年之内可以赚两百万，那你就给我两百零一万吧。"

"你有这么值钱？"卢晚晚惊呼，任初也太不要脸了。

任初一耸肩，坦然地说："以我的身份和地位，出了这样的事情，如果被爆出去，公关的费用不止这些。"

"你……"

"我知道了你全部的秘密，关于四年前的所有真相，我想和你一起面对，所以我不希望你选错，晚晚，我爱你，我所做的一切都是为了让你重新爱上我。你能不能给我个机会？误会你和安嘉先是我的错，我不想像梁夏一样，如果我真的消失了，你会后悔。我不想你后悔，不想你难过。"

任初说着，慢慢地跪在了卢晚晚的面前，抓着她的手，等候一个答案。他已经想好了，如果卢晚晚真的不愿意，那他也不会要什么赔偿，他会以她不反感的方式，守护着她。

"你先起来。"

任初没有起来。

卢晚晚一皱眉："你威胁我是不是？"

"没有。"

"那你起来。"

任初又试了试，然后很无奈地说："腿麻了。"

卢晚晚低下了头，她想笑又忍不住落泪。

"昨天晚上的事情，我不是全都不记得……"卢晚晚咬了咬嘴唇又说，"对不起，我欠你一句道歉，分手不全是你的错。"

任初紧张起来，他怕道歉后面就是再见，他忽然不想让卢晚晚说下去了。

卢晚晚伸出一只手来，露出了一个笑容："你好任初，我是卢晚晚，再次爱你，请多指教。"

"你好，我是卢晚晚的男朋友任初。"任初将她抱入怀中，这一次才真正感觉到了踏实。

"所以，祁先生的未婚妻，到底是谁？"卢晚晚忽然想起了这件事情，问道。

任初赶紧摇头："没有未婚妻，我胡编的。"

一周后，回到影舟，卢晚晚的店生意火爆，她在忙里偷闲的时候，一位外表高冷的女孩突然到访："请问你是任初的女朋友吗？"

卢晚晚心中警铃大作，觉得事情并不简单，她点了下头。

对方露出一个亲切的笑容来："可找到你了，我是任初的未婚妻，我叫祁素，很高兴认识你。"

卢晚晚想起任初那天信誓旦旦的承诺，内心一阵冷笑，打脸来得太快，就像龙卷风。她给任初发了一条微信说："祁先生的未婚妻来了。"

任初："你在开玩笑吗？"

但是，当任初赶到"我们的店"的时候，发现这还真不是一个玩笑，那么大的一个活人杵在那儿。

店里突发情况，今天提早打烊，没卖完的蛋糕，全都放在了祁素小姐的面前，她几乎一口一个，仿佛是一个饿了许多天的人，吃得满嘴流油。

任初和卢晚晚一起盯着这个女孩，说："你一定要相信我，她真不是我未婚妻，我真的没有未婚妻。她姓祁一定是个巧合，我不认识她。"

卢晚晚当然明白了，但是她好不容易有一个机会可以逗逗任初，她不能放过。卢晚晚故意板着脸，哀怨地说："怎么说都是你，是真话是假话，只有你自己知道了。"

"你相信我，我说的都是真的。"

卢晚晚敷衍地点头："好好，真的。"

"那个，你们聊完了的话，能给我添点奶茶吗？"祁素举了一下杯子，示意他们空了，咧嘴傻笑了一下，倒真是好看。

"没了！你到底是谁啊？"任初大为恼火。

"你未婚妻啊，你不记得我？"祁素眨了下眼睛，拉着卢晚晚撒娇，"能再给一杯奶茶吗，拜托拜托！"

"好，稍等。"

卢晚晚转身要去后面的操作间，任初一把拉住她说："你别走。"

"我就倒一杯奶茶，我不走，我还得看戏呢。"卢晚晚眨了眨眼睛，十分俏皮。

任初心里的石头算是落下了。他就怕因为这个来路不明的祁素，好不容易修复好的情侣关系又破裂了。真是坑妻一时爽，追妻火葬场。

任初拉了把椅子，坐在祁素的对面，凶神恶煞的样子。

"姓名。"

"你没事儿吧？才多大就健忘了？我是祁素啊！"

"不认识你这号人，你到底是谁？"

祁素把盘子里最后一口蛋糕吃掉了，享受过后就是一张臭脸对着任初："比你大五岁的邻居家姐姐，小时候定过娃娃亲。"

"什么小时候？我怎么不记得？"

"废话，你那会儿还在娘胎里呢！"

"你拿什么证明？"

祁素渐渐开始不耐烦了，觉得传言果然就是传言，任初根本没有那么聪明，跟个傻子似的，就会问问题。她叹了口气说："我能不能证明自己的身份不重要，重要的是真的存在这一段婚约，我是来找你解除婚约的。你现在可以给你妈打一个电话，就说你不想娶我，你心有所属。"

任初将信将疑，她说的或许是真的。他印象中的邻居是有个姓祁的家族，祁让还是他学长，但是祁素到底是谁，他真的没有印象。

"如果不能确定你的身份，我不会对这件事做出任何的回应，请你离开。"任初冷冷地说，顺便还拿走了卢晚晚刚放下的那杯奶茶。

祁素一下子就急了，站起来拍了下桌子："你这小孩怎么那么不听劝呢？你不是很厉害吗，你去找人查查我的身份，自己查出来就信了，我堂弟祁让，查去吧。"

任初眉头紧蹙，卢晚晚还是一副看戏的样子，把他拉到后面的操作间："同学，请说出你的故事！"

"真的想听？"任初问。

卢晚晚用力点头。

任初故作神秘："你靠近点，我告诉你。"

卢晚晚往前凑了凑。

"再近点，别让别人听到。"

卢晚晚听话地又靠近了他一点，踮着脚，倾听着。

任初笑了笑，拍了下她的背，卢晚晚瞬间失去平衡，直接跌入了任初的怀里。

"卢晚晚，你占我便宜。"任初忍着笑意说。

卢晚晚红了脸："我脚滑！"

任初"嗯"了一声，然后抱住她的腰，将她放在了边柜上，用力地吻住她的唇。卢晚晚觉得大脑都快缺氧了，她拍了拍任初的背，示意他快放开。

任初放开了卢晚晚的唇，用力地抱了抱她。卢晚晚大口喘息着趴在他怀里说："你占我便宜。"

任初满怀歉意地说："我嘴滑。"

卢晚晚的脸更加红了，任初捏了捏她的脸，然后给助理打了个电话："查一下这个人，信息我发给你，要详细的家族资料。"

外面百无聊赖的祁素猛然间听到了，把脑袋凑过来说："你查资料要不要照片？给我用美颜拍一张啊！"

任初面无表情，用自带相机随手一拍，除了能看出来是个人之外，毫无半点美感。祁素一看这照片瞬间就像是踩到了狗屎："我怎么会跟你这样的人有婚约呢？"她颤抖的手指指着任初，又看了看甜美可爱的卢晚晚，握住卢晚晚的手说，"你真善良，你和他在一起就是为民除害呀。"

任初瞪了瞪眼睛，刚准备反驳，就听卢晚晚说："没有啊，他很好很好，温柔又善良，你们都误会他了。"

当别人都误解你的时候，只要最在乎的那个人是理解你的，那所有的委屈，都不叫作委屈。任初看着卢晚晚，心里暖成一片。

祁素的确不懂，她耸了耸肩，觉得这姑娘什么都好，就是眼神不太好。

"说正事，我爷爷想起这么个婚约来，已经联系你爸妈了，要不了几天，就会有实际性的进展。我来找你是想和你商量如何解除婚约，相信你也不喜欢我吧，刚巧，我完全看不上你。等你一一验证了我的话，就打电话给我，我这几天都在影舟。"祁素拿出一张名片放在了旁边的桌子上。

任初打量了她一眼，然后说："你是不是因为嫁不出去，你爷爷病急乱投医，想起我们家来了？"

像是被说中了心事，祁素恼羞成怒，她冷哼一声："赶紧想办法去吧，你母亲难缠得狠，你俩要在一起，还得靠我呢。"

"谢了，我自己的幸福，我自己会努力。"

祁素翻了个白眼，咧了咧嘴："姐姐我也纵横名媛圈多年，深知这些老姐姐的性格。就凭你？搞不定的！走了！"

"结账了吗？"任初叫住了她。

"请你未婚妻吃点点心怎么了？"祁素撇了撇嘴，拉着卢晚晚的手，瞬间转变成了知心大姐姐模式，"晚晚你做的糕点实在太好吃了！我会经常来的，记账哦！"

"不用了。"卢晚晚说，"反正是今天的库存，你不吃明天也不会卖了，你喜欢就好。"

"哇，你真可爱！姐姐走了，回见哦！"祁素觉得眼前的卢晚晚不光甜美可爱，还善良可亲。

祁素走了以后，任初留下来和卢晚晚一起打扫店铺，清洗祁素用的那十几个蛋糕盘子，他越想越觉得不对，突然说："这厮是不是来骗吃骗喝的？"

"应该不会吧，祁让我也知道，我觉得她就是被你遗忘的未婚妻。"卢晚晚说。

祁助理动作迅速，查清楚了祁素的来历，还真就是祁让的堂姐，祁氏集团的掌上明珠。在任夫人刚怀孕时，两家家长戏言定下了婚约，但自从任初出生后，祁家搬走，往来少了许多，也没人把这个儿戏一样的婚约当真。但就在最近，祁家老爷子忽然旧事重提，让两个孩子尽快完婚。

"所以说，是因为祁老爷子久病不愈，想看孙女出嫁，才想起了你？"卢晚晚听完以后冷静分析道。

这话的意思就是，如果人家好好的，根本不需要任初这么个人，他是可有可无的存在。

任初虽然不太愿意承认自己的不重要，但女朋友的话不能反驳，他点了点头。

"祁小姐没看上你，所以来联合你一起解除婚约？"卢晚晚接着分析。

这话更加不好听了，但是任初只能承认，又点了点头。

"那这个事情就简单了。"卢晚晚拍了拍手说，"你们俩现在勉强可以算绯闻，解决这个问题，我有经验。只需要你们各自有了男女朋友就好了。"

"晚晚，帮人介绍不是一件简单的事情，有好多责任在里面的，你别惹上不必要的麻烦，她家挺复杂的。"任初委婉地说道。他没有戳穿，先前卢晚晚解决绯闻的办法在他眼里根本就不算什么，全部都在可控范围之内。

"那也不一定。青年才俊那么多，说不准有她喜欢的。"卢晚晚信誓旦旦。

任初拗不过她，只好妥协："那你不要太辛苦，有什么搞不定的，让我来。"

"谢谢。"

"干吗突然谢我？"

"谢你相信我。"

"过几天我要回一趟家，把家里的关系捋顺，然后我想把你介绍给家人，绝对不会在正式见面的时候，发生任何尴尬的事情。相信我。"

卢晚晚笑了笑，她当然是相信任初的，他无所不能。

祁素成了"我们的店"的常客，几乎每天都来打卡，对卢晚晚的手艺赞不绝口。比起那个未婚夫，她更喜欢卢晚晚这个女孩，真实不做作，和外面的那些小妖精完全不一样。

祁素每次来都记账，但是会给卢晚晚带礼物。各种她觉得好看或者可爱的东西，符合卢晚晚的气场是最主要的，价格反倒是其次。卢晚晚收到过最贵的是一款限量版的包包，顾桥为了买这个包，已经吃了一个月的泡面。

祁素这个任初未婚妻，和任初的女朋友成了好友，这在外人看来，是匪夷所思的事情。

接到梁夏父母电话的时候，祁素也在卢晚晚的店里。漂泊在外的梁夏终于要落叶归根了，卢晚晚觉得自己握着电话的手都是颤抖的。她打电话给安嘉先："后天下午，她回来了。"

安嘉先自然知道是谁回来了，两个人没过多交谈，安嘉先去调班。

祁素很好奇，缠着卢晚晚问："是谁要回来了？很重要的人？需要我跟你一起去接吗，我可以让家里派车。"

"我一个朋友，我和她男朋友一起去接。"

"从哪里飞回来？"

"德国。"

"走了几年啦？"

"六年。"

祁素发出一声感慨："异国恋六年还能坚守，你这俩朋友真了不起。我能不能一起去看看？我很好奇。"

最终，祁素凭借着自己的厚脸皮，坐上了安嘉先的车。安嘉先从医院出来，没来得及换衣服，还穿着白大褂。祁素在见到安嘉先第一眼的时候觉得，这个男人帅得没边了。她天生对制服男神没有抵抗力。她坐在后面花痴地看着安嘉先，一边流着口水，一边肖想他。同时也告诫自己，这是有女朋友的人，不能做小三。

到了机场，安嘉先脱掉了白大褂，里面穿着一件简单的白衬衫，是六年前，梁夏走的时候，他们三个最后的聚会他穿过的衣服。安嘉先一直保留着这件衣服，想着再次见到梁夏的时候，也要穿着，就好像她没有离开一样。

飞机落地，旅人归来。梁夏的父亲推着行李箱，母亲抱着一个白瓷的坛子。卢晚晚招了招手，目光落在那个骨灰坛上的时候，眼泪抑制不住了，她哽咽着问："叔叔阿姨，路上还顺利吗？"

女儿去世这件事，梁夏的父母似乎已经走出来了，倒是比卢晚晚还要坚强。

"辛苦你来接我们了，你和夏夏是最好的朋友，我们希望夏夏回来的时候，有朋友在不孤单，给你打电话冒昧了。"梁夏的父亲说道。

卢晚晚摇了摇头："我应该的，阿姨我能……抱抱'她'吗？"

梁夏母亲将骨灰坛交给了卢晚晚，她轻轻地拍了拍，小声说："好久不见。"她将坛子交到了安嘉先的手上，她能够明显感觉到安嘉先隐忍的情绪，他是痛苦的，同时也是开心的，非常矛盾。

"我们走吧，车在外面。"卢晚晚说道。

祁素精明能干，一眼看出了这是个什么故事，她主动帮着梁夏父母提东西，给安嘉先使了个眼色，小声说："你先抱一会儿，我们帮你挡一挡。"

安嘉先走在最后，祁素亲切地挽着梁夏的母亲，也不管认不认识，就是一顿聊，让梁夏的母亲短暂地忘记了女儿的事情。安嘉先的脸贴在了坛子上，他的眼泪也顺着滑下来，他亲吻了一下"梁夏"，说："好久不见，我很想你。"

回程祁素主动要求开车，她真怕安嘉先这个状态搞出个交通事故来，先送了梁夏父母回家，然后三个人开车回店里。祁素一直在观察安嘉先的表情，他似乎平静极了，有点怪怪的。她颇为担心，跟卢晚晚使了个眼色，发了条微信说："你看着他，别让他做傻事。"

卢晚晚笑着摇了摇头，她了解安嘉先，他不会的。

祁素又看了安嘉先一眼，真帅。她又给卢晚晚发微信："他单身了，我能追吗？"

"噗……"卢晚晚的奶茶喷了安嘉先一脸，直接给他洗了个头。

安嘉先也没恼怒，问："要不要去口腔科给你挂个号？"

卢晚晚一边咳嗽着一边摇头。

安嘉先拿纸巾擦脸，怎么擦也擦不干净，索性说："今天早点关门，回家吧，请你和顾桥吃饭。"

一直假装高冷的祁素突然开口："我可以参加吗？"

"你高中在哪里读的？"安嘉先问。

高中可是很遥远的事情了，祁素想了想说："可能是国外吧。"

"我们仨都是影舟读的，所以你不能参加。"安嘉先拒绝得简单干脆。

祁素越发觉得这个男人有性格了。

晚上聚餐，顾念被寄存在卢晚晚爸妈家。三个人去了高中母校门口的烧烤店，一边喝酒，一边聊着高中的往事。顾桥没和他们一个班，但是大部分都有所耳闻，也能跟着聊起来。三个人不知不觉喝了一箱啤酒，卢晚晚的酒量忽然好了起来。

"敬母校！"顾桥说。

"敬三年高考五年模拟！"卢晚晚说。

"敬我自己。"他在摸到梁夏骨灰的那一刻终于对这一段来不及道别的初恋，说了再见，他终于可以释怀。

喝到烧烤店关门，安嘉先叫了代驾。代驾还没到，任初却先到了，他听祁素说这三个人去喝酒，连夜从浅岛赶了回来。

"你怎么来了？"卢晚晚像一只兔子一样，跳到了任初的跟前，抱住他的脖子，把自己挂在他身上。

"来接你回家呀。"任初轻轻亲吻了卢晚晚的额头，然后抱着她上了车。

顾桥酒量极好，一箱啤酒根本没醉，她追了两步说："不捎上我们吗？"

任初按下车窗说："车太小，坐不下。"

顾桥一咧嘴，明明能坐五个人，不带就不带呗。

车子开了没一会儿，卢晚晚说头晕想吐，任初只好停车，背着她一路走回去。卢晚晚挂在他身上迷迷糊糊地问："我重吗？"

"不重，以我的体力，刚好可以背你一辈子。"

卢晚晚嘻嘻笑起来，"吧嗒"一声，亲了任初的脖子一口。任初觉得浑身像是有电流过一样，一阵酥麻。

"卢晚晚，我这次回去，带来了户口本。你的户口本呢？"

"在我爸妈那儿，你是想让我偷出来跟你去领证吗？"

"没有。虽然我想明天就去领证，但是我一定要等到双方父母都同意，让你得到长辈的祝福。"

"那他们要是不同意呢？"

"求到他们同意。"

卢晚晚用力抱紧了任初："任初，我好喜欢你哦。"

"我爱你，你睡一会儿，到家我帮你洗脸。"

任初这一次回到浅岛市，跟自己的爸妈摊牌了。他因为卢晚晚不想出国，又因为和卢晚晚赌气出国，并且毕业了也不肯回来，也是因为卢晚晚回国，创立了自己的一番事业。似乎如今已经没有什么能够难倒任初了，他不再是几年前那个处处碰壁的男孩。

任初也没有追究母亲曾经做过的事情，给她留了体面。他用实际行动告诉家人，因为卢晚晚，他才变得这么好，让人再也没有理由反对。户口本的确是父母心甘情愿给的，并不是任初偷出来的。

任初看着卢晚晚的睡颜，他想明天就去卢晚晚家，求得她父母的同意，然后马上就领证办婚礼。上次看过范毅的婚礼，中式婚礼还有好多习俗，他都不太懂，网上查了一下婚礼相关的讯息，大部分都是闹洞房陋习的。他思前想后，给范毅打了个电话："范毅，办婚礼最关键的是什么？"

范毅被吵醒了，一看表凌晨三点，他想骂娘。范毅强忍着怒火跟任初说："得有新娘。"

"有了。"

"你俩复合了？"范毅突然没那么困了，心情也好了不少。

任初"嗯"了一声，然后开始傻笑。

"太好了，你赶紧办吧，我结婚炮仗烟花什么的买多了，二手卖给你。"

"行！"

范毅彻底不困了，他美滋滋地翻看自家小库房，看看还有什么是能高价转给任初的，以报当初任初帮他撒红包的仇。

Chapter 12

满心满眼，全都是你

任初不是第一次见卢晚晚的爸妈，但今天是史上最紧张的一次，一贯能言善辩的他，今天也有点结巴。

卢妈妈一直对任初都相当满意，唯有卢爸爸心有千结。他把女儿拉到厨房里关起门说："你俩以前分手那事儿……"

"已经完美解决了，都是误会，我们已经互相道歉啦，保证以后再也不会了。"

"他了解咱们家的情况吗？"

"比我都要了解。"

"那你呢，他家人……"卢爸爸欲言又止，对任夫人的印象还停留在过去。

"他说交给他来处理，他会让长辈们都祝福我们的。"

卢爸爸点了点头说："是个靠谱的孩子，不被父母看好的婚姻，你俩就算是在一起了，出问题也是早晚的事情。"

卢爸爸点头："那爸爸就答应了，我只希望你能够过得开心，如果不开心的话，随时回家，爸爸养得起你。"

"谢谢爸爸。"卢晚晚拥抱住老爸，由衷地感到开心。

饭桌上，任初喝了三杯酒，分别敬卢家一家三口：

"敬叔叔，从今以后，晚晚不光是您的掌上明珠，也是我的。

"敬阿姨，从今以后，我是您儿子了，和晚晚一起孝顺您。

"敬晚晚，从今以后，我的都是你的，我们永不分离。"

卢妈妈和卢爸爸对这个准女婿赞不绝口，只有卢晚晚在内心"讴歌"着任初，学神收买人心果然是快准狠！

安嘉先被祁素纠缠得不清，他搞不明白，外表高冷的御姐怎么也会如此黏人。他又不是傻子，在根本不可能的情况下和她偶遇数十次，他当然知道，这位姐姐喜欢上自己了。

"我们不合适。"

"没试过你怎么知道不合适？"

安嘉先觉得这话有点歧义，甚至有点不好意思。他咳嗽了一声说："你不是我喜欢的类型。"

"你是我喜欢的就行了。我爷爷久病难愈，就快离开人世了，他想在临死前看到我出嫁。"祁素学着小女孩的样子，装起了可怜。

不料安嘉先却说："病人在哪儿，带我去看看。"

祁素："……"竟然还有她搞不定的男人？

事实证明，她搞不定的还有很多。赖在影舟没走，除了舍不得卢晚晚的蛋糕之外，确实也是因为婚约的事情。她把无赖的手伸向了任初："你得解决问题吧？"

任初笑了，对于她这种无赖他可见多了。任初抱着肩膀看她："那你想怎样？让我给你介绍个？"

"先带来看看吧。"

恰巧这时候，孟西白来了，从来都带着看好戏表情的孟西白，表现出了紧张。他问任初："你表妹来找你了没？"

"没有，她怎么了？"

"离家出走了。"

任初"哦"了一声，孟西白急了："你这哥哥怎么当的，你表妹跑了，你不担心？"

"我是表哥而已。"

孟西白更生气了："表哥就可以不担心了？"

任初表情还是很淡然："她经常跑，你习惯就好了。"

"你能不能换个方式安慰我？"孟西白越来越焦虑，这次王昕羽离家出走并没有那么简单。

任初想了想说："她会健健康康地回来的。"

孟西白一瞪眼，任初顿了顿又说："这样有安慰到你吗？"

"你有空去医院挂个号，看看内科，心肝肺都坏透了！"孟西白落下狠话走了。

祁素盯着孟西白的背影，一个劲儿地惋惜："这个也不错，可惜有女朋友了。你还有别的穿制服的朋友吗？"

"好，我帮你留意，有消息通知你。"

"你这明显就是敷衍我，我也见过不少客户。你该不会是要过河拆桥吧？你和晚晚的事儿，我也是出了力的。"祁素不满道。

这话没错，祁素来之前的确去任初家转了一圈，把自己的陋习全都给展示了一遍，让任夫人十分反感，但是碍于两家的面子没有说出来。对比一下，卢晚晚好多了。但是任初不承认爸妈接受卢晚晚是因为祁素的衬托，他觉得晚晚本来就好，本来就应该被喜爱。所以他听到祁素这么说，只冷笑了一声："可我偏偏就是个过河拆桥的人，你走不走？"

祁素没想到任初这么不要脸，气得不行："我找晚晚去！"

"她手上没人！"

祁素来店里的时候，卢晚晚正发愁呢，她曾放出豪言壮语，要为祁素找个男朋友，但是她数来数去，也就只有一个合适的人选，她那个代理律师丁同学。

丁同学一听祁素这人设，立刻就删掉了卢晚晚的微信，大有老死不相往来的架势。

"怎么了，晚晚？"祁素一边说一边从卢晚晚那偷了块饼干吃。

"没什么，就是忽然觉得，书到用时方恨少。"卢晚晚觉得有点丧，她要是像顾桥和安嘉先那样，认识那么多人就好了。

祁素一眼看穿了卢晚晚的心事："你是不是为我的终身大事发愁呢？其实啊，我根本不想结婚，只是为了完成我爷爷的心愿。实在找不到合适的，我找个临时演员回去也行。你别这么愁眉苦脸的了。"

帮人帮到底，她决定，真找不到合适的对象的话，她就劝说安嘉先去当一回临时演员。

任父打了几次电话，任初终于决定在中秋节的时候带着卢晚晚回家了。

卢妈妈给卢晚晚准备了一些见面礼，让他们拿着。

卢晚晚坐在车里，没开冷气，却一直在发抖。

"你别紧张。"任初握了下她的手说。

"谁紧张了，我一点都不紧张。"

"冷汗都下来了。"

"那是热的。"卢晚晚嘴硬。她人生中第一次见家长，怎么会不紧张呢？

任初想笑，想了想还是不要打击她了，毕竟她是为了自己才这么紧张的，不能那么不人道。

卢晚晚看着窗外的风景，秋高气爽，真是不错，但是在她眼里这都是压力，根本不是美景。怎么办，离浅岛越来越近了。

任初悄悄看了一眼卢晚晚，她嘴里不知道在念叨什么，没一会儿还拿出手机在查东西，标题赫然是第一次见家长该注意什么。

卢晚晚翻了好几个帖子，全都是写见岳父岳母的心得体会。她就有点纳闷了，这年头姑娘家都不上网的吗？为什么没人写攻略呢，反倒是男生来分享了。

浅岛市的收费站过了，再开二十分钟，就能到任初家。卢晚晚深呼吸了一口气，简直觉得末日来临了。

"你别紧张。"任初再一次安慰。

"我……"卢晚晚这次没有再嘴硬了，她是真的紧张，她咬了咬嘴唇问任初，"你看起来很有经验的样子，告诉我有没有什么秘诀。"

"我没什么经验，只见过你爸妈。"

"比我有经验，快说。"

任初思索了大概有十几秒，卢晚晚却像期待了差不多一个世纪，最终他说："见机行事。"

卢晚晚听了想打人。

但是，她没机会了，任家到了。

站在大门前，任初握紧了卢晚晚的手："准备好了吗？"

卢晚晚觉得腿都软了，考试都没这么紧张，她哭丧着脸说："没有！"

"那咱们进去吧。"

"别呀！再等等……"

任初哪管那些，半抱着就把她给带进去了。

任初的父亲卢晚晚是第一次见，很斯文的一个人，任初的妈妈她比较熟悉，那种压迫感还在。

任初回来之前一定是打点好了一切，父母对卢晚晚关怀备至，尽量做到让她没有压力。卢晚晚在吃完饭以后，才逐渐觉得这家人很好，见家长这件事，没有先前想象的那么可怕。她要去网上告诉大家，其实你们都多虑了。

　　但是很久以后卢晚晚才明白，之所以她能够觉得舒服坦然，那是因为，在她不知道的时候，任初已经替她铺平了所有的路。因为有那么一个深爱着她的人，她才能够像个小公主一样简单快乐。

　　"晚晚，我有个礼物想送给你，能跟阿姨去拿一下吗？"

　　卢晚晚看了一眼任初，任初点了点头。

　　卢晚晚跟着任夫人上楼，她拿出了一个颇有年代感的锦盒。直觉告诉卢晚晚，里面肯定是一只玉镯，而且还是任初奶奶给的。

　　果然，任夫人打开盒子，里面是一只古朴的镶金玉镯。

　　任夫人笑了笑，说："任初奶奶给我的，款式嘛……太土了，玉镯的成色也不太好，不是什么宝贝，但是是任家儿媳妇的象征，今天我把这个给你了。"

　　卢晚晚毕恭毕敬地接过来，离近了看，这玉镯的确不怎么样。

　　"你拿回去收藏着，可以不用戴的，我就从来都没戴过。"任夫人又补充说。

　　没有猜到任夫人会这么直白，卢晚晚忽然一下子觉得她其实也挺可爱的。

　　"四年前的事……是我对不住你，不要介意。"

"没有，没有。"

"我希望你接受我的道歉，然后从出了这扇门开始，就忘记过去发生过的一切，和任初好好在一起。"

卢晚晚没有犹豫，点了下头说："我能拥抱您一下吗？"

任夫人张开了双臂，主动将卢晚晚抱在怀里。

"谢谢。"卢晚晚轻声说。

回影舟的时候天都快黑了，任初坚持要走，任家父母也没有办法，后续的婚事还要双方家长再商议一下。

卢晚晚一想宋荣荣的婚礼累成那个样子，她就有点打退堂鼓了。她拉了拉任初说："咱们能不能旅行结婚？"

"婚礼要办的。"

"能不能从简啊？"

"你不想办婚礼吗？"

卢晚晚"嗯"了一声。

"为什么？"

"太麻烦了，而且很浪费钱啊。"

"可是我爸妈和你爸妈肯定想办婚礼的，亲戚朋友那么多，不热闹一下怎么行。"

卢晚晚感到诧异："你在国外待了那么久，怎么也有这么传统的想法？"

任初扭头冲她笑了下，把车停在了服务区的车位上，说："因为我想告诉所有人，你是我老婆啊！"

卢晚晚不知道为什么，有一种不妙的感觉。

"等我一下。"任初下车，去服务区超市买了一兜零食回来，放到卢晚晚的怀里，"晚饭你没怎么吃，垫垫，等到家给你弄好吃的。"

任初说的，我的都是你的，这句话是认真的。他们选了个日子领了证以后，任初拉上卢晚晚去房管局，修改名下房产，把卢晚晚的名字全都加了上去。

除了那套小公寓之外，任初还在影舟置办了四套房子，这让卢晚晚难以置信。

工作人员在看了那套小公寓的产权变更记录以后，皱起了眉头："你俩是不是在逗我们呢？"

"怎么了？"卢晚晚不解。

"从卢晚晚变更到任初，现在从任初变更到卢晚晚和任初，你俩没事儿花手续费玩呢？中间就多余那么一道手续，应该直接从卢晚晚变更成你们俩嘛！"工作人员一边摇头吐槽，一边帮他们办好了。

任初笑了笑说："不，如果没有这个手续，我们可能不会这么快在一起。"

"买房结缘还是？"工作人员开起了玩笑。

卢晚晚和任初相视一笑，如果当初任初没来买这套房子，那一切的套路就都不成立，他们也许真的不会走到这一天。卢晚晚不得不再一次感慨，学神计算果然精准。

工作人员笑着摇了摇头："恭喜二位啦，你们有钱人真会玩。"

从房管局出来，任初接到了安嘉先的投诉电话："实名投诉你未婚妻，坑骗我去见祁素的爷爷，我又不是演员，怎么演她未婚夫？"

"谁呀？"卢晚晚问。

"投诉的。"任初回答完，走开了一点，完全收起了刚才对卢晚晚的温柔语气说，"那你就假戏真做，反正你人挺好的。"

然后，任初挂断了电话。

安嘉先听着电话里的忙音，有点发蒙，他是不是又被任初发卡了？

任初和卢晚晚的婚礼定在了明年春天，因为他们想要亲手装修一套婚房。两个人在影舟有五套房产，于是，选了个离顾桥那最近的一套当婚房。

为了装修，任初还拉着卢晚晚一起看了点装修的视频，一个学神一个学霸，看了两周的网络教学视频觉得自己可以了，然后买齐了材料开始在家里大展拳脚。

在此之前，他们并不知道什么叫作理想很丰满，现实很骨感。当第三次把墙壁上的画给画歪了以后，两个人终于知道什么叫打脸了。他们夫妻二人看着这惨不忍睹的壁画，以及满目疮痍的房子，深深地叹了一口气。

"要不然，我们换一栋房子继续弄？"任初建议。

卢晚晚嗯了一声："这里找个装修队补救一下吧。"

当第三套房子也找了装修队以后，任初和卢晚晚终于知道什么叫术业有专攻了。

眼看婚期要到了，婚房还没准备好，双方家长都开始焦虑了。

卢妈妈说："要不你们别自己弄了，上班挺忙的，我们可以帮忙看着装修的。"

卢爸爸说："不然找个专业的设计师？"

任初和卢晚晚恍然大悟，得有个设计师啊！

第二天，两个人手拉手报了个培训班，一起上室内装潢的课程，一个月后，拿到了室内设计师资格证，这下终于可以好好装修房子了。

"这……"任夫人欲言又止。

任爸爸多年内敛，终于爆了粗口："这不是有病吗？"

春暖花开的时候，任初和卢晚晚的婚房终于装修完了，婚礼也如期举行，双方父母心中的巨石总算落下。

两场酒席，影舟办一次，浅岛再办一次。

两个人的婚礼，五个人参与讨论，卢晚晚被排挤了。她提的所有从简要求，都被否决了。他们五个人一致认为，婚礼要盛大，要气派，要难忘，要与众不同，要让人羡慕……

"好吧好吧，你们开心就好。"卢晚晚一摊手，去研究自己的婚礼蛋糕去了。

婚礼开始前的一周，卢晚晚正在店里算账，最近生意特别好，大概是因为她好事将近。

"老板娘，恭喜恭喜哦！"来买单的客人对卢晚晚说道。

他们是怎么知道她要结婚的？卢晚晚不明所以，但是当今天所有的客人都恭喜她的时候，她觉得不对劲儿了，走出店门以后，发觉广场上

原本挂着的一线明星的广告牌换掉了，是她和任初的结婚照，两个人夕阳下的剪影，笑得没心没肺的样子。

广告牌上写着：卢晚晚 & 任初，婚礼倒计时七天。

那种不妙的感觉，竟然成真了！卢晚晚抓狂了，关了店门跑到任初的公司去，逢人见面就对她说恭喜，她真想找个地缝钻进去。

不光是广场上的巨额广告，电梯广告也是他们的婚礼，还有地铁广告。她不知道任初到底想要干什么，这也太烧钱了吧！

"广告牌怎么回事？"

"开心呀，分享给大家。"

"太高调了吧，我们又不是明星。"

"你不开心吗？排期排了好久才排上的，那广告位竞争很激烈。"

她应该开心吗？她觉得很羞耻啊！竞争这么激烈的广告位，他不能给公司打打广告吗，或者给她的店也行啊！

"难道不浪漫吗？"

卢晚晚："……"这人对浪漫是不是有什么误解？这明明就是浪费啊！

"能不能换掉？"卢晚晚恳切道。

"可以，七天后。"

卢晚晚感到了一丝绝望。

"其实这个婚讯广告的作用很大，自从这个广告挂出去，我已经签了三笔订单了，我成了这个城市的名人，合作方原本摇摆不定，在看到这个广告以后，看到了我的魄力。店里今天的生意应该也很好吧，因为对这个广告好奇，所以会想要见到你，自然而然会去你那儿消费。"

这话倒是没错，卢晚晚仔细一想，营业额今天破纪录了。

"被所有人说恭喜，你真的不开心吗？"任初发出了直击心灵的质问。

开心吗？不开心，但是似乎有那么一点点爽……

可是，这事儿真的对吗？卢晚晚摇了摇头，感觉思想在打架。

"这是一个朦胧又幸福的广告，我相信除了我们，影舟不会有人再这样做了。"任初的话带着蛊惑。

卢晚晚放弃了挣扎："行吧，行吧，你说的都对。"

任初嘿嘿一笑，抱着卢晚晚晃了晃说："以后别的事情都听你的好不好？"

"好吧，好吧。"卢晚晚似乎别无选择。

卢晚晚走后，任初给顾桥打了个电话："我希望我的婚礼能被全影舟的人羡慕，要让他们都知道，都来参加我的婚礼。顾桥，这话是你告诉我的吧，我今天投放了广告，她好像不太开心。"

"她蒙你呢，女人心海底针啊！她以前真是这么跟我说的！偷着乐呢，祖宗啊你要相信我！我对着业绩发誓，这话真的是她说的！"顾桥连连保证，这话真的是卢晚晚十岁的时候说的。

从婚礼开始的那天早上，卢晚晚就后悔了，她真是不应该答应，办酒席简直累死个人。她家的亲戚，她父母的朋友，还有任初家的亲戚朋友，每一桌都要敬酒，她虽然喝的是任初给兑的温水，但是也觉得肚子要炸了。这条舌头被水泡得已经快要失去味觉了，婚礼真是个劳民伤财的东西。

卢晚晚的伴娘只有顾桥一个，任初的伴郎是专程从国外飞回来的汪或杨。他们太久没有见过了，汪或杨见到卢晚晚比见到任初还要激动，他接新娘的时候，还趁机塞了个手机过来，屏保上写着：帮我过一下关卡。

他竟然如此长情，还在玩《开心消消乐》。卢晚晚坐在婚车上帮着汪或杨把卡了好几天的关卡给过了，任初下车就揪着汪或杨一顿骂："今天什么日子，你还让她帮你过关？"

"过了？"汪或杨喜出望外，"今天真是个过关的好日子！"

因为开心，汪或杨在后续的庆典上没少出力气。

酒过三巡，终于有人发现卢晚晚杯子里喝的不是酒了，有人嚷嚷着要罚酒。卢晚晚的酒量真要罚起来，怕是会断片儿。顾桥大手一挥说："我来喝！"

"我来吧。"卢晚晚拦着顾桥，她已经喝了不少了。

"你那酒量，别闹了，相信我，我一个人喝趴下他们一桌子没问题的。"顾桥眨眨眼，信誓旦旦地说。

"我一起吧。"安嘉先说着也凑过来倒了一杯。

"你明天不还有一台手术吗，我来我来……"顾桥和安嘉先争执起来，成功把卢晚晚挤出了人群。

"罚多少，我喝。"任初将这两个人分开，面带笑意地对那几个张罗要罚酒的人说。

"欠多少就罚多少。"有人建议。

顾桥一听可了不得，悄悄跟任初说："还是我来吧，我酒量好，你晚上不还有事儿吗。"

安嘉先没忍住笑了，敲了敲顾桥的脑袋。

"你俩还是靠边吧，我老婆的酒，当然是我来替。"任初干了三杯，然后说，"光这么喝没意思，不如我们划拳。"

众人一听，一群人还比不过任初一个吗？

可实际上，还真就比不过，任初再一次教他们做人，把一桌子人都喝倒了。

卢晚晚和顾桥看得瞠目结舌："高手！"

"要动脑子。"任初对顾桥说，说完拉着卢晚晚去别桌敬酒了。

顾桥一愣，问安嘉先："他这话什么意思？"

"字面的意思。"

"你也觉得我不动脑？"

"没有，你也是Z大高才生呢。"安嘉先似笑非笑地说。

顾桥跳起来就打他："我看你最近是皮痒了吧。有祁素姐姐做靠山了，用不上我这个挚友了吗？"

她说这话的时候，祁素刚巧就路过了，精明干练的女强人，冷笑着瞪了安嘉先一眼，然后走了。

顾桥不明所以，问安嘉先："怎么回事，好像有故事。你不是去她家见她爷爷了吗？"

安嘉先一耸肩："见了，然后一见如故，差一点拜把子。"

顾桥趴在安嘉先的肩膀上，笑得花枝乱颤。

祁素巡视了一圈，她听说任初大学同学有不少长得好看的，所以才来参加这个婚礼的。倒是有不少长得好看的，可惜都带着女伴，她寻寻觅觅就看见了那边正玩手机的伴郎汪或杨。正准备和他搭讪呢，就看到他手机屏幕上那个女孩，原来两人正在视频呢。

汪或杨一脸忠犬的笑容说："亲爱的闻沫，你今年能退役吗，我们好去结婚呀！"

"不退，不结！"

"任初那样的都结婚了，我也想结婚了。"

"不要攀比。"

"你到底为什么不想结婚？"

"我还没拿到大满贯呢，我结什么婚！挂了，训练去！"

汪或杨撇撇嘴，在他女朋友乒乓球世界冠军闻沫的眼里，他能排在前三就不错了。前面两名分别是，比赛和下一次比赛。

祁素在目睹了这一幕以后，再一次伤心了。

任初和卢晚晚老远看着祁素一个人喝闷酒，也有点于心不忍。

卢晚晚说："不然再给她物色一个？上次你介绍给我的那个校草第二名，还单身吗？"

"别想了，那是个渣男。"

"渣男你还介绍给我？"

"我知道你看不上他才介绍给你的，不然我怎么接近你？"

卢晚晚憋着笑，原来如此。

任初摸了摸下巴觉得有点不可思议："你说，祁素为什么把咱俩身边的人都看上了？从安嘉先到孟西白再到汪或杨。"

"是啊，怎么就没看上你呢？"卢晚晚跟着纳闷。

任初不解。

卢晚晚灵光一闪："是不是因为她知道你口碑不好？"

任初气笑了："我口碑到底好不好，你会不知道吗？"

"你可是 Z 大最有名的恶霸。"

"哦，那就让你见识见识恶霸的厉害。"

"你干吗？"卢晚晚警惕地想要后退，任初勾唇一笑，一把抱住了她，然后推开了旁边休息室的门，一个转身，带着她消失在众人的视野里。

细细的亲吻落下来，释放出所有的躁动不安，他与她唇舌交织，只想吻到天荒地老。

卢晚晚身上的中式喜服被他扯开了不少，露出白皙的肩膀来，他埋首吻她，她觉得痒极了，不断地推他，但是哪有他的力气大。

卢晚晚就开始求饶："外面这么多宾客呢，我们出去吧。"

"不去。"

"这样不好吧？"

"我们的婚礼，我们觉得好才是最好。"任初说着又吻了吻她。

卢晚晚被他弄得很痒，一边笑一边躲，任初哪里肯放过她。

卢晚晚笑得嗓子都快哑了，她再一次求饶："任初，我们出去吧，你别弄我，我好痒。"

"那你说句好听的吧。"

"你是个好人。"

任初不满："那都是我玩剩下的。你应该叫我什么？"

卢晚晚瞬间明了，红着脸叫了一声："老公。"

"老婆。"任初在她的脸上亲了一下。

婚礼热闹了好几天，任初公司还放了七天的假庆祝，俨然这已经是一个重大节日了。实际上是任初不想上班，只想在家陪卢晚晚。

顾桥最近有点不太平，据说是因为卢晚晚结婚了，安嘉先的爸妈看这两人没事儿总在一起，一起照顾顾念的画面非常和谐，就把主意打到顾桥身上了，变着法地对顾桥好，想要撮合他们俩。顾桥带着顾念东躲西藏，已经在任初和卢晚晚家躲了三天了。

卢晚晚当然欢迎他们，但是任初就有点不高兴了。因为卢晚晚和顾桥有说不完的话，两个人晚上还要睡在一张床上。他只能和顾念一起看电视，久而久之，他觉得无聊了。他看着顾念做的作业，问顾念："你几年级了？"

"一年级。"

"想不想跳级？"

顾念没太听明白。

"来，我给你讲讲。"

任初说到做到，把小学的教材全都找来了，一有空就给顾念补习。没过多久，顾念拿回来一个华罗庚数学大赛的冠军奖杯，和顾桥说话要么用英文，要么用文言文。

马上要到小学二年级下学期的时候，老师找到顾桥，提议让孩子跳级吧。实在受不了老师上面讲，顾念下面解说这种教学模式了。顾桥这才发现事情不妙，她思前想后，顾念到底为什么会变成这样？最终找到了问题的根源，她带着顾念去了卢晚晚家。

"能不能别让任初给我弟弟上课了？"

"为什么，学习成绩没有提高吗？"

顾桥哭丧着脸说："都快提高到初中了！我怕再过不了多久，他就去参加高考了，你说可不可怕？"

卢晚晚："……"

"任初这么爱辅导孩子功课，你们自己生一个不行吗？"

正在书房给顾念订购初中卷子的任初听到了这话，觉得顾桥总算是说了句人话。

而后，在顾桥每周一次的苦口婆心劝说里，卢晚晚婚后两年终于给任初生了个女儿。在给孩子起名字这件事上，家里还闹出了分歧。

孩子的爷爷奶奶是金庸迷，主张叫"任盈盈"。

孩子的外公外婆是动漫迷，主张叫"任意门"。

卢晚晚说："不然就叫任性？"

任初感觉到头疼，他们家到底怎么了？

最后经过投票和抓阄等"科学"方法，孩子的名字叫"任盈意"，小名叫"小任性"。

成功跳级的顾念趴在婴儿床旁边看着小宝宝，露出了淡淡的笑容："任性，黄冈试卷了解一下？"

任初常常会在半夜梦醒的时候，紧紧地抱住卢晚晚，温柔地亲吻她的额头，无论过去多少个春秋，她始终是他的掌上珍宝。

卢晚晚有的时候被他亲醒了，也会抱住他给他回应。

"每天都要对我说，你爱我。"任初说。

"知道啦。"

"上一次跟你在一起是我没有经验，所以搞砸了。我保证这一次不会了。"

"我也是。"

"我爱你，谢谢你。"

"我也是。"卢晚晚有点困了，声音软软的。

任初捏了捏她的脸："你先别睡，你怎么能说你也是呢？"

"那重来。"卢晚晚坐起来，捧着任初的脸，深情地说，"我爱你，谢谢你。"

任初"嗯"了一声说："不客气。"

卢晚晚蒙了，还有这种操作？

任初被她再一次逗笑了，摸着她的头发说："最爱你了。"

卢晚晚撇撇嘴，这还差不多。

这一次，她终于打破了自己的魔咒，她的男神，没有变成她的男闺密，而是成了她此生最爱的人，是她相守一生的人。

从此以后，从清晨到日暮，我满心满眼，全都是你。

—正文完—

274

番外

你再这么任性，我就亲你了

若干年后，任家发生了一件惊天动地的大事。

他们家的掌上明珠，任性同学，高考落榜了。

这怎么可能呢？

这孩子的爸爸是任初，当年Z大史无前例的保送入学，堪称第一学神。

这孩子的妈妈是卢晚晚，当年Z大医学院临床系的高才生，也是个学霸级别的人物。

学神和学霸的女儿为什么会高考落榜？这孩子从小也是成绩优异，一路跳级上的高中。

这简直像一个科学无法解答的超自然现象，除了任初，全家人都着急上火了，一门心思地琢磨着给任性报个复读班，然后再上几个辅导班，努力三百天，明年"985"。

任家只有任初和任性非常淡定，觉得这不是个什么大事儿。

任初淡定是因为他觉得，女儿开心就好，也没有必要一定是个学霸，也不一定非要上大学，只要她能长成个栋梁，在哪里学习知识都是可以的。

任性淡定是因为，她知道自己为什么落榜，不是那卷子太难，也不是考试紧张，只是因为，她突然不想上大学了。

任性从小是个要强要面子的女孩，家里人看她落榜了，也不敢说她，怕小姑娘想不开。所以全家人就把压力放在了卢晚晚的身上，指望这个当妈的去开导孩子，劝劝孩子。但卢晚晚是个最笨的，就把这项任务交给了任初。

一个风和日丽的下午，任初带着任性出来，就坐在女儿学校门口的冷饮店里。看着来来往往的人群，大部分都是家长陪着孩子去学校找老师报志愿的。

任初给女儿点了冷饮店里最贵的套餐，然后自己拿出一个保温饭盒来，里面放着卢晚晚做的红豆刨冰，一口一口地吃起来。

任性好几次想去偷一勺子，都被亲爹不动声色地躲开了。任性瘪瘪嘴，心想，这爹真不怎么样。

"羡慕吗？"任初问。

任性吞了下口水，看了看那盒刨冰说："羡慕。"

任初敲了敲桌子："羡慕你为什么不好好考试？卷子你不可能不会，我看过了，你之前押题很准，都是做过的题。"

任性根本没想到她爸爸说的是这个，颇为失望地说："你是这个意思啊，误会了。"

　　任初看了看女儿渴望刨冰的眼神，恨铁不成钢，他把刨冰分了任性一半，任性立刻喜笑颜开。

　　"爸爸，你今天到底想跟我说什么？你快点说，我听完了赶紧走。这店里的人都在看你，那边那个姐姐跟你抛媚眼呢。"

　　任初这些年，除了更加成熟，外貌上没太大的变化，仍旧是一张祸害女孩的脸。

　　"交代一下为什么落榜，然后去复读，明年接着考。"任初言简意赅。

　　任性哼了一声说："我不去。我不想考了，我不要上大学了。"

　　"为什么？你是不是遇到什么难处了，说出来，爸爸可以帮你解决。"

　　任性一撇嘴，委屈得不行，两只无辜的大眼睛眨了两下开始落泪："小叔叔他研究生毕业了，再也不用上学了！"

　　小任性口中的小叔叔，就是顾念，顾桥的弟弟。顾念比小任性大了七岁，碍于辈分，她得叫他一声叔叔。两个人几乎是青梅竹马，顾念总是哄着她，让着她。任性一直追着顾念跑，她上小学的时候，顾念从这所学校的中学部毕业了。她跳级上了初中，顾念跳级考上了大学。她跳级上了高中，顾念又读了研究生，好不容易她该高考了，可以和顾念一个学校了，顾念研究生毕业了。

　　小任性紧赶慢赶，却还是没有赶上顾念的脚步，没能跟他读同一所学校。

　　"是我还不够努力吗？"小任性问任初，一脸的倔强，和当年的卢晚晚一样。

任初分外慈爱，摸着女儿的头说："你十七岁高考，你很努力。你没能和顾念成为同学只是因为他早生了几年。"

听到这里，小任性觉得这个错误不在自己，在父母。她一赌气说："都怪你，你怎么就不能早点把我生出来。"

任初被堵得哑口无言，这个世界上也就是他女儿敢这么和他说话。他缓了缓又说："我要是有办法帮你留住顾念，你愿不愿意复读？"

小任性眼睛亮了："你想干什么？"

"劝他读个博士。"

"那咱们一言为定！"

父女二人击掌，仪式感特别足，就差歃血为盟了。

隔天，任初去找了顾念，他今年才二十四岁，说起话来却老气横秋，一点都没有小时候的可爱机灵。

顾念坐在研究生的宿舍里，收拾自己的行李，准备过几天就从学校搬出去。

顾念长得和任初差不多高了，他戴着银边眼镜，鼻梁高挺，睫毛纤长，嘴唇很薄。任初看着他，突然哼了一声。

顾念收拾东西的手停了下来，问："哥，怎么了？"

"你这面相薄情。"

顾念笑了起来："我还以为怎么了呢，您今天找我就是为了相面？"

"不是，想劝劝你……"

任初话还没说完，就听顾念说："我不读博士。"

任初没想到他猜到了自己的来意，于是问："为什么，你不是挺爱读书的吗？"

顾念的这间宿舍里，塞满了书，都快没有落脚的地方了，藏书量堪比一个小型图书馆。

"我不想跟任盈意在一个学校里出现。"

任初一听这话就恼了："怎么了，小任性哪里不好？你不是从小就很疼她吗？"

顾念闭上嘴不说话了。

任初急得不行："你小时候话挺多的，怎么现在跟个哑巴似的？跟你聊天真费劲，我都怀疑是不是谁把你掉包了。"

"哥，还有事儿吗？"

一道逐客令，任初被赶出来了。回家以后，他和卢晚晚分析，顾念为什么不愿意和小任性一个学校。

卢晚晚思考了许久说："是不是咱家小任性总欺负人家？"

小任性是蜜罐里长大的，不懂事的时候，对顾念拳打脚踢是常事，长大以后，总是捉弄顾念。

卢晚晚回忆了小任性干过的那些事儿，说："顾念不喜欢她也不是没有道理的。"

任初不爱听了，他女儿怎么可能不好！两个人差点吵起来，后来任初道歉才算结束。

小任性听到了，她开始回忆，自己对顾念真的不好吗？

四岁那年，顾念开学前一天，她烧了顾念的暑假作业。

七岁那年，把顾念收到的情书交给了顾桥阿姨，顾念被一顿毒打。

十岁那年，顾念和女同学约会的时候，她过去喊了一声小爸爸，后来再也没见过那个女同学了。

往后几年倒是没什么事情，因为顾念总躲着她。近几年尤其如此，她跑到大学里去找小叔叔，顾念也总说自己有事不见她。当然，她和顾念也有和谐相处的时候，顾念以前总给她补习，带她一起做卷子玩。那些时光也是非常美好的呀！小叔叔怎么会讨厌她呢？

任性决定去找顾念问清楚。因为她总来，所以顾念的同学对她都很熟悉。

"小侄女又来啦，你小叔叔在宿舍呢。"舍友热情招呼。

"谢谢学长。"任性嘴甜，走到哪儿都招人喜欢。

她没敲门，直接进去了。顾念背对着门，正在换衣服，刚脱下来T恤衫，还没等换上，听到那一声小叔叔，吓得他方寸大乱，胡乱把衣服给穿上了，头还不小心撞到了窗户。他忍着疼问："你怎么进来的？"

"推门进来的呀，门没锁。怎么了，小叔叔？"

"没事。"顾念咬着牙说，他真是疼得厉害。

"我今天来，就是想跟你要一个答案。"任性无比郑重，一边说还一边朝他逼近，"我们青梅竹马这么多年，我们的感情，不会是假的。"

顾念闻到她身上的芳香，往后退了几步，退到安全距离。

"你想说什么？"顾念故作冷静地问。

任性噘着嘴，踮起脚，钩住了顾念的脖子，与他对视："妈妈说你讨厌我，是真的吗？"

顾念："？"

"你真的讨厌我？觉得我捉弄你？觉得我这人不讲道理？"任性来自灵魂的三个质问。

顾念仿佛松了一口气的样子，说："我不讨厌你。"

"那你为什么躲我，我就想跟你成为同学，有这么难？"

"我不想跟你读一所学校。"

"为什么？"

小任性说这话的时候，太过激动，又离他近了不少。

"272天以后再告诉你。"顾念闭上了眼睛，说。

"明年高考的时候再告诉我？你还知道答案不成？"小任性飞快计算出了时间。

"你生日。"顾念不屑的眼神里好像在说，你真笨。

小任性不太明白。

"你复读吧。"顾念又说。

"那你呢？"

"我找到工作了，也在本市。博士我过几年再读。"

小任性眼睛突然亮了一下，说："你是不是等我呢，要跟我一起读博士？"

顾念"嗯"了一声。

小任性笑了起来："我就知道，你根本不讨厌我！"

"听说你落榜了。"

"我拿到保送了！Z大！"

这个秘密小任性一直隐瞒着，她也不知道为什么，就是想第一个告诉小叔叔。

272 天之后，小任性十八岁生日，她还记得顾念当初的那个承诺，跑去问他为什么当时不想跟她读一所学校。

顾念没想到她记了这么久，酝酿了许久才说："因为我怕我犯错误，你那时候还未成年。"

"什么错误？"

"足以让你爸打死我的错误。"

神神秘秘的，小任性没太明白。

直到他们一起读了博士，从拍同学照到拍结婚照以后，她才终于知道，原来顾念喜欢了她好多年。

"太龌龊了！"小任性每每都如此评价自己的未来老公，"我拿他当亲人，他拿我当老婆！"

顾念还是老样子，惜字如金。他有时候也搞不懂，到底什么时候有了这种心思。他敢发誓，一开始照顾小任性只是想报复一下任初给他买那么多卷子，后来，到底是怎么了呢？

小任性很崇拜顾念的姐姐，顾桥一辈子没有结婚，也没有孩子，她拼下了一份事业，成了著名企业的老总，约着闺密世界各地到处去玩。

安嘉先叔叔到底没能逃脱祁素阿姨的掌心，两个人纠纠缠缠了五年终于结婚了，那时候小任性才上幼儿园。

她的爸爸妈妈竟然真的可以甜甜蜜蜜一辈子。

感情这回事，好像还真的说不清楚，每个人都有自己的路要走，也许怎么走不重要，重要的，是和谁一起走吧。